骆驼脖子

聂延力　著

知识产权出版社

全国百佳图书出版单位

图书在版编目(CIP)数据

骆驼脖子 / 聂延力著. —北京:知识产权出版社,2018.7
ISBN 978-7-5130-5672-4

Ⅰ.①骆… Ⅱ.①聂… Ⅲ.①散文 – 中国 – 当代Ⅳ.①I267

中国版本图书馆CIP数据核字(2018)第154209号

责任编辑：于晓菲　　　　　　　　　　　　　责任印制：孙婷婷

骆 驼 脖 子

LUOTUO BOZI

聂延力　著

出版发行：	知识产权出版社有限责任公司	网　　址：	http://www.ipph.cn	
电　　话：	010-8200860-8363		http://www.laichushu.com	
社　　址：	北京市海淀区气象路50号院	邮　　编：	100081	
责编电话：	010-82000860转8363	责编邮箱：	yuxiaofei@cnipr.com	
发行电话：	010-82000860转8101	发行传真：	010-82000893	
印　　刷：	北京虎彩文化传播有限公司	经　　销：	各大网上书店、新华书店及相关专业书店	
开　　本：	720mm×960mm　1/16	印　　张：	18.25	
版　　次：	2018年7月第1版	印　　次：	2018年7月第1次印刷	
字　　数：	280千字	定　　价：	68.00元	

ISBN978-7-5130-5672-4

序

彩笺尺素　情系故园

因为多年从事报纸副刊编辑工作，我有许多未曾谋面却很熟悉的朋友，我对他们的了解全部来自他们的文字，聂延力也当属这类朋友。

我是在十几年前开始关注聂延力的，那时她的散文并不长，但却鲜活生动，富有浓郁的生活气息，虽然少有文学技巧，文字也略显生涩，然而她的那些文字较一些内容空泛靠布局技巧来撑门面的作品，在编辑眼里就像是不同于超市里那打了蜡、封了保鲜膜的红苹果，而像长在秧上带着刺、挂着土的绿黄瓜，让人在阅读的时候有亲近感，并产生共鸣。凭着多年的编辑经验，我隐约感觉到了这位作者独特的文学天分。"左脑具有数学、运算、语言、逻辑的功能，右脑具有绘画、音乐、想象的功能。分析我的大脑时我才发现，我的左脑严重地不灵光，右脑却喜欢做些色彩斑斓的梦。回想自己的整个少年时期都是在左脑带来的悲伤，右脑带来的喜悦交织纠结中度过。"她在"左脑的悲伤右脑的梦"中，看到的是世界上再愚笨的人也会有闪光点，应该抓住亮点追逐梦想，让灵魂快乐起来。正如台湾罗文玲教授常鼓舞学生所说的话："把自己当'人才'培养。"虽然有左脑的悲伤，但绝不妄自菲薄。记得她发过一篇"遭遇马琳"：……当拉着大女儿抱着小女儿刚从宾馆的楼上下到大厅，突然看到一群人围着一个叫'马琳'的人签名，她也拉着两个孩子挤到前面，当马琳给她签名的时候，她才发现自己什么也没带，情急之下，她拉起小女儿的白背心让其签在上面，等马琳走了才知道他是乒乓球世界冠军……她的散文总有出其不意的地方。

由于文字的交往，我们渐渐熟悉起来，但是这些年她写的并不是很多，因为她用右脑做梦，但也在不断开发并成功运用左脑——赚钱。当她和我说要出一本散文集时，我以为她只是把这些年陆续发表的东西集起来而已，可是当她把文字发给我时，我才发现，是一部20万字的长篇散文。这些几乎都是我没见过的全新文字，河流、山乡、城市、书室、家园、村庄、父亲母亲、舅舅姑姑、邻里乡亲，是一部塞外乡村的素描，是一部温婉的文字写在白色绢上的信札。这些人生的过往，是刻在骨子里、流在血液中的本真，是文学和心灵的不断碎裂交融，有美好的回忆，有痛苦的思考；有成功的典范，也有悲苦的人生。虽人物众多，年代久远，而事实上，穿梭其中的只有一个人，这个人就是作者本身。

"我的家在内蒙古东北部一个叫'窝吉'的贫瘠的小山村，蒙语寓意'骆驼脖子'。古老的乌尔吉木伦河孕育了两岸的牧民，乌尔吉木伦河意为'吉祥的河'，辽代称为'狼河'，元代称为'火儿赤纳'，意为'灰色的狼河'。这里的县都用'旗'命名，有点像古老的部落，其实在中华人民共和国成立初期，这里就是某位蒙古王爷的部落……"这是聂延力笔下的故园变迁。作品从母亲的人生起笔，她以清新的文笔、恬淡的风格，语言舒缓流畅而生动优美，一如围炉夜话，平实恬淡而又韵味悠长，她用"彩笺尺素"，静静地述说着流走的那些时光在她心灵中镌刻出的清晰年轮，那些在她人生旅途中留下印痕的人和事。

岁月如河，从村庄的变迁，到人的生离死别、欢喜忧伤，让她实实在在地觉察到，岁月的神秘之处就在于它能将人们曾经火一般的激情慢慢化作淡淡的水一样的日子，那一幕一幕的往事，可以串起半个世纪的情愫，让已是两个孩子母亲的她心灵突然间温暖起来。

"世上的事有眼睛看到的，还有眼睛看不到的，那是思想和智慧。"聂延力正是这样用眼睛仔细观察世界，用心思去认真体会人生，用智慧去改变生活，然后再用笔记录下来。在我看来，直到今天，她对生活的提炼优于对文字的提炼。在见证过父母的情感经历，见证过叔叔和婶子的婚姻，舅舅舅妈的或激烈或平淡或幸福或悲伤的爱情，以及经历过初恋、失恋到最终找到感情归宿的自己身上得出了平实却又至深的体会——"好的婚姻可能就是既欣赏又喜欢"。

　　父母亲的婚姻是标准的媒妁之言，母亲年轻时说起父亲总是笑靥浓浓，满脸的崇拜之情："你爸年轻时穿着青棉袄，骑着小毛驴去上班，那个精神啊！村里上岁数的人都叫他学生，把我叫学生媳妇。"母亲一生对父亲柔顺体贴，心存崇拜，老年父亲精心照顾多病的母亲……也许，这才是一种最真也最长远的爱。

　　而聂延力正是在父母亲的爱中感知生活和生命的全部意义。在她的笔下，我们看到了一位用睿智的眼光，对生活、生命、家乡、故园进行着理性思索的智者，她的作品渗透着对美好生活强烈的向往和追求。她的描写亲情、友情和爱情的作品最能够打动读者的心。

　　我对聂延力文字的认同，或许缘于她笔下的农村、城市、校园乃至作品中的人物，近乎我曾经生活的写照，和我有着相近的文化血缘和文学方言。"和一位从领导岗位退下来的亲戚吃饭，他说：'我们都是农村里的精英，从土坷垃里扒拉出来，从农村扒拉到旗里，从旗里扒拉到市里……'我细细体会'扒拉'真是太形象了，都不能说是扒拉，应该是灰头土脸从土里一步一步地爬出来，凭着一股韧劲，凭着一股执着爬到城里甚至成为精英……"聂延力的散文没有设置阅读障碍，没有游离日常生活经验之外的玄想与冥思，朴实的文字伴着浓浓的人间烟火气息，透露出一个有着深刻乡土体验的作者无法掩饰的故园烙印。

　　"彩笺尺素 情系故园"是我读完聂延力这部长篇散文之后的感受，在此之前，我零散地接触过她的不少散文，但印象只是一些碎片和零件，没有形成作者人生经历和生命思考的完整线索。打一个比方，如果把聂延力过去的散文比喻成一颗颗散乱的珍珠，如今的这部长篇，恰如一条金线连缀起来的风景线，最终形成了一条具有审美价值和深刻内涵的长篇散文的珠链。聂延力写的都是生活中一些平常的小事，然而她的故事虽然平凡但却不琐屑，她能将平凡化为神奇，于平凡细致中抒写生活的真、善、美，抒发平常人绝不平庸的感受。不论是写人，还是写物，她都赋予了真情实感。她的作品是真情的流露，同时又揭示了生活的丰厚底蕴。

时光如水一般在不知不觉中流走，聂延力用文字留住亲情、留住爱，在五光十色的生活中也留下冷静的思考。

是为序。

中国作家协会会员　《红山晚报》副刊主任

李文宏

目 录
CONTENTS

_ 第一篇 _

_ 第 二 篇 _

_ 第 三 篇 _

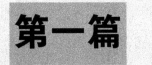

第一篇

花 样 年 华

　　父亲和母亲的婚姻是标准的媒妁之言，父亲的村和母亲的村子相邻。母亲年轻时说起父亲总是笑意浓浓，满脸的崇拜之情："你爸年轻时穿着青棉袄，骑着小毛驴去上班，那个精神啊！村里上岁数的人都叫他学生，把我叫学生媳妇。"那时父亲高小毕业，在村里也算是文化人，在公社的农行基层营业所上班。"我和你爸结婚时，你爸那个穷，三间茅草屋，你奶奶和你姑姑叔叔住东屋，我和你爸的新房在西屋。屋里有三节红堂柜，你舅妈一按，结果红堂柜戳出一个大窟窿，原来是土仓子糊的红纸。"说完，母亲大笑。

　　"你爷爷没得早，你奶奶自己拉扯七个孩子不容易。日子苦，可你奶奶干净利落，家里没有什么却收拾得干干净净。奶奶头盘着鬏插着银簪子，穿着大襟的黢黑的棉袄，黢黑的缅裆裤子，裤脚用红色的腿带子系着。整天在炕头的狗皮褥子上坐着，用手捋她的那只大黄猫。坐在屋里喊：学生媳妇该做饭了，一会儿干活的回来吃饭了，……学生媳妇该喂猪了……可惜你奶奶50多岁就没了。"母亲说起奶奶满脸的惋惜。奶奶在她50岁那年走了，留下年幼的老叔和老姑。童年时我总听父亲和母亲说起：老娘怎样怎样。我知道是在说奶奶，因为父亲叫奶奶"娘"。

　　在母亲和父亲的操持下，老叔和老姑陆续成了家。也应了那句：长兄如父，老嫂比母。

　　母亲年轻的时候笑容甜美，有一双灵巧的手，家里大人孩子的衣服、鞋都由母亲做，样子在那个年代很新潮。

在母亲的大腿上有一块大大的疤痕，小时候我总爱问："妈妈，你腿上的疤是怎么摔的？"母亲说："我腿上这块疤是狗咬的，我小时候和你姥姥逃荒，走到地主家门口，窜出一只大狗扑向我，你姥姥不顾一切把我护在她的身下，你姥姥腿上的疤比我的还大呢。"天下的母亲在危机之时都会不顾一切地保护自己的孩子。

母亲走了，我把家里的一些老照片拿出来，坐在书桌前专注地看。从这些定格岁月的老照片中寻找母亲的足迹。我最小的一张照片大概3岁，年轻秀美的母亲抱着我，我圆圆的脸蛋，大大的眼睛，梳着朝天锥，手里拿着一个圆东西。记得幼时我曾经问过母亲："妈妈，我手里拿的是苹果吗？"母亲说："那时哪有苹果啊！你手里拿的是毛线球。"母亲穿着大襟碎花棉袄，围着黑白格围巾，肥硕的黑色棉裤，脚上穿的却是一双单鞋。

看着年轻时母亲的姿容笑靥和依偎在母亲怀中咧嘴笑的我，感叹岁月是何等的无情。母亲被疾病折磨得如此赢弱，失去了记忆，失去了语言功能，成了一个生活完全不能自理的老人。母亲的足迹只能在流失的岁月中寻觅，走了的母亲那句"那时哪有苹果啊，你手里拿的是毛线球"在我的耳边回旋，让我潸然泪下。一切美好的画面只能在失去的岁月中寻找。

在这些照片中竟然有两张父亲和母亲的一寸照片，而且是上色的。父亲在那个年代竟然穿着时髦的高领衫，母亲梳着短发，笑容甜美。我把父亲母亲年轻时的照片放到一起一看，惊异得难以置信：父亲和母亲长得是那样相像，天生的"夫妻相"。记得有句佛语：前世五百次的回眸才会有今生的擦肩。能做夫妻的人，可能是前世的姻缘，要不怎会长得如此相像。好的婚姻可能就是既欣赏又喜欢，母亲一生对父亲柔顺体贴，心存崇拜，老年父亲精心照顾多病的母亲。应了那句：百年修得同船渡，千年修得共枕眠。

家 园

　　我的家在内蒙古东北部一个叫"窝吉"的贫瘠的小山村，蒙语寓意"骆驼脖子"。古老的乌尔吉木伦河孕育了两岸的牧民，乌尔吉木伦河意为"吉祥的河"，辽代称为"狼河"，元代称为"火儿赤纳"，意为"灰色的狼河"。这里的县都用"旗"命名，有点像古老的部落，其实在新中国成立初期，这里就是某位蒙古王爷的部落。

　　最值得骄傲的就是我生活的这个旗，在历史上是叱咤风云的辽代发源地——辽上京。古城是辽代临潢府的遗址，是一座火烧城。破损的城墙、没头的石人是可循的历史遗迹。耶律阿保机的陵园在石房子，石房子是由三块巨大的石头搭建的，历史传说是用来囚禁犯人的，还有人说是囚禁妃子的，也有传说是停尸房，至于真的做什么用，后人无从知道。耶律阿保机的灵柩是一座土山。在我们这里，温婉、残忍、凄美的辽代宫廷故事代代相传。我最喜欢的辽代人物当属萧燕燕，也就是萧太后，幼时家里唯一和外界保持联系的就是一部"工农兵"牌收音机，我爱听《杨家将》《岳飞传》。

　　母亲小学三年级文化，上过一段村里的扫盲班，字写得歪歪扭扭。母亲的一些衣服样子上用铅笔标着臀围、肩、胸围的尺寸。一卷卷的人民装、儿童装、制服棉袄以备平时裁剪用。记得母亲看过唯一的一部长篇小说是清末起义的故事，女主角叫王聪儿，不认识的字她就老问我们。最快乐的就是每天固定的时间，我和母亲、姥姥守在收音机旁听评书，单田芳的《杨家将》《岳飞传》，书中的情节都是和大辽国的厮杀。那时我不知道脚下的这片土地就是大辽国金碧辉煌的临潢府。辽阔无垠的草原，苍鹰在碧蓝的天空中翱翔，以为这些美丽的画面在多么遥远的地方。一个有些文化和没有文化的母亲对孩子的教育是不同的，母亲总是鼓励我们看书、听书，生活拮据也让父亲给我们订刊物，这在20世纪70年代初的确是一件奢侈的事，《少年报》《科学画报》《大众电影》这些期刊杂志丰富了我的少年时代。听书在某种程度上刺激了我的听觉，知识的积累是由看和听完成的。一个孩子对生活、对生灵心生纯朴的爱，用灵魂倾听来自自然、来自生活的天籁之音，这比什么都重要。可以说，童年的这些视听和阅读，是我最早的文学启蒙，也是母亲教育的结果。

我们生活在牧区，却是纯正的汉民，生活习惯和东北一样。父亲母亲孕育我们兄妹三个，为我们取的名字也迎合了时代，以及对生活美好的期盼。我小名叫爱民，"拥军爱民"的意思，哥哥叫国春，弟弟叫春福。童年的家三间茅草屋，日子清贫拮据。勤劳的父亲、善良的母亲给我们三人营造了一个温馨的家。在院子的东边，父亲栽了三棵沙果树和一棵梨树，院子西边靠院墙父亲栽了一圈杨树，小小的树苗迎着阳光舒展，一如我们在父母的哺育下成长。西边父亲母亲开辟成蔬菜园，翠绿的黄瓜，金黄的西红柿，紫微微的茄子，我放学在蔬菜园子里转，顺手摘根黄瓜吃，真的很甜美。这种情节影响了我的一生，今生的愿望就是拥有一片属于自己的庭院，种上各种蔬菜，架上几架葡萄，在院子里读书休憩。

盼望着，盼望着，东边园子的果树开花结果了，奶白色的果树花，洁白的花瓣，黄色的花蕊散发着淡淡的清香，翠绿的叶片在阳光下闪着绿光。雪白的梨花在阳光下轻颤。放学后我最快乐的事就是在果树下读书，仰望密密匝匝的叶片遐想，想象着沙果的酸甜和梨的清香。一阵春风吹落了果树花，片片如蝶飘落到地上，落英缤纷。一片花瓣落到我的嘴边，我放到嘴里嚼，一丝苦涩微甜的清香沁人心脾。过了一段时间，沙果树结出一个个犹如绿豆大小的青色的果子，母亲告诉我青色的果子不能摘着吃，可我怎经得起诱惑，偷偷地摘着吃，苦涩生硬真的很难吃。

我们三个孩子在村里的小学上学，学校在山脚下，学校前面是一条人工渠。父亲在几里外的公社农行营业所当会计吃公粮，母亲到生产队劳动，一个工都舍不得耽误。一年下来，能把她和我们三个的口粮挣回来，生产队决算时还有些结余。记得母亲拿回钱对父亲说："你妈辛苦一年，用这钱为你妈买一双大头鞋吧。"那个年代能穿大头鞋也算奢侈了。家里的一日三餐，鸡、鸭、猪全靠母亲打理。父亲特别勤快，有些洁癖，下班回来自行车一放就开始搞卫生，村里的人都说我家的园子让我爸扫得不长草。晚上我们在蜡烛边写作业，母亲做衣服、做鞋，几个人在点点烛光下各忙各的，父亲到单位值班去了。

童年的家生活贫瘠，勤劳的父母靠自己的双手和智慧为我们创造了一个温暖的家。日子有如园子里熟透的糖心沙果，晶莹甜美。

吃

　　现今社会的胖人很多，血脂高，血糖高，血压高。在20世纪70年代初，这些病是根本不存在的，人们都处于半饥饿状态，个个身材苗条，瘦骨嶙峋。吃，成了最最重要的事。

　　精神和物质是统一的，在某种程度上，物质高于精神，你难以想象人饿着肚子还能去想精神的事，喂饱肚子才会想入非非。

　　吃，吃饱，是我们童年最大的期盼，记得那时为了吃会绞尽脑汁想尽各种办法。哥哥和弟弟在山上放驴时与同村的伙伴儿捉蝗虫——我们这里把蝗虫叫作蚂蚱——用火烤着吃，嘴里嚼得有滋有味，看着真香。他们把一只烤好的蝗虫给我，尽管我馋得流口水，但看着烤焦的蝗虫还是不敢吃，蝗虫是什么滋味我一直不知道。

　　夏天乌尔吉木伦河的两岸青草萋萋，湍急的河水清澈见底，河底的卵石五颜六色，偶尔有一只野鸭"嘎嘎"飞过，燕子在河面上飞旋，蜻蜓点水，蛙声一片。童年时虽然物资匮乏，但我生存的环境犹如人间天堂，望远山紫微微，看近山青苍苍，远望乌尔吉木伦河好似从天边飘过的哈达，银光闪闪地流向远方。笔直翠绿的白杨树矗立在道路两边，风吹过树叶"沙沙"地响，朴实的如地里勤劳耕作的北方农民。布谷鸟"布谷布谷"在田间地头鸣叫，有时灰色鹌鹑从地头低飞而过。孩子们在河边嬉戏，在河边的草丛里捉青蛙。

　　冬天哥哥和弟弟穿着厚重的棉衣，戴着狗皮帽子，到房檐下掏麻雀。北方麻雀很多，那时要求除"四害"，可麻雀并没有减少，寒冷的冬天夜晚麻雀都蜷曲在窝里瑟瑟发抖。哥哥爬上梯子用一根木棍去掏，五岁的弟弟在下边仰望，一窝麻雀有两三只，有的惊飞，但总有一只成为猎物。这时母亲总提醒他俩要小心，当心蛇钻到嘴里，鸟窝能有蛇吗？我认为母亲是吓唬他们。捉到手里的麻雀瑟瑟发抖，一双惊恐的眼睛看着你。麻雀后来便成了我们的盘中餐。

临近秋天，到玉米地里摘蔫荄，蔫荄学名叫龙葵，这是我后来知道的，紫色的犹如黄豆大小，吃到嘴里甜甜的，从玉米地里钻出来，嘴脸沾满龙葵的汁，像个花脸小丑。

秋天，我家西院邻居家杏树的枝头结满黄澄澄熟透的杏，看着枝头的杏，我们三个做梦都惦记着吃上几个。一日中午，我和弟弟趁大人中午睡觉，悄悄地溜进邻居家的园子，偷偷地爬上树摘了两裤兜，到房后去吃。下午邻居大妈提着篮子来给我家送杏，也和母亲说了中午我和弟弟去偷杏的事，母亲羞得满脸通红，赶紧给大妈赔礼。晚上母亲把我和弟弟打了一顿，边打边哭说："再没有吃的也不能去偷，从小偷针，长大你会偷金。"倔强的我挨打就忍着，不挪地方，不流眼泪，只是干号，把母亲气得直跺脚，说："这孩子一倔一个坑，活活气死人。"弟弟撒腿就跑，在外面玩够了，估计母亲也消气了，偷偷地溜回来。

生产队的场院里，一到秋天堆满了一垛垛粮食，收割完开始打场，按人口、按出勤的工分分粮食，一大堆粮食全村人分，每家也就是一口袋谷子或玉米，一点点杂粮。母亲去生产队干活，吩咐我们放学去场院等着分粮食，少的自己搬回来，多的等她往回推，家里条件稍好点的会有一辆胶车。一家人守着生产队分的那点粮食，度日如年。在那个年代能吃的都会采来吃，苣荬菜、哈拉海，用榆钱熬粥，爽滑可口，还有一种叫猪毛菜的植物，细如针，采来放到玉米面里蒸着吃。

一到放秋假，我和弟弟就去生产队收完的庄稼地里捡粮食，拾到一个谷穗心里别提多高兴了。拿一把铁锹到土豆地翻土，翻长长的一条垄，寻找遗落的土豆，小的如豆，最大的也就乒乓球大小，拾到欣喜若狂。捡到一个豆荚也高兴，在那个粮食如黄金珍贵的年代，一个孩子明白有粮食就能填饱肚子，就不至于挨饿。

捡完粮食，我们就开始捡秸秆。跟着生产队的马车捡玉米秸，弟弟人小跑不过大孩子，他一着急就趴在一捆玉米秸上不起来，把装车的人乐得喊："这小子还很机灵！"也就把这捆玉米秸给了弟弟，弟弟高兴得招呼我，我和弟弟兴奋得抬回家，喂我家的毛驴。

母亲过日子精打细算，农闲时就推碾子把玉米磨成面，用烙糕锅为我们摊烙糕，酸甜可口，摊的煎饼薄而筋道。今日我仍保存着母亲用过的烙糕锅，偶尔用用，但总也做不出母亲做的那种味道。我们失去的不仅仅是岁月，还失去一些天然美味和美好的生存环境。

尽管那时粮食如此珍贵，但家里来了要饭的，母亲总是用碗装上米，叫我们送出去。母亲说："人不穷到一定程度能要饭吗？帮助别人才会有福报。"母亲的善良与对人的真诚影响了我们的一生。

女 红

有一句话说："男孩苦教，女孩富养。"这话说的是有些道理的。女孩童年活得骄傲，长大会活得自信。我童年的时候，母亲女红出色，家里条件虽然艰苦，但母亲心灵手巧，利用有限的条件把我打扮得像花朵一样，从此养成一颗骄傲的心。

那时母亲在煤油灯下、蜡烛下手工缝制衣服和鞋，后来生活条件改善，公社在我们村里建了一个小型发电站，家家安上了几瓦的电灯。父亲买了一台缝纫机，母亲坐在缝纫机前做衣服，成了我最熟悉的身影。一头柔顺的黑发遮住脸颊，手臂往前推动衣服，缝纫机"嗒嗒"地跑，母亲专注的表情凝刻在我的记忆里。

在我五六岁时，母亲照裁剪书给我做了一条连衣裙，娃娃领，上身用北京蓝滚了几条对称的斜边，下身是碎花的府绸喇叭裙。裙子穿在身上，我那个美啊！在那个年代，农村的女孩子穿裙子的很少，在伙伴里我有点鹤立鸡群的优越感。

母亲利用秋收前的空闲时间，抓紧赶制全家过冬的棉衣，小的衣服再接上一圈，大孩子实在不能穿得改改给小的穿，在缝纫机前"嗒嗒"地忙。一天，母亲对我说："爱民，来我用尺量量你的身高，为你做一件'棉猴'。""妈，'棉猴'是什么？"母亲为我量好尺寸，听说母亲要为我做新衣服，我激动得如有一只麻雀在心里雀动。布料是爸爸在旗里开会时买回来的，黑黄相间的格布，内里是黄色的花布，几日母亲就把"棉猴"做好了。这件"棉猴"真的很漂亮，衣服的长度到我的膝下，母亲说："做大点儿，你个子长得快可以多穿几年。""棉猴"后面带着一个松软和衣服连体的帽子，衣服两边斜插的小兜，一排透明的有机玻璃纽扣。穿着这件"棉猴"，整个冬天我都感到温暖，暖和松软的"棉猴"像妈妈的手抚摸我，暖到心底。母亲走了，这件"棉猴"我一直保存着，有时拿出来抚摸，感觉母亲的余温仍在，泪水滴落在"棉猴"上。

妈妈经常做衣服，裁下一些边角料，我利用这些多彩的花布边角料裁成小方块，母亲不在缝纫机边时，我就用缝纫机扎花口袋。童年，我的口袋有十几个，五颜六色的。扎完口袋装满谷子或玉米，拿出去和小伙伴在村头玩跳格、打口袋。尽管对于玩我很拙笨，但这是我童年最大的乐趣。

湛蓝的天空中一排排人字飞翔的大雁"咯咯"离去，房檐下的燕子倾巢而出，预示北方的秋天来了。田野里火红的高粱，黄灿灿的谷子压弯了腰，大片的玉米地上尽是枯萎的叶子。谷子、高粱、玉米是北方的主要农作物。

童年时，一入秋天气就很冷，打场时人们就穿上厚重的棉衣，脚穿单鞋。我们穿上母亲在农闲时为我们准备好的棉衣，暖暖和和。

忙碌的秋天一过，北方寒冷的冬天就来了，滴水成冰，凛冽的寒风像刀子一样割皮肤，呼出的热气马上在眉毛、头发上结冰，像树挂。村里街上人很少，偶尔有一两个人也是步履匆匆。冬天北方的农民就吃两顿饭，早晨八点多和下午两点多吃饭。

冬天，乌尔吉木伦河结了厚厚的冰，童年的我们不怕冷，下午吃完晚饭到河上面玩冰车。所谓的冰车，就是自己用木头钉的方块，在两条长形的木条上砸进两条铁丝，用铁丝制作两个冰锥，人往上一坐，冰锥往冰上一扎一用力，冰车就往前滑。寒冷的冬天我们在冰面上玩得大汗淋漓，乌尔吉木伦河成了孩子们的乐园。

冬天的早晨蜷曲在被窝里不愿意起来，眼望玻璃窗上的窗凌花遐想，洁白的凌花，有的如雾凇，有的如芦苇，有的如羽毛，有的甚至如孩子的脸。父亲从单位早早回来，为我们生炉子，把我们的棉衣翻过来在炉边烤，叫我们起来穿。母亲早早起来喂猪做饭，这时东边的阳光冒红，窗凌花从一角慢慢化开，我的遐想也回到现实。一家围坐炕上享受母亲为我们准备的早餐，打发我们上学去，叮嘱我们天冷不要在路上玩。

冬天母亲又忙起来，整天坐在缝纫机旁为我们做过年的衣服，这个季节做的衣服是单衣。过年对于童年的我们是一个盛大的节日，意味着有新衣服穿，有好吃的东西，每天都掰着手指头算哪天过年。

小时候一到过年，母亲就用五彩的丝线为我做绣花鞋，白色的千层鞋底，黑色的条绒面，鞋头上面绣着朵朵红梅，黄色的花蕊衬绿叶，一双漂亮的盘带鞋就做成了。母亲的裁剪书里夹着一缕缕五颜六色的丝线，在幼时我喜欢用手抚摸光滑的丝线，难以想象母亲是怎样扎成漂亮的花朵。可童年的我最讨厌穿的就是绣花鞋，感觉穿绣花鞋特难看，到中学我就死活不穿了。后来母亲也就不再为我做绣花鞋，现在想想那时母亲做的绣花鞋真是经典，脚穿母亲做的绣花鞋舒服而结实。

母亲为家里的人忙着做新衣，还为亲戚邻居赶做过年的衣服。腊月家家都很忙，杀猪、蒸干粮、做豆腐。为了亲戚邻家的孩子也能穿上新衣，母亲干完家务熬夜为别人赶做新衣服。为了这些我很生气，认为母亲没有必要为别人耽误时间和浪费线，曾经抱怨母亲："妈，你整夜为别人忙，有用吗？别人感激你吗？"母亲却说："妈妈也没有别的手艺，人家求到你，这个忙能不帮吗？"

过年那天，我穿上新衣服、新绣花鞋到外面和伙伴玩，展示自己的新装。春节的天气穿单鞋是很冻脚的，棉袄、棉裤、穿单鞋，可小时候却不感觉到冷，在外面跳啊蹦啊，玩得热火朝天，简单的童心荡漾着快乐的涟漪，只为一年唯一的一套新衣新鞋。

我到旗里上班那年，母亲为我做了一件活面的洋粉色穿银线的丝绸棉袄。青春年少的我穿上母亲为我做的棉袄，粉面桃花，心生向往。

母亲走后，父亲说："你们看看你妈的遗物，喜欢什么就拿什么，留作念想吧！"我把母亲为我做的粉色棉袄，还有母亲平时经常穿的黑色大绒夹袄拿上，留作永久的念想。

叔叔和秀珍

　　20世纪60年代，在离我们村子50公里的地方，修建了一座人工水库名叫"沙那水库"。为修建这座水库，在全公社抽调精壮劳动力，叔叔也在这支浩浩荡荡的队伍里。叔叔高小毕业，有些文化，工程指挥部叫他开拖拉机。人是能创造奇迹的，这座水库的建成就是北方人创造的奇迹。

　　水库建在乌尔吉木伦河的上游，乌尔吉木伦河河水直接注入水库，三面环山，水深几丈，宽阔的堤坝，碧绿的水面。水库的闸门控制下游河水的流量，灌溉下游的良田。在贫瘠的北方，人们能吃到水库产的淡水鱼花鲢、鲤鱼和鲫鱼，味道鲜美。后来这里开发成旅游地，人在船上、快艇上浏览水库的风光，一方水土养一方人，沙那水库养育和造福了这片土地的人。

　　在我懂事时，母亲爱给我讲叔叔和秀珍的事。叔叔和秀珍是高小的同学，前后院邻居。秀珍长得甜美漂亮，两条齐腰的辫子，女红出色，性格温柔，美中不足的是个子有点矮。秀珍狂热地爱上叔叔，给叔叔写情书，在生产队劳动时，主动和叔叔说话，在那个年代可谓新潮。秀珍是一个聪明大胆的姑娘，为了自己的幸福锲而不舍地追求叔叔。叔叔起初对秀珍不满意，奶奶说："家里这么穷，能娶上媳妇就不错了。"在奶奶的劝说下，也是秀珍的真情感动了叔叔，叔叔和秀珍结婚了。新婚宴尔公社抽调精壮劳动力去修水库，叔叔离开新婚的妻子去修水库，秀珍泪眼送走叔叔。

　　母亲说："秀珍对你叔叔真好，家里一点好吃的，都给你叔叔留着，有的都留长毛了，整日盼望你叔叔回来。你叔叔修水库回来的时间很少，两年多回来的次数有限。修完水库回来，你叔叔要和秀珍离婚。"母亲说那时秀珍太可怜了，哭得死去活来，叔叔一意孤行，不论家人怎么劝就是离。在那个年代的农村，离婚是件很丢脸的事，对于女人更是悲剧。

母亲还说秀珍离婚后，留下为叔叔做好的几双布鞋，鞋垫绣着石榴花。还留下一双给奶奶没有上鞋底的鞋面，母亲一直珍藏着。一说起秀珍，她就会拿出那双鞋面端详，黑色的两半节鞋面，绣着紫色的葡萄花，一团紫色的葡萄花透着神秘。睹物思人，伊人已经永远地走了。

后来叔叔娶了婶子，婶子个子高高的，乌黑的辫子。母亲说婶子结婚那天真好看，穿水红的棉袄，长得像《红灯记》里的李铁梅。秀珍和叔叔家前后院，叔叔结婚那天秀珍趴在墙头上看，泪流满面。母亲说看了让人心碎，一说起此事母亲就心酸。

叔叔和婶子后来婚姻不幸福，婶子的个性很强，叔叔的性格倔强，日子在打打闹闹中度过。

叔叔结婚后不久，秀珍远嫁他乡，不到一年难产死了。叔叔听说后放声痛哭，世间的事，当你拥有时不觉得珍惜，永远失去时才觉得珍贵。后来叔叔和婶子吵架，婶子说："人都死了，你还用那个破剃须刀。"母亲认为，叔叔如果不去修水库就不会和秀珍离婚，秀珍也不至于死。我认为不是因为修水库叔叔和秀珍离婚，而是他们的婚姻本身就有不和谐的因素。

后来我曾问过叔叔：秀珍和我婶子俩人谁好？叔叔沉思片刻，如果她俩的优点集中在一个人身上就好了。世上哪有完美的事呢！人都是优点和缺点共存的。

慈 父 严 母

父亲年轻时，村里上岁数的老人都叫父亲学生。父亲高小毕业在大队打杂，人勤快干净，后来被推荐到公社农行营业所当会计。那时农行和信用社在一起办公，信用社隶属农行管辖。年轻时的父亲，上下班骑一头黑色的小毛驴"嗒嗒"走在乡间公路上。父亲有些洁癖，平时穿戴总是一尘不染。单位记账之前要先洗手。父亲的账本干净整洁，文字独成一体，繁体字多。父亲写阿拉伯数字和标准的阿拉伯数字书写不一样，写到账页上整齐独特。办公室收拾得干干净净，同事在父亲的影响下工作环境也一直保持干净整洁。父亲会计工作做得出色，旗农行经常带新手来学习。

父亲和母亲结婚后，母亲用一双巧手把父亲打扮得体面利落，一身深蓝的人民装穿得一尘不染。后来母亲在人民装的基础上改进，把四个兜做成外兜，脚上配一双新做的千层底黑色灯芯绒三紧鞋。条件好些后，父亲买了一块"上海牌"手表，那个年代戴一块手表，就好比现在戴块劳力士。羡慕的人会赞叹："这表真好看，全钢的吧！"嫉妒的人会说："这穷小子瞎显摆！"那时农村人表达自己的情绪很直白，好坏分明，虚伪的人少。父亲在镜子边用铁丝电线弄个挂钩，下班回来摘下手表挂上，我们几个经常趁父亲不在偷偷地戴在手腕上过瘾。父亲后来买了一辆"永久牌"自行车，替代了小毛驴，村里人把自行车叫作"电驴子"。这辆自行车对于年幼的我们有着神奇的魔力，父亲一下班我们就推到街上练自行车，够不着大梁叉腿练，有时还会因争自行车吵架。父亲年轻健壮，穿着一身深蓝色人民装，手腕戴"上海牌"表，骑着自行车飞速地行驶在铺满马尾沙的乡间公路上，在那个年代真的很潇洒，在村里很出风头。母亲每天总是目送父亲上班，然后在家开始一天的劳作。

一个冬日的下午，父亲骑自行车下班回来放好自行车，进院先空咳嗽几声给我们一个动静，然后听到父亲拍打身上的尘土，拍打裤脚挽起，跺两下脚，这是父亲从年轻时就有的习惯。不进屋先在院子里铲鸡粪扫院子——农家的鸡都是散养的。母亲听到咳嗽声就告诉我们："你爸下班了，赶紧收拾碗筷吃饭。"这时我们雀跃行动起来等待父亲进屋吃饭。

父亲勤俭做事有规律，晚上他会把明天需要办的事一一列在纸上，放在钱夹里随时看。记家里的开销账，收入支出明细，和他在单位记的银行账一样清清楚楚。父亲勤俭持家，母亲辛勤劳作，我们的日子一天一天地在变好。

童年时，我最高兴的事是星期日放假。父亲上班时，我坐在父亲自行车硬邦邦的大梁杆上，一只手紧握自行车的车把，另一只手拨弄车铃"丁零零"。悦耳的铃声，伴着丝丝凉风吹过耳边，父女俩奔驰在乡村公路上，下坡时会喊："爸爸别刹车。"小小的我，心里充溢着无尽的快乐和幸福。那时我喜欢去父亲的单位，是因为父亲会给我几角钱，手里拿着几角钱感觉自己是个富翁。我拿着钱一溜小跑到附近的供销社买东西。

农村供销社是那时农村孩子的天堂。供销社一排平房，分食品专柜、针织专柜、日用百货专柜、图书专柜，还有土产日杂。到供销社趴在栏柜上看，眼里放着光，嘴里发出啧啧的赞叹："真好看！"我手里攥着几角钱到日用百货专柜，买几个本子、几支铅笔，还会买一块橡皮用鼻子嗅着。剩下的钱我会买一本画本看，余下的几分钱买几块糖。糖，对童年的我们来说，是世上最美的美味，剥一块放到嘴里，慢慢地含着，甜丝丝的沁人心脾。

临近过年，父亲会到旗里开年终表彰大会，我们盼望父亲快些回来。父亲每次从旗里回来都会满载而归。作为每年的先进工作者，有时奖励的是一只印着

"先进工作者"的陶瓷缸子，有时是一块白色手巾，父亲脸上洋溢着快乐的笑容，这些奖励也是对他辛勤工作的肯定。

此外，他还要置办一些过年的东西，比如，为我和母亲买几尺花布做上衣，为哥哥和弟弟买一身布料。父亲给母亲买"友谊牌"雪花膏，"万紫千红牌"香粉，蛤蜊手油，黏糊糊的发油。母亲擦雪花膏和手油，在头发抹点发油，弄得头发油光铮亮，母亲从不敷香粉。对我诱惑最大的就是香粉。金灿灿的小花朵圆粉盒精致可爱，我会偷偷地用粉扑往脸上涂，母亲知道也不说我，看着我的白脸偷偷地笑。一次，父亲对母亲说："这次我在旗里的三八商店买了几丈，挺贵的，新上柜的，听说特结实，孩子们穿衣服费，做裤子耐磨。"那时化纤的东西刚在市面流行，后来又有了的确良。那时人们以穿涤卡、的确良为时髦。父亲还会买几斤糖果，五颜六色的糖让我们直流口水，父亲给我们几个馋猫分几块，余下的过年吃。我们掐指算着过年的日子，过年意味着有新衣服穿，有好吃的，"穷孩子盼过年"。

父亲老年时曾说过："你们几个从小到大，我从没打过一巴掌。"幼年时父亲很宠爱我们，真的一巴掌都没有打过我们。但母亲对我们要求严厉，从小让我们做家务。我在七八岁时就自己洗衣服，站在小板凳上捞小米饭。哥哥年长我4岁，母亲出去割草带着他去，也算家里的半个劳动力。弟弟小时候是个出名的淘气包，在外面总惹是生非，一次把水利指挥部的玻璃打碎，人家找到家里，母亲找钱赔偿连忙道歉。人走后，母亲拖过弟弟一顿打，边打边哭："家里钱这么紧，你在外边还闯祸。"弟弟嘴巴伶俐，会说："妈，我再也不惹祸了。"过后，他依然在外面惹是生非。

母亲平时对我的言行进行规范，如果不是睡觉时间，我在炕上躺着玩，母亲会说："一个女孩子没事往炕上一躺成何体统，把衣服压些褶子，头发滚得像乱柴火。"后来我养成习惯，总是规规矩矩地坐着看书。"女孩子坐要有个坐相，站要有个站相。"从小母亲严格要求我们，我们也养成了一些好习惯，受益终身。

母亲和千千万万普通的农村妇女一样，一切荣耀归丈夫，一切付出为孩子。夫唱妇随，对父亲言听计从，教育孩子严厉，对丈夫温柔顺从。我印象最深的是，父亲和母亲早早醒来，你一句、我一句地轻声说着晨话。起来后父亲去院子里干活，母亲做饭。我们成年以后曾对母亲开玩笑："妈，你什么事自己说了算，不要问我爸？"母亲说："你爸上班累，惹你爸生气干啥！"说得我们无言，和谐的婚姻就是为对方高兴而默默地付出。

在我们幼年时父母从不吵架，家庭温馨和睦，良好的家庭氛围塑造了我们自信的性格。我认为人的性格来自两个方面——一方面来自遗传；另一方面来自环境。从一个人的性格你会看到他父母的影子，父母的性格直接影响孩子的性格，所谓"江山易改，本性难移"说的就是遗传因素。环境影响一个人性格，父母和睦、家庭气氛温馨的家庭环境，孩子的性格也会自信乐观、心地善良。家庭环境恶劣、父母争斗，孩子的性格也会脾气暴躁，缺乏自信，做人自私。

云　姨

在云姨童年的时候，她母亲纳鞋底时，锥子不小心扎伤了她的左眼。幼小的她号啕大哭，早晨醒来，左眼肿得如核桃般大小，从此左眼失去了光明。眼窝凹眼眶凸，童年的云姨生活在痛苦和泪水中。

母亲和云姨是发小，俩人亲如姐妹无话不谈。成家后成了前后院邻居。云姨很聪明，比如，包粽子、做元宵母亲都会请云姨帮忙，母亲去姥姥家时就叫云姨为我们做饭。

有时我和母亲跨过墙去云姨家。幼时最吸引我的，是云姨家墙上那两幅镶在镜框里的古代美人。我爱趴在柜上看那个古代美人，乌黑的云鬟，细长的眉眼，樱桃小口一点点，白色、深蓝的裙裾飘逸，一个花篮、一把花锄，人物画得凄婉忧伤。我指着镜子问："云姨，这是什么？""这叫'对美'，是我结婚时的陪嫁。"幼时我不知画的是什么人物，只感到整个画面压抑、忧伤、凄苦。后来我看画本才知道这两幅画是《红楼梦》里的"黛玉葬花"，细看画边还有题字，是黛玉《葬花词》的后四句：试看春残花渐落，便是红颜老死时。一朝春尽红颜老，花落人亡两不知。这幅"对美"是云姨的陪嫁，嫁妆怎么是"黛玉葬花"？这是多么的不吉利。当然云姨没有文化也不知道什么是黛玉葬花，她的命运凄苦如画。

云姨的丈夫是一个黝黑的庄稼汉，人很精明，在村里有些声望。母亲和云姨平时总爱在一起说一些体己话。记得幼年时，云姨总是对母亲边诉说边哭，右眼泪如泉涌，干瘪的左眼泪腺已经枯竭，鼻涕一把泪一把，乌黑的自然卷发被泪水贴在脸上，嘴里反复说："几个孩子小，你说我的日子可咋过啊！凤兰我活得憋屈啊！"母亲也流着眼泪，柔声细语地劝着云姨："云啊！慢慢地熬吧！年岁大些心就收回来了。"那时我年幼，对于母亲和云姨说的话似懂非懂。童年时，我想云姨的命运悲惨，眼睛被她的母亲误伤造成终身残疾，成家后婚姻又不幸福。在我的记忆里，云姨一直穿着黑色或灰色的衣服，如她灰色的生活。

云姨有三个黝黑的儿子，一个比一个高一头。孩子是云姨的希望，也是云姨的唯一支柱。

日子在云姨的泪水和辛勤的劳作中荏苒，她的三个儿子陆续都成了家。四十几岁的云姨白发苍苍，悲戚的眼神有些淡然，历经沧桑的心趋于平静。和母亲在一起时，云姨不再如祥林嫂一般反复诉说痛苦，她有时说起儿孙，脸上还露出了笑容。

母亲离开村子十几年后，脑萎缩失去了记忆。可在平时母亲自言自语时，竟然在念叨云姨的名字，我想母亲的记忆留在了我们的童年，还有她和云姨在一起的时光里。

搬家时我回了趟老家，看望亲戚和年迈的云姨，也是代表没有记忆的母亲去看望云姨。云姨家那两幅"对美"依然挂在墙上，显得凄凄婉婉。云姨拉着我的手问我母亲的病怎么样了："你妈咋就得了不认识人的病呢？想想你妈是多么的心灵手巧，左右邻居都穿过她做的衣服。"我对云姨说："我母亲平时总是念叨你的名字和我们几个的小名。"这时七十几岁的云姨流下热泪，泣不成声。

云姨的丈夫得了中风，生活不能自理。从他咿呀的话语里我听明白是问我父母的情况，口水顺着嘴角流下来，当年那黝黑的汉子现今被疾病折磨得面容憔悴。

离开云姨家，云姨的丈夫坚持要出去送我。云姨用手搀扶着他，艰难地挪下炕沿。农村的院子很长，云姨搀扶着她的丈夫艰难地往前挪着。看着他们，我的泪水溢满眼眶，想起年轻时云姨的悲伤，岁月让他们变得如此羸弱苍老。在我离开的时候，云姨的丈夫眼里流下浑浊的泪水，想和我摆摆手，手却抬不起来。

回首凝望，夕阳下云姨搀扶着他的丈夫在瞭望。看着年迈的云姨和他的丈夫相携相依的身影，我明白：爱情的真谛就是不管年轻的时候经历怎样的痛苦、背叛、伤害，耄耋之年仍能相扶相携、不离不弃走到人生的终点。

春节回家和父亲说话，问起云姨。父亲说："你云姨的丈夫不在了，年前你云姨领着她的三个儿媳妇来看你妈，你云姨的身体也不好。和你妈说这也是最后一次来看看，往后也走不动了，说不上哪天就走了。"听了父亲的话，我心凄然。

没有想到春节母亲和云姨的见面，真的成了永别。秋天，母亲悄无声息地走了。

姥 姥

姥姥家在离我家七八里地的杨家营子，也是公社所在地。这里有公社大院、供销社、邮电所、父亲上班的营业所。最热闹的当属集市，在供销社的前边，每个集市都熙熙攘攘，人头攒动。小时候放假，一到腊月我们也到集市逛逛，逛完再到姥姥家玩几天。

在我有记忆时，姥爷就双目失明，整天拄着拐棍。每天上午太阳出来一竿多高，他摸索着走到大门口的台阶晒太阳。姥爷正襟危坐，双手把住拐棍，仰着头让阳光洒在身上，姥爷看不到光，只能感受光的温暖。舅妈很孝敬姥爷，每天将饭端到姥爷面前，姥爷摸索着自己吃饭。

母亲说："你姥爷的眼睛是气瞎的。""眼睛能气瞎？"让人不可思议。母亲接着说："真的是气瞎的，那年年午夜，你四姨和前院的孩子打仗，你姥爷脾气倔，大喊一声，跳高去打你四姨。喊完双手捂着眼睛蹲在地上，后来双眼就看不到东西了，把眼线挣断了。"

这些都是事实，姥爷的眼睛是气瞎的，至于是否挣断眼线，这就没有科学依据了。那时医疗条件落后，姥爷的眼睛怎样失明的无从知道。

放暑假时，我会到姥姥家住一段时间，最吸引我的是姥姥家的那棵枝繁叶茂的大沙果树。树干有一搂抱那么粗，叶片犹如小孩子的手掌那么大，结的沙果比乒乓球还大。那压弯的树枝用木棍支着，坐在宽大的树干上随意摘红彤彤的沙果吃，是一件很惬意的事。

在姥姥家最害怕的事就是，她家的猫会半夜里往被窝里钻。在睡觉时我害怕，紧紧地把被子裹紧，可半夜猫还会钻到被窝里，毛茸茸的吓得我大叫，感觉那猫刚吃完老鼠，太恶心了。姥姥迷迷糊糊嘟囔说："这个小丫头，猫还能把你吃了？搂着猫睡觉多暖和，猫猫过来。"姥姥把猫拎到她的被窝里，搂着猫睡。我最讨厌的动物是猫，这和童年的经历有关。另外我讨厌猫的叫春，声嘶力竭，听了让人反感，情欲宣泄怎么这样大张旗鼓？

姥姥穿母亲为她做的大襟上衣，缅裆裤子，腿系黑色腿带，头上绾个疙瘩鬏，用网罩罩着，别一只簪子。小脚，有些畸形的脚。姥姥对我说："我几岁时大人给我裹脚，用长长的带子把脚紧紧缠上，那个钻心的疼啊！一裹脚我就哭，我趁大人不在时会偷偷地把脚放开，所以脚就长成这个样了，脚趾头全往里弯。那时我把脚放开就对了，要不我怎么采药去，我就成了残废了。"

姥姥是一个旧时代的小脚老人。我童年时姥姥已经到了白发苍苍的年纪，手里拿着一个很小的簸箕颠着小脚到田间地头采药草。北方有一种植物叫大麻子，大人告诉孩子，这种植物有毒，后来我知道大麻子就是曼陀罗。姥姥采摘大麻子白色的喇叭形花朵。在农村大麻子很多，因为动物不吃，孩子不碰，这种植物长得出奇的旺盛。姥姥除了采摘大麻子花外，还撸车前子，挖知母，摘红花子。采回来的药材晾干捆好，到供销社去卖。

姥姥拿着小簸箕，一会儿就采摘了一小簸箕洁白的大麻子花。我曾很吃惊地问她："大麻子有毒，你怎么还摘？"姥姥说："谁说的？这是药材，我采摘这么多年怎么没有被药着，这花朵是宝，我晒干了，卖到供销社能赚几角钱呢！卖了钱我买药片吃。"我不知道姥姥在什么年纪就开始吃药片，药片就是去痛片——索密痛。不知这种药片是否有长寿的作用，姥姥每天都吃。她拿起一片药片放到嘴里嚼，也不喝水，到了老年糊涂时一天吃几片，吃药片成了姥姥最快乐的享受。

后来我发现农村不少长寿的老人平时都吃药片，说是为了解乏，吃药片是否和长寿有关？并没有科学依据。幼时我因大人的告诫从来没有碰过大麻子花，惊叹大麻子花的美，远远地观看，却从没有触摸过。姥姥的采摘又证明大麻子花是可以采摘的，所以说来自别人的经验会抑制体验的快乐，想法被观念框住会故步自封。

每年母亲都会接姥姥到我家住一段时间。母亲说："你舅妈照顾失明的姥爷就很辛苦，把你姥姥接来住一段时间，让你舅妈歇歇。"

姥姥和我住在一起，一天夜里我起来解手，姥姥坐起给我打灯，姥姥并不白的背心上爬着好几只虱子，我喊："姥姥你身上有虱子。"姥姥说："这有什么大惊小怪的，穷招虱子，富长疮。我的肉皮子甜，自然就长虱子了。"虱子是一种寄生虫，现在农村、城里都少见了。虱子幼虫叫虮子，白色，比米粒小，在头发、衣服上一串串的，慢慢长成虱子。身上有虱子，会令人奇痒无比。那时还有跳蚤以及臭虫。臭虫太可怕了，会咬得你身上起大红疙瘩，奇痒无比。

姥姥会讲笑话。姥姥是一个神奇的老人，她不认识一个字却会栩栩如生、绘声绘色地讲笑话。幼时的我总缠着姥姥讲笑话，鬼怪神异，听得屏住呼吸，吓得晚上不敢出去，怕鬼。姥姥讲："一天妈妈去娘家，告诉孩子，你们不要开门，听到暗号再开门，暗号是我敲三下门。门外的狐狸精听到了，狐狸精'当当'敲了三下门，孩子以为妈妈回来了把门开开。狐狸精睡觉打鼾，孩子问：'妈妈你怎么打鼾？'狐狸精说：'我在你姥姥家吃咸了。'孩子问：'妈妈你脸上怎么有麻子？'狐狸精说：'东来阵风、西来阵风、刮我脸上一个荞麦星。'孩子问：'妈妈你手上怎么有毛啊？'狐狸精说：'是因为要吃你们。'狐狸精伸出毛茸茸的爪子。"姥姥讲完，吓得我们气都不敢喘，连问姥姥："狐狸精把孩子吃了吗？"姥姥说："快睡觉，下次告诉你们。"

姥姥的故事很多，什么九头怪、落难公子遇小姐喜结良缘，姥姥的这些民间故事丰富了我的想象，也是我最早的文学启蒙。

舅舅在姥姥七十多岁时，请木匠为姥姥打好棺材放在仓房里。姥姥有一次领我到仓房看棺材，吓得我腿有些打颤。姥姥说："你这小丫头，这有什么好怕的，这是每个人都要去的地方。"姥姥用手"咚咚"地敲敲棺材说："这是上好的木料，你听声音多好，这花描的多好看，你四舅孝敬就怕我死了占不上棺材。"这口棺材一搁就是二十多年，姥姥走时，棺材的油漆已经有些脱落。

姥姥乐观的性格，在那个艰苦环境里，快快乐乐活到九十二岁。

鸡毛翎扛大刀

　　如果你要问我，童年最快乐的是什么？玩。我生活的山村有百十户人家，村子在山脚下，春天山上、田野地头盛开红艳艳的山丹丹花，盛开的打骨朵的，我摘了就往嘴里送，甜丝丝的。粉白的杜鹃花在阳光下舒展，幼时村里的人把杜鹃叫豆青，告知有毒，说羊吃豆青会药死。大人的言论对我们的影响根深蒂固，杜鹃花好看却从不敢亲近。还有一种植物在北方叫大麻子，大人说有毒，小时候我从不采摘大麻子。后来我知道大麻子就是曼陀罗，是很好的中药材。

　　村子的四周是广袤的田野，跨过一条渠沟就是我家西地。西地自我有记忆起一直郁郁葱葱，肥沃的黑土地今年种玉米、明年种谷子。长长的垄沟尽头是一片杨树林，高高的杨树有碗口粗，翠绿的叶片迎风"唰唰"响，野蜂在枝丫上筑巢，蝴蝶在野花间翩翩起舞，一条河从树林边流过，清澈见底。

　　我童年的玩伴，有西院的立柱，有点罗圈腿的淑娟，好看的丫片，还有前后院邻居丽茁。丽茁和我同岁，我们一起上学、一起玩耍。丽茁麦色的圆脸蛋，圆圆的眼睛，头上梳两条辫。丽茁聪明活跃。我在玩的方面有些笨拙，而丽茁"十八般武艺样样精通"。她学习好，幼时我内心有些嫉妒丽茁的。

　　立柱六七岁时我们大家一起玩，年龄稍大些农村有"男女授受不亲"的观念，男孩和男孩玩，女孩和女孩玩。在没有上学前，我和玩伴在村头一直玩到月亮升起，柠檬般温柔的月光洒在身上。

　　我们这些尚未睡觉的孩子嚷叫："鸡毛翎扛大刀，你的兵马既我挑，挑哪个，专挑这个小豆包。"跳皮筋时，嘴里喊着："马兰开花二十一，二五六，二五七，二八二十九三十一……""拉大锯，扯大锯，姥姥门前唱大戏，接姑娘娶媳妇，小外甥也要去。"打口袋、跳格，在月光下玩得大汗淋漓，热火朝天，回家倒头便睡，有时累得忘记脱衣服，母亲招呼我把衣服脱掉睡。

童年的玩伴后来都有了自己的生活：西院的立柱后来因为承包水利工程，日子过得富裕；淑娟在呼市安家落户，丫片远嫁到辽宁黑水。我们几个最出息的当属丽苗，考上中师毕业在市里当上了人民教师。最不幸的也是丽苗，在即将婚嫁时出车祸走了。

我上学之前是一个疯丫头，爱唱歌却从没有唱过一首完整的歌。母亲说我："要唱就好好唱一首，不要整天乱哼哼，让人听着难受。"遇到可笑的事，就在炕上"咯咯"打滚笑，一直笑得捂着肚子说疼。母亲会说："这孩子怎么这样，别笑了，笑成傻子。"笑还能笑成傻子，我不信，那时我是"少年不知愁滋味"，什么都不信。

随着年龄的增长，我变得内向、羞怯、安静，不再出去玩耍，总是安安静静地在家看书。我终生感激我的父母，他们虽然文化程度不高，但他们知道尊重孩子的爱好和天性，不把自己的观念强加给孩子。他们尽量为孩子创造和顺的家庭环境，尽管条件不好也省吃俭用为我们买书；在那个贫穷的年代，为我们订阅《少年报》《故事会》《少年科学画报》，后来还订了《今古传奇》。我最喜欢玉娇龙和罗小虎的爱情故事，反反复复看了好几遍。若干年后看电影《卧虎藏龙》才知道，这部影片是《今古传奇》里的故事。我生活的村庄闭塞落后，我不知道什么是写作、世上还有作家，我只是怀着一颗朴素的心喜欢阅读，沉浸在自我的快乐里，陶醉在自我世界里。看到画本《红楼梦》黛玉恨声呼宝玉"宝玉，你好……"吐血而死时，心里抽动颤抖得落泪。父亲在旗里的新华书店给我买了一本《现代汉语词典》，价格8块钱，8块钱在当时是个不小的数目。没有书看，我就看词典。有时我坐在沙果树下遐想，在台阶上看书。有时无聊至极的我，专注地看房檐下的蚂蚁搬家。童年的我多愁善感。

家里的条件好些，父亲母亲把原来的茅草屋修建成前面一面青、房上铺红瓦的新房。在农村，修房盖屋是一件大事，村里的壮劳动力会来帮忙，上笆那天要吃年糕炖几个菜，买几斤散白酒畅饮。新房子修好，父亲在铁匠炉定制两扇大铁门，换掉了原来的木制大门。安上后，父亲买来绿漆、红漆把大门刷成绿色的门身、红色的尖头，很漂亮。

母亲去生产队劳动，哥哥上学，六七岁的我在家看小弟，那时弟弟三四岁。母亲说："孩子都是三翻六坐八爬，你小弟是八个月就会跑，三四岁还不会说话，出奇的淘，村里上年纪的人说，这小子出好的很好，不好就是二流子。"

我和弟弟在家，我也是孩子也贪玩。光屁股的小弟不知什么时候把父亲放在墙头刷大门剩下的漆涂得满身都是，变成了"绿妖怪"，他兴奋得拿根木棒当马骑满院子跑，吓得我哭了。母亲回来气得把我骂了一顿，把小弟放在水盆里洗，水怎么能洗掉漆。母亲着急突然想到家里有一瓶汽油，用抹布蘸着汽油洗，汽油真的把漆洗掉了，院子弥漫着浓重的汽油味。云姨来了说："凤兰你真是作死啊，用汽油给孩子洗，汽油钻到孩子汗毛孔不要了孩子的命。"母亲听了很后怕，几天一直担心，看弟弟还活蹦乱跳的，母亲的心才慢慢放下。

冬天北方寒冷，滴水成冰。村西头的陈老太太颠着小脚，气喘吁吁地在大门外喊："学生媳妇，你快去看看吧！吓死人了，你那老小子在放辘轳呢！井四周全是冰，一辘轳打到井里可完了，吓得我腿都软了。"母亲一路小跑到村头的井边，井边是白光光厚厚的冰，弟弟正在放辘轳，兴奋地"哈哈"大笑。母亲悄悄地走到弟弟身边，迅速伸手把他抱到一边，照着他的屁股狠狠地揍了一顿，汗从母亲的额头流下来。

弟弟到二叔家，二叔在广播站上班，家里有上电线杆的脚扣。弟弟偷偷地拿走脚扣，往脚上一扣顺着电线杆往上爬，五六岁的孩子，似一只猴子灵巧地爬着。把母亲吓得腿打颤，轻声在下边喊他："春福啊，慢慢地给妈爬下来。"弟弟在高高的电线杆上向母亲摆手，母亲大气不敢喘，在下面伸手接着怕他掉下来。弟弟幼时上天入地什么都做，家里的老母猪高头大耳很凶，可弟弟不管这些，骑到老母猪的背上叫喊，愤怒的母猪狠狠地咬了他一口，肚皮留下一块大的疤痕。

成年后一次我开玩笑对弟弟说："一个相面的先生说我额头如果没有这个小坑，命会更好。我这个小坑是你小时候用筷子给我扎的，影响了我的大好前程。"

弟弟说："我把你额头扎个坑，你看你用铲子给我铲的疤。"我一看在他脸部三角区真有一块疤痕。"这疤是我给你铲的，不可能吧？"弟弟说："你小时候很凶的，这还有错？你要不铲我这一铲子破了相，我比现在发达。"说完，我们"哈哈"大笑。这些我真的不记得了，童年我们姐弟竟然发生过这样的战争：一个用筷子扎，一个用铲子铲，很霸道。人都说人的心尖是朝下长得，大的疼小的，我从幼时就知道疼爱弟弟，关心他的成长，人到中年的弟弟说了一句肺腑之言："我人生的关键几步都是大姐改变的。"世间姐姐疼爱弟弟是一种不求回报的付出。

弟弟六岁左右时突然病了，他不再出去惹祸，面黄肌瘦，身体无力。父亲用自行车带着他四处看病，也没有结果。母亲看着日渐消瘦的弟弟，偷偷地哭泣。求助于神灵，烧香磕头念叨，到偏僻的山沟找大仙跳大神。那大仙装模作样伸伸懒腰，打几个呵欠，声音瞬间变了。

"你家小童不是凡人，是庙里的童子偷着跑出来的，仙家要收回，得赶紧安排安排。"大仙故弄玄虚说。

母亲虔诚地趴在地上给大仙磕头："求大仙保佑我家孩子，给孩子安排安排，我好生感谢大仙。"

大仙故作为难说："有些难啊！我求求长仙姑吧，看有没有办法。"大仙又开始胡言乱语。

"长仙姑说，看你平时积德行善，现在仙家不收回，你得用纸人换真人，还要杀只鸡祭奠。"大仙恢复人态，疲倦不堪，故意问："长仙姑怎样说？"母亲重复一遍大仙的话，大仙说赶紧回去办吧。母亲把钱押在大仙的香炉下，大仙此刻最精神。

母亲按仙家的要求安排了，可弟弟的病还是没好，母亲更担忧，怕哪天神仙发怒把她的儿子收回。人什么时候最信算命的、跳大神的，是人对生活最没有信心的时候。弟弟的病让母亲心力交瘁，痛苦无望，才把希望寄托于神灵寻求保佑。后来我发现所有的大仙都是一个招数，装神弄鬼糊弄在痛苦中挣扎的人。父亲一生从不相信鬼神迷信，认为大仙全是骗人的。

弟弟病得越来越严重，父亲带弟弟到旗里医院看病，一化验结果是蛔虫病，吃药打虫，弟弟一天一天地恢复了往日生龙活虎的劲。

弟弟学习成绩不好，却有一套特殊的能力，在同伴中，在班级里，他有很强的号召力，组织能力强，社交能力强，是球场上的活跃分子，平时擅长冷幽默。有时人的成功真的不能用成绩好坏来论，弟弟敢作敢为，在单位干得很出色。我们老家有一句谚语：淘小子出好的。

我和弟弟的成长，是父母由着我们的天性长，没有给我们放框框。今天的父母为孩子做得太多，让孩子失去了棱角锐气，天性泯灭。人就似一棵树，父母要及时修剪孩子的缺点，让孩子在风里雨里历练，在阳光下成长。

哥哥老实沉稳，母亲认为是幼时对哥哥管教太严造成的，所以母亲看到哥哥老实心里很懊悔。记得我的一位远房亲戚对母亲说："孩子有开心晚有开心早的，不要着急，孩子是慢慢长的。"母亲不再训斥哥哥，心里最疼的也是哥哥，父母可能最疼爱弱一点的孩子。哥哥年长，是家里的半个劳动力，母亲出去割草、割地都带他去，我们三个孩子中他是最劳累的。后来他在信用社工作，性格老实沉稳，在业务上干得很出色，继承了父亲的工作精神。

一方水土养一方人，一个家庭环境塑造出各种性格的孩子。我的性格内向收敛，小弟豪放勇敢，哥哥老实沉稳，母亲说："一母生百般，各有各的样。"

舅 舅

母亲兄弟姐妹五个，姐妹四个，一个哥哥，母亲叫舅舅四哥，我们叫四舅。姥姥姥爷在逃荒时，将12岁的大姨当作童养媳留在外地，嫁给了一个年龄大20岁的男人。姨夫年龄虽然大些，但人精明有头脑，日子过得很好。大姨年轻时在婆婆家当童养媳受气挨打，老年善良的大姨儿女孝顺。我们老家有句俗语："年轻时享福不是福，老了享福才是福。"大姨年轻时受罪受气，老了有了幸福的晚年，很是圆满。

四舅年轻时清瘦英俊，满脸络腮胡须，平时不苟言笑，一脸严肃，我们幼时都有些怕四舅。四舅年轻时在大队做事，严肃认真，脾气暴躁。那个年代的大队干部清正廉洁，一身正气，早出晚归在大队里操持。那个年代的人一心为公，心里没有一个私字，别人亲切地称他"赵大胡子"，老了称他"老赵头"。四舅平时寡言，喝多了笑眯眯的话很多，爱讲一些别人成功的事，讲时满脸羡慕，嘴里啧啧赞叹："你看那人活得可不一般，有钱有权可做大了。"然后无奈地摇摇头，可能是对自己清贫生活的无奈吧。

母亲说过："你四舅一脸严肃，心里也很苦的。"年轻时的四舅有过一段幸福而短暂的婚姻。那时四舅娶了邻村一位小家碧玉的女孩，那女孩皮肤白皙，一双杏眼顾盼生情，名叫叶子。老人都说，人长得太好看一点不缺彩是不会长寿的，都是哪个庙上跑出来的童子，早晚仙家会收回去的。

漂亮得如仙女的叶子和清瘦满脸络腮胡须的四舅珠联璧合，结婚那天叶子穿水红的大襟棉袄，两条乌黑的辫子，面如桃花。新房正中挂一幅毛主席像，姥姥姥爷坐在长条椅子上，四舅牵着叶子的手，证婚人高喊："一拜天地，二拜高堂，三拜伟大领袖毛主席。"四舅刮得劲爽的脸笑得似朵花。四舅清贫的日子荡漾着似水柔情，女人性情婉约善解人意，四舅眉间嘴角翘着笑意。生活往往是月满则亏，水满则溢，老天不会将太多的好处让一个人享受，一场没有预感的事故击碎了四舅的人生。

那年秋天，生产队的田野里硕果累累，一片红彤彤的高粱像一把把火炬，玉米的叶片在风里摇曳，金黄的谷子压弯了腰，满目都是秋天的丰收景色。

一日叶子在田间走，内急到田野里解手被看青的人抓到，说她到生产队的地里偷豆荚。叶子号啕大哭，说自己去地里解手，不是去偷豆荚。看青的人吓唬叶子，明天要在她的脖子上挂一串豆荚游街批斗，一听要游街，女人吓得浑身哆嗦。叶子"呜呜"哭诉连声说："我真的去解手，我没有偷生产队的豆荚。"受到侮辱的女人回家后，躺在炕上无声地流泪，四舅问她怎么了，她不语。叶子有气无力地说了一句："我没做亏心事，我不想给你脸上抹黑。"四舅丈二和尚摸不着头脑，不知她怎么了，也没太在意，就到大队去上班。临近中午，家里人哭喊着跑到大队喊四舅，说叶子喝大烟了。四舅愣怔往家跑，一看叶子已经口吐白沫。四舅疯了似的用手抠叶子的喉咙，想叫她呕吐，可这时的叶子头无力地垂下，一丝血顺嘴角流下，脸色白得如一张白纸。四舅铺天盖地地大哭，他不明白叶子怎么会喝大烟寻短见，懊悔自己没有听懂叶子说的话。

四舅后来知道事情的原委，找看青的去拼命。看青的人吓得哭着说："我只是吓唬吓唬她，没想到她会寻短见。"人的神经在那个时代绷得如弦，一句话一件事可以让一个人崩溃。叶子生活在那个时代，她见过太多太多的游街批斗，令人战栗的场面让叶子颤抖。是当时的社会状态压垮了叶子的意志，死是唯一的解脱，人的悲剧有时是自己造成的，有时是外在形势造成的，叶子如她的名字在那个时代凋零了。叶子死后，四舅脸上的线条从此凝固，寡言少语，相由心生，一个人的脸部线条是内心的真实写照，四舅只有在喝多时话语多些。

后来别人为四舅介绍了舅妈，舅妈干瘦，皮肤黝黑，个子矮小。四舅见过舅妈也没说什么就稀里糊涂结了婚。舅妈人开朗幽默，在那个年代人幽默真的难得，似苦难生活有了润滑剂。舅妈喜欢自嘲，整日陪着不苟言笑的丈夫，永远走不到丈夫心里的女人，自嘲会缓解悲戚。舅妈爱开玩笑说："我是土垃圾配鲜花，委屈老赵大胡子了。"四舅听了也不言语，会奇怪地看她一眼。

舅妈伺候四舅周到，我幼时去他家，会看到这样的情境：舅妈放上炕桌，一盘葱花炒鸡蛋散发着诱人的香味放在四舅面前，碗筷放好，再为四舅烫一壶烧酒。四舅也不言语，慢慢地喝着，舅妈和孩子在桌边静静地吃着饭。那时我想四舅太幸福了，家里的鸡蛋别人吃不上，舅妈都为四舅留着。

家里上有老、下有小全靠舅妈操劳，劳累时卷颗旱烟解乏，过度的劳累使人更黑更瘦。姥姥悄悄地跟我说："你四舅年轻时长得可是美男子，怎么找这样一个丑女人，有好汉无好妻，赖汉子守花枝。"舅妈人丑心地善良，伺候失明多年的姥爷，伺候长寿的姥姥。老年的姥姥对舅妈产生依赖，舅妈爱逗姥姥："老太太你再不听话，背后不说我好，我就出门把你自己留在家里。"年老的姥姥会像小孩一样着急流泪，怕舅妈走了，温顺地如小孩。舅妈哈哈大笑："你老太太也离不开你这丑儿媳妇吧。"母亲很尊敬舅妈，常说你姥姥要不是你舅妈照顾得好，怎会活到九十多岁。母亲平时省吃俭用攒钱贴补家里，为姥姥做衣服，常年为姥姥买去疼片。

我总认为四舅对舅妈没有感情，作为女人，舅妈活得不容易。小心伺候丈夫却得不到温暖体贴，和沉默的四舅没有交集，精神无法交流。一年舅妈子宫大出血血流不止，面如纸色。看着病重的舅妈，四舅急得眼泪流出来，花钱雇车往旗里医院拉，舅妈保住了命。那时我才明白四舅对舅妈的感情很深，只是他不善于言表，深深地埋在心里。爱情不是海誓山盟的豪言壮语，是在相濡以沫的生活中细心周到的关心体贴，舅妈的善良赢得了四舅的爱情。四舅从不当面表扬舅妈，背地却说："你舅妈伺候老、伺候小真的很辛苦。"

后来四舅从大队退下，回到家里帮舅妈侍弄自家的几亩地，日子过得清贫安适。在2006年的夏天，我接到表姐的电话，说四舅病了，从乡下到旗里看病。我和丈夫到医院去探望，到医院看到四舅由表姐、表嫂陪着。四舅在医院楼房的墙根下蹲着，脸色蜡黄，眼睛都是黄的，骨瘦如柴，形销骨立，头发络腮胡须灰白，站着直打晃，说话没有一点力气，一看已经是病入膏肓。

看到四舅病得如此严重，我一阵心酸："四舅，怎么病得这么重才来看？"我问。

四舅有气无力地说："家里忙着薅草，我想忙过这阵再看。"表嫂说："在家里一直以为是感冒，按感冒治，输了十多天的液，吃了很多药，越治越厉害了。"我焦急地说："根本不对症，看四舅的脸色哪能是普通的感冒呢？"

丈夫找旗医院的主治大夫，大夫一看片子，无奈地说："怎么病得这么重才来看，胆管癌晚期，已经扩散，没有办法了。"我们一听惊呆了，我着急地问大夫："大夫，不能手术吗？"大夫摇摇头说："没有必要了，最多活一个月左右，喜欢吃点什么就吃点什么吧！"四舅的病连治都没法治了，让人无法接受的结果，我流下泪来，表嫂、表姐"呜呜"地哭起来。

我和丈夫极力挽留四舅到我家里待一段时间，想开车带四舅在他有限的生命里在旗里转转，外地去不了，在本地转转尽一份孝心。表姐、表嫂可能是内心太难过了，执意带四舅回去。

记得去年秋天，我捎信让四舅来我家，那时老人的身体还健康。四舅一直生活在乡下，年轻时一直在大队工作，任劳任怨，是一个标准的红色干部，退下来也没有工资。性格倔强的四舅从不向组织要求什么，孩子也生活很艰辛。

我和四舅聊天，说了很多以前的事。四舅说："我在大队忙，我们这个家全依仗你四舅妈支撑着，年轻时她伺候你姥爷、你姥姥，捧碗来捧碗去，把两位老人送走了。接着是几个孩子成家，累得身体不行了，腰也弯了，背也驼了，跟我也没有享一天福，尽受罪了。"四舅说："你爸、你妈，还有你公公婆婆都坐过飞机。我没有坐过飞机，在西乌旗我到飞机场看过飞机，那个管飞机的人还真不错，看我眼巴巴地望着飞机不走，让我到近处看看。没坐过飞机，看看就知足了。"我问四舅："四舅，你是不是特想坐一趟飞机？"四舅说："庄稼人，哪敢想啊！""四舅等下次我出去旅游带你去。"四舅笑了。

那天丈夫在家里拿了一瓶好酒，我们带四舅到饭店吃了烤鸭，这顿饭四舅吃得很开心。后来四舅到家里见到我爸说："你姑娘，请我吃了烤鸭，喝了茅台，我这辈子死也值了。"这时已经患脑萎缩多年的母亲，见到四舅"呜呜"想说什么，口齿不清看着四舅"嘿嘿"地笑，可能在母亲记忆深处，对最亲近的哥哥还是有印象的。就这么一顿饭，却让老人的内心很满足。我听了父亲的话心里很难受，四舅辛辛苦苦一生，期望值是多么的低。四舅的想法亦如千千万万农民的期望，他们的期望值都很低。

看到病重的四舅，我心里很难受。自己说过带四舅去旅游坐飞机，因为自己的不重视，老人家有生之年唯一的愿望——坐一次飞机没有实现，由于我的拖延成为老人的终生遗憾。面对病重的四舅，我深深地自责，扪心自问，我真的就那么忙吗？去年秋天到今年夏天短短不到一年的时间，四舅已经病得走路打晃。有些事不能等，尽孝要及时。对我们年迈的父母，对我们的至亲，趁老人身体健康之时，能行能走时，思维清晰之时，你想尽孝心就不要推迟，不要拖延，不要等待，因为明天是个未知数。生活中有些事，想了就去做，不要为自己留下遗憾，把你的闲暇时间给你的亲人。

在外地打工的表哥赶回来，他们的经济条件都不好，坚持带四舅到市里医治，尽管确诊一样，但儿女们所做的一切，对老人是一种安慰。

后来表姐说，四舅从市里回来不到20天就病重了。四舅在弥留之际，昏迷了好几天，走的前一天，回光返照突然神志清醒，看看儿女，拉着孙子的手，断断续续地说："我走了你们要好好照顾你奶奶，你奶奶这辈子最苦……都管我，你们都管我……"四舅清贫一生，走得很安详，很满足。

　　送走了公公，送走了婆婆，送走了丈夫。园子里那棵好几十年枝繁叶茂的沙果树被砍了，园子里空荡荡的，三间低矮的土屋前，枯瘦的舅妈弯着腰，扶着门框望着远方，眼神浑浊暗淡，只有房檐下一窝燕子"呢喃"地叫着，陪着孤独的老人。

村里来了一个女人

　　村里来了一个女人，在我们这闭塞的山村掀起一波波浪潮，街头巷尾全是这个女人的话题，这个女人作风有问题吧？这女人怎么从城里嫁到村里？人们尽情地发挥自己的想象力。来村里的这个女人身材苗条，面容姣好，弯弯的眉毛，弯弯的眼睛好似一弯新月，有着江南女子的娟秀。女人身上有着农村女人所没有的气质，娴雅淡然，眉宇间锁着忧愁。

　　她带着三个年幼的儿子，嫁给村里一个近四十岁的光棍。光棍人干净，把三间土屋收拾得一尘不染。女人带着三个儿子从旗里嫁过来，三个孩子改成光棍的姓。女人和光棍是两个不同世界的人，站在一起有种说不出的苍凉感。农村有句俗话："一朵鲜花插在牛粪上。"光棍笑逐颜开，女人面无表情，招呼三个穿戴一新的儿子不要吵闹。我们这些看新娘子的顽童，感觉和别人家娶新媳妇的气氛不一样，压抑沉闷没有喜气。

　　农村人对一切另类的事物充满好奇，关于这个女人的故事在全村迅速传播，版本添油加醋，大体是女人是旗里的小学教师，女人和丈夫一起毕业，和丈夫在一个学校教书，丈夫教数学，女人教语文，都很优秀。丈夫英俊，女人漂亮，结婚后生活幸福，生了三个宝贝儿子。那时女人和丈夫一起上班，俩人一起打着洋伞搂着腰，亲亲密密，也是旗里的一道风景。日子幸福甜蜜，然而却暗流涌动，学校开始开"批斗会"，男人和女人被冠以"生活腐化堕落，资产阶级作风严重"，停课反省。男人不知道犯了什么事后来入监狱，女人被开除公职。

幸福戛然而止，"运动"像疾风骤雨摧毁了原本幸福的家庭，带着三个孩子的弱女子，生活的路在哪里？幸福是什么？幸福有大幸福和小幸福之分，没有天灾人祸，没有战争，国泰民安是大幸福，家庭幸福是小幸福，有了大幸福才会有小幸福。女人的生活摇摇欲坠，让孩子们吃饱饭是最迫切的事。

　　女人被生活所迫，经别人介绍从旗里来到山村，带着三个年幼的儿子嫁给村里的光棍。后来我知道女人身上那股不同于农村女人的气质是书卷气，"腹有诗书气自华"，苦难掩盖不了华贵的气质。文化的浸润渗透，在人的每个毛孔散发，这个过程不是一朝一夕能完成的。

　　女人从不和村里的人讲自己的过去，也不诉说自己的苦难，性格隐忍。料理家务照顾孩子，平时沉默寡言，粉白的肌肤变得粗糙，握粉笔的细细尖指有些龟裂，身上的衣服浆洗得发白。过了一年多，女人为光棍生了一个女儿，女儿长得粉嫩弯眉，和女人一样漂亮。村里人说，女人很会生，孩子如果长得像光棍可麻烦了。老来得女，光棍乐得合不拢嘴，为家里老婆孩子在生产队拼命劳动。可村里的人从未看到光棍和女人一起走过。

　　女人一到过年就到我家里，找母亲为她的四个孩子裁衣服，裁完回家自己做。母亲曾悄悄地问过女人："你前个丈夫出监狱了吗？"女人眼泪流下来说："不知道他出来没有，一点消息也没有。"女人没有再多说什么，卷好裁好的衣料走了。母亲也惋惜落泪："多好的人，命怎么这样。"

　　大概在女人的女儿五岁时，光棍积劳成疾病倒了。后来被确诊为肝腹水，不长时间，光棍就不行了，肚子肿得老大。弥留之际，嘱咐女人要好好照顾他的女儿，这是他世间唯一的血脉。女人痛哭答应光棍，再苦也会把孩子拉扯成人，光棍闭眼走了。

　　"运动"的风潮刮过，天空出现璀璨的阳光。女人的前夫平反出监狱，孩子落实政策回城安排工作，三个孩子的姓改回女人前夫的姓，女儿是光棍的姓。女人带着她与光棍七八岁的女儿和三个儿子回城。女人走时到左右邻居家告别，泪水涟涟。

　　后来听村里人说，她和前夫复婚，她的丈夫在监狱落下病根，出狱后两年就死了，幸福和女人总是擦肩而过。孩子落实政策在运输部门工作，女儿也上班了。

　　多年以后我家搬到旗里，父亲领着生病的母亲在古城溜达，偶遇女人。女人白发苍苍已是七十多岁的人了，步履蹒跚，见到父亲母亲，看到不认人的母亲，她眼含热泪，说了很长时间的话，问起村里的一些事。对父亲说她的孩子们都成家了，现在自己一个人过，没事的时候出来溜达溜达。历尽沧桑的心，老年有了稳妥。

老嫂比母

父亲兄弟姐妹七个，哥三个姐妹四个，父亲排行老二。大姑14岁时就远嫁到一个叫银家拉嘎的地方，姑父是一个退伍老兵，脸上满是麻坑，大姑人善良开朗，个子矮小。婚姻由父母包办，一直和姑父不合，姑姑平时叫姑父"赵大麻子"，吵架时对孩子说得最多的就是："我死后不和赵大麻子并骨，今生我受赵大麻子的气，来生我要离他远远的。"

二姑嫁给本村的一个放马的，人高嘴碎，我们这里的老话就是一个"磨磨叽叽"的人，年龄比二姑大十几岁。对于这桩婚姻，二姑不同意，父母做主把二姑嫁过去。后来我听母亲说："二姑出嫁时哭了两天，新婚之夜不从，结果姑父把爷爷告到大队，说爷爷挑拨女儿婚事。爷爷被叫到队部，大队书记把爷爷一顿革命教育，爷爷受窝囊气回来一病不起，55岁就走了。"

三姑远嫁到旗里，姑父是一个工人，三姑和姑父感情很好，一生无忧无虑。

二叔的婚姻一波三折，和多情的秀珍离异，再婚婚姻不幸福，常说的一句话就是"人都是命"。

奶奶55岁那年病倒，父亲带奶奶坐拖拉机到旗里看病，大夫告诉父亲说：心脏病没有办法治了。奶奶在公社卫生院住院，当时奶奶已经不能走动，父亲背奶奶溜达。母亲说："你奶奶病得皮包骨头，一身黑色的大襟衣裤垮垮的。你爸问你奶奶想吃点什么？你奶奶说，'娘就想吃点酸东西，嘴里没有味。'"后来父亲托人到旗里捎回来两块山楂糕，枣红色的山楂糕把我们馋得直流口水，父亲用刀给我们三人薄薄地一人切了一片。我们一点点地吃，细细地品，酸溜溜的沁人心脾。奶奶吃了一点山楂糕，心满意足地对父亲说："学生孝敬我，尝尝山楂糕死也知足了。"

奶奶病重出院，回家不几日就病危，临终时父亲和叔叔、姑姑把奶奶搀扶着坐起，把我和哥哥抱到奶奶眼前看看。那时二叔家的老大刚出生还没有出满月，我也是刚记事。我记得清清楚楚，姑姑把我抱到奶奶面前，奶奶无力地睁眼看我一眼，头歪到肩上。我听到姑姑、叔叔号啕大哭，"娘，娘，你睁睁眼睛，你不能走啊！"那时我小，不知道奶奶头一歪已经咽气。奶奶走后，我大病一场，高烧不退，母亲说："你身体弱，你奶奶最后看的你，放不下你。"

后来母亲说："世间的事很奇怪的，你爷爷55岁没了，你奶奶也55岁没了，都是早晨太阳刚冒红时咽的气，你爷爷你奶奶走的时辰都一样。"

奶奶走时，老叔21岁，老姑18岁，父亲身为长子，和姑姑、叔叔商量老叔、老姑怎么办？姑姑、叔叔都低头沉默不言语。最后父亲说："我和你嫂子商量，老妹子才18岁，就搬到我家去吧，老兄弟自己在老院子，大伙赶紧张罗给他说个人，看你们有意见吗？"叔叔、姑姑都点头。

18岁的老姑搬到我家和我们一起过，母亲像照料我们一样照料老姑。过了两年，一次父亲对母亲说："娘走了苦了老妹子，咱托托亲戚给老妹子找个好人家，街边比咱们这里富裕。"母亲说："要不找找她三姑的大伯嫂子在右旗给介绍一个，找到街边日子好过些。"后来父亲去了一趟右旗，找亲戚为老姑介绍对象，那时交通不便，可谓千里迢迢。

亲戚为老姑介绍了高中毕业在菜业大队上班、个子高高的姑父，不漂亮的老姑和姑父见面竟然一见钟情，定下终身。

幼时我总爱偷偷地看姑父给老姑写的信。姑父的字写得很好。只有五年级文化的老姑字写得歪歪扭扭，写一封信老姑要誊抄好几遍，那份虔诚专注令人感动。姑父为老姑买了一枚白色的有机玻璃发卡，可能是定情之物，老姑爱不释手，每天早晨老姑下地劳动都会对着镜子把发卡别在长长的辫子上。我特别喜欢这枚发卡，老姑不在时我会偷偷地别在头上美一会儿。后来这枚发卡丢了，老姑认为是我拿走了，为这枚发卡我和老姑产生矛盾。老姑真的是冤枉了我，我真的没有拿发卡，可那枚发卡真的丢了，可能是找我玩的哪个女孩拿走了。因为这件事我和老姑一直不愉快，后来父亲去旗里为我买了一枚白色的有机玻璃发卡，我别在头上美了好长一段时间。

老姑21岁那年结婚，脾气火爆的老姑和英俊的姑父感情很好。后来老姑说："我身边的人都说，你长得不好看，你老头对你真好，你就是嘴好把老头哄住了。""没办法，卤水点豆腐———一物降一物。"老姑说完哈哈大笑。

老叔娶了我家邻居的女儿，我们那里落后封闭，整个村庄都成了远亲，我们西院是老叔的岳父家，东院是表哥的岳父家。母亲对父亲说："咱西院王老太太是不是相中老兄弟了，我一说老兄弟的事，老太太总对我说：'说媳妇要知道底细，隔山买老牛可没有准。'"后来才知道老叔经常去西院，和王家的大姑娘好上了。王老太太给母亲说是为了让母亲赶紧找个介绍人。

那年父亲安排老叔到粮站上班，母亲把父亲平时舍不得穿的涤卡上衣为老叔穿上，给他做了双新布鞋，穿上新衣服、新鞋的老叔到粮站上班了。

医者仁心

  20世纪70年代的公社卫生院坐落在山脚下，偶尔山上炸石头，放炮人拉长声音大喊"放炮啦……"，在医院听得真切。山上放炮的碎石会滚落到医院里，山顶一团白烟尘雾腾空而起，在天空中慢慢被风吹散。两排土房是住院部，前排土房是门诊，医院门口木牌写着"土木富洲公社卫生院"。医院房屋简陋，医疗条件落后，这样的医院却因有几位医术高明的大夫，成了全公社村民脱离病痛的福地。

  这几位大夫是来自天津支边的医科大学毕业生，陈大夫一口地道的外乡口音，戴一副白边眼镜，他的妻子是娇小的南方人。印象最深的是王大夫，浓眉大眼，英俊挺拔，身穿雪白的大褂一尘不染。他的妻子吴大夫快言快语，做事雷厉风行，梳着利落的短发。这几位大夫的到来，在落后的乡村不亚于看到西洋美景，村民嘴里啧啧赞叹："这女大夫长得比嫦娥都美，男大夫长得像书里的白面书生呢！"在医院边，公社为大夫一家分两间家属院。当年这几位年轻的医者，不远千里远离风景如画的江南，是怀着怎样的理想，怎样的向往来到边远贫瘠的山沟，治病救人啊，他们把最美的青春年华留在了这片土地上。

  唐代孙思邈在《大医精诚》论述有关医德的名句：凡大医治病，必当安神定志，无欲无求，先发大慈恻隐之心，誓愿普救含灵之苦。王大夫医德高尚，对村民和蔼亲切，穿着浆洗得有些发黄的白大褂，戴着白帽子，白口罩上一双柔和的眼睛让人感到温暖。"你哪里不舒服？""王大夫，我夜来个（昨晚）不知怎么肚子疼了一夜。"患者脸色蜡黄、说话有气无力。王大夫掀起村民的衣服，患者露出粗糙的肚皮。王大夫拿起听诊器认真诊断开药，用纸包一些药片。那时大夫开药不是成瓶开，而是针对患者的病情开药，有时也就几角钱的药，反复叮嘱患者回家按时服药。那时医者的心和白色的大褂一样纯净纯正。小小的乡村医院因王大夫而有名气，村民都说王大夫是一个好人。王大夫学的是外科，而在农村的医院，内科和外科无法分得过细，王大夫只要能做的手术基本都做。

一年夏天二道井子发水，从上游冲下一些连根拔起的大树。一位村民财迷心窍，用铁锚捞大树。湍急的洪水一泻千里，那村民用铁锚去钩大树时，强大的洪水把铁锚反弹回来，铁锚的齿扎在眼睛上血流如注。村民赶着驴车将他送往公社医院，这时伤者已经奄奄一息。眼科对于王大夫来说是冷门，面对已经命在旦夕的伤者，王大夫给做了手术，伤者终于保住了一条性命。

去公社的路上，公路边有一座山叫半拉山。这座山陡峭，茅草丛生无法攀援。在山的顶部有一个圆的通透的洞，洞边长满山杏树，每天夕阳西下阳光会从洞中倾泻而下，充满神秘，村里人把这洞叫老鹞子洞。洞边积聚着一些大鸟的巢，有老鹰盘旋"咯咯"地叫着，燕子、麻雀低飞。山下是一条人工渠，河岸边水草葳蕤，黄灿灿的野菊花开得正盛。对于老鹞子洞，我童年路过时就曾想，是否有人攀到老鹞子洞去看过？为什么鸟会积聚在洞边？在山前的公路有一段坡度很大的下坡路，驴车上坡时，车上的人会下来推一把。坡下是一片涝地，不长庄稼，野草长到齐腰深，一口人工机井，好似圆月嵌在绿毡上。一到夏天，一些无畏的男孩会在机井里洗澡嬉戏，两丈深的机井让人捏把汗。

骑自行车的人走到陡坡，一般都会下来推着走，但一次一个村民下坡时速度过快，车闸失灵，连人带车栽到坡下，摔得大腿骨折，脸上血肉模糊。伤者被送到医院，王大夫检查完说："粉碎性骨折，怎么办？我对骨科不熟啊。"那时让患者转院不太可能，交通不便，赶着驴车到旗里什么都晚了。"王大夫，你救救命吧！"患者的家属哭着说。王大夫满脸焦急："我做做看吧。"王大夫开始为患者做手术，一直站了五个多小时，汗水顺着头发梢流下。经过王大夫的及时手术，患者保住了一条腿。

王大夫出生在南方的农村，家境贫寒，通过刻苦读书考上了医科大学，在学校成绩优秀。他的夫人是城里的姑娘，俩人是大学同学，毕业响应国家号召双双来到我们这边远的山区医院，把美好的青春年华奉献给村民。医者大德，作为医者，王大夫是我一生见过的最仁爱、技术高超的医生。

王大夫在医院是个出色的大夫，也是一个会生活的人，干净生活有条理。在公社的村头道边有一块布满砟子石的地，王大夫下班就用锄头刨石头，一筐一筐地搬运，用很长时间清理出来，露出了黑土地。王大夫自己设计房子院落，三间灰色的瓦房建成，右侧建一排灰色厢房。

父亲和王大夫的关系很好，俩人都有些洁癖。幼时的我和父亲去参观王大夫的家，王大夫的家才是真正的医生之家，干净整洁，一尘不染，那时王大夫的家就有用瓷砖砌的浴室。王大夫对父亲说："我们家属从小生活在城里，来到这里最大的苦恼就是不能洗澡，我建个浴池洗澡方便些。"厕所、柴栏都用砖砌成。院子错落有致，院子中间有压水井。院子前半部种玉米，玉米长得绿油油的，红色的玉米须像红缨枪的穗子，后一半种各种蔬菜。王大夫的家在当时的农村可谓"世外桃源"，因那时村民的家里都是土屋。王大夫家有三个孩子，孩子文明有礼貌，文化的熏陶让人的气质与众不同。后来一到星期日，我到供销社路过王大夫的家，就满怀憧憬、羡慕之情。

那年母亲得妇科病到医院找王大夫看病，检查完，王大夫对父亲说，得做手术。这种病现在叫子宫肌瘤，在20世纪70年代，什么癌症、糖尿病都是陌生的字眼。我和父亲在外面等着，护士拎出一个拳头大小的瘤，那时也不知道做什么病理。王大夫对父亲说："老聂你真是幸运，老天赐你三个儿女。你们家属卵巢只有一侧通，这个肿瘤是一个没有成型的胚胎，所以里头有毛发，以后不适合再生育了，再生育就有生命危险了。"母亲出院后身体慢慢康复了。

后来知识青年返乡，陈大夫和妻子回天津老家，王大夫选择继续留在北方，被调到旗里医院外科工作。

母亲那年生病到旗里医院找王大夫诊治，王大夫还是和从前在农村那样态度和蔼亲切。老家的一些乡邻到旗医院都会找王大夫看病，只要说是土木富洲公社来的，王大夫都会尽心尽力地帮助。看母亲病得很严重，他建议父亲到北京为母亲治疗，并和从前的同学联系好。

一个医者首先要有仁爱之心，把患者当作自己的亲人。把救死扶伤当作人生的追求，心性纯正，不管在什么环境都保持一颗仁爱之心。

后来王大夫调到市医院的肿瘤科成为肿瘤科主任，我才知道王大夫在大学学的是肿瘤科。

老　红　军

关于老红军过去的事，都是母亲陆陆续续给我讲的。这位老红军，是全公社以至旗里唯一真正爬过雪山、走过草地的老红军。

中华人民共和国成立后老红军骑着高头大马，腰别双盒子枪威风凛凛地荣归故里，回家赡养老母。公社领导要在公社为他安排职务，他黑炭似的脸气得黑紫，双目圆睁说道："我出生入死是为了这个官吗？"公社领导没有办法就由着他，按老红军的标准发补助。

老红军回来娶了一位矮小的乡下女人，生了三个儿子、两个女儿。他每日喝酒，喝多了就发脾气，家里人已经习惯了他的火爆脾气。当人们问起他从前枪林弹雨的经历，他闭口不谈，大喊"喝酒，喝酒"。只是知道他当年家里穷，无法生活才离开母亲投军，走时给母亲发誓"儿子如果不死，一定会回来给您老送终的"。一个十四五岁的孩子决然地随军走了。

堂舅家的表姐长得漂亮，皮肤粉白细嫩，是在阳光下也晒不黑的那种白，水灵灵的黄眼睛顾盼生情。我总觉得堂舅妈的血缘里有俄罗斯血统，因为舅妈的眼睛也黄。表姐在生产队里因为能干被称为"铁姑娘"，可惜表姐一天书也没有念过，是一个文盲。成年后曾埋怨舅妈为什么没有让她念几天书，如今成了睁眼瞎，怪罪舅妈重男轻女。

老红军家的大儿子相中了漂亮能干的表姐，他在旗里的运输公司工作。一个没有文化的乡村女孩找个吃公粮的，在那个年代可真是幸运，表姐脸上洋溢着幸福的光泽。母亲说:"你姥姥当年不同意这门亲事,对你表姐说,一个男人挑不起一担粮是不能嫁的,精力不足,嫁这样的男人你一生受颠簸。"老红军的大儿子瘦小,先天柔弱,被幸运冲昏头脑的表姐,怎么会听进奶奶的忠告,满怀幸福地做了新娘。

后来表姐抱怨说她的公公是个好人,虽然爱喝酒、脾气暴,但讲理。婆婆瘦小却脾气大,总认为表姐没有工作找了她吃公粮的儿子是高攀了,骂表姐:"如果不是生个儿子,早让我儿子把你休了。"表姐忍气吞声偷偷地哭泣。

后来老红军全家搬到旗里,组织为他安排了住房,表姐在他家厢房住,拉扯孩子为家里一日三餐忙碌,还要忍受婆婆的谩骂。表姐夫的单位照顾他,把表姐安排到运输公司做临时工,忍耐的日子也盼出了头。

老红军还是一日三餐捏着小酒壶喝酒,脾气火爆,整天晕晕乎乎,脸膛更黑,驼着背,领着孙子在街上溜达。表姐说:"一日旗组织部的人带来一位四十几岁的中年人,黝黑的脸膛,中等个子,一双大眼睛和老红军一样炯炯有神。全家人很诧异问中年人找谁,中年人上炕拉住老红军泪流满面地说:'我是你儿子,××啊! 爸,我找了你多少年啊!'老红军双手颤抖拉起中年人的手,眯起眼睛细细端详,'你真的是××,我没有在做梦吧?'老红军老泪纵横,放声痛哭,问儿子:'你妈的身体好吗? 这些年你们怎么过的?'儿子说:'我妈和继父身体都很好,他们生活在北京,晚年唯一的希望就是嘱托我一定要找到你,了却晚年的心愿。'"原来,老红军的儿子是一位作家、记者,他通过自治区、市里、旗里组织部打听,找到了他的父亲。

这时家人才知道在战争年代,老红军和一位有文化的女战士在枪林弹雨中生了一个儿子,为儿子取名××。新中国成立后,军人有两种选择,一种可以在城里安排工作;另一种可以回老家。老红军不愿在城里当官,于是就卸甲归田回家赡养老母,不顾妻子的挽留毅然回老家,从此音信全无。至于其中有怎样的故事,只有老红军自己清楚。后来妻子带着儿子又成家,母亲嘱托儿子寻找生父。

儿子辗转多年寻找，终于在遥远的边陲小镇找到父亲，见到的父亲已是风烛残年的老人。

这位作家儿子后来根据生父的战争经历，拍了一部热播的连续剧，也是老红军一生的真实写照。电视剧名是用北方的一种植物，老红军的性格也恰似这种植物的品性，顽强豪放如火一样热情。

老红军在80岁的时候得了肝癌晚期，家人问他还有什么心愿未了？老红军流泪说："我想再看××一眼。"后来家人把羸弱的老人带到北京，搀扶他上楼走到作家儿子门口，敲门敲了很长时间，邻居告诉他们，作家带着妻子女儿去南方度假了。老人失望地哭了，想见儿子最后一面竟成了遗憾。作家儿子一生也不会知道，他病重的老父亲曾在他家门口想见他最后一面。这个场景是任何电视剧也无法表达的，一个父亲终身的遗憾。从北京回来，老红军走了，他带着深深的遗憾。

多年以后的今天，表姐的丈夫体弱多病，生活不能自理，表姐既要伺候丈夫又要出去打工。后来我叫表姐来伺候母亲，无事闲聊说到她的婚姻，表姐叹气说："不听老人言，终身受颠簸。年轻时，我奶奶说我不要嫁给担不起一担粮的男人，我不信。结果是应验了奶奶说的，我苦了一辈子。"

建 华 叔

我家一条街邻居王奶奶，骨瘦如柴，佝偻着背，走路一双小脚挪不了三寸。睡觉时头枕着耳枕头，耳枕头就是圆的枕头，中间掏空。我曾问过王奶奶怎么枕这样的枕头，王奶奶说因为她耳朵聋，这样能听到声音。一只黄色的老猫和王奶奶形影不离，王奶奶吃什么，老猫也享受什么，老猫也老得走不动了。王奶奶盘着腿坐在炕头的皮褥子上，眯着眼打瞌睡，老猫慵懒地躺在王奶奶腿边酣睡，王奶奶把干枯的手放在老猫身上。有时我们这些淘气的孩子，看着炕头打瞌睡的王奶奶，敲着窗户玻璃大喊一声："王奶奶。"王奶奶就惊醒了："你们这些王八羔子，一会儿我出去揍你们。"我们哄笑着跑了，王奶奶笑了。

王奶奶有两个儿子，一个儿子在战场上牺牲，另一个参军，新中国成立后留在广州工作。王奶奶是烈军属，国家给予生活补贴，平时起居由十四五岁的孙子照顾她，我们都叫他建华叔。建华叔的父母在广州，为了照顾老人，建华的父母将他留在北方。母亲说："当年你建华叔来咱们村子时，是一个干净漂亮的10岁男孩。他父母把他从广州送到这里伺候王奶奶，他爸妈走时，你建华叔哭着追他爸妈，村里的人往回拽他，他的爸妈哭着走了。建华叔趴在王奶奶的炕沿哭，你王奶奶也哭，说：'建华啊，是奶奶拖累了你。'"建华叔是个孩子，他没有办法改变现状，人往往一时的牺牲，却是一世的牺牲。一个可以在南方接受更好教育的年龄，来到落后的山村耽误了美好的青春。

建华叔也正逢贪玩的年龄，和我的老叔是发小。上房掏鸟，下河摸鱼，玩得忘了回家。有时听到王奶奶扶着门框喊："建华哎，天晚了，回来给奶奶做饭吧！"邻居听到王奶奶的喊声，会替王奶奶招呼玩得正酣的建华叔，建华叔才恋恋不舍地回去给奶奶做饭。昏暗的灯光下祖孙俩吃饭，那只老猫在一边舔食。王奶奶絮絮叨叨地数落建华叔，建华叔沉默地吃着饭一言不发。

王奶奶家有棵偌大的杏树，长到邻居家的厢房房顶上。树大叶小，一到秋天树上结满密密匝匝的金黄色的杏。这棵杏树是山杏树不太好吃。杏熟了，王奶奶叫孩子们随便摘着吃，告诉孩子们不要把邻居的房顶踩坏。幼时我们从心里喜欢王奶奶。

后来王奶奶走了，建华叔被他的父母领回广州，房子卖了，我们再也吃不到黄灿灿的杏了。

建华叔来信说，回到南方由于他的文化程度低，被安排到工厂上班，当了工人，哥哥姐姐都在国营单位上班。后来建华叔就杳无音信了。母亲偶尔提起建华叔说："你建华叔也应该结婚生子了，在南方生活得一定很好。"

大概在20世纪70年代年末，建华叔从遥远的广州给父亲来了一封信。信上说了他的一些情况，问父亲他想从广州邮寄一些丝袜和化妆品卖，问销路怎样？父亲回家念信给我们听，我和母亲问："什么是丝袜？什么是化妆品？"在我们这个山村里这些都是从来没有听过的新名词。父亲说好像是女人用的东西，通信地址的名字叫伍婉娜。母亲问："这是你建华叔老婆的名字吗？"怪怪的名字。后来父亲给建华叔回信，丝袜、化妆品在这里是卖不了的。那时村里的女人不穿裙子，自然就不会穿丝袜，脸上擦点雪花膏已很奢侈了。

那年的夏天，建华叔从广州回到离别十几年的故里。他个子高大，梳着大背头，戴着茶色蛤蟆镜，花衬衫，喇叭裤，脚穿火箭皮鞋，拉着拉杆箱。建华叔走到院里，把母亲惊得以为来了坏人："你找谁？走错了吧？"建华叔说："嫂子，我是建华。"母亲一愣"啊！"眼前的建华实在无法和十几年前走的那个少年联系在一起。建华叔摘下眼镜母亲才认出来。"你怎么和电影里的人一样？"母亲说。

下句母亲没有说出口，应该说是像电影里的阿飞。幼时我却觉得建华叔的样子很酷，是我从没有见过的形象。

建华叔为孩子们买了酥糖、饼干，还有白色的雪糕，吃到嘴里甜润凉快。我们一点一点吃，细细品味，生怕一口吃完。我们缠着建华叔讲广州的事：那里一年四季常青，天气热，女人都穿裙子，男人穿T恤。海里有轮船，天上有飞机。四季常青？我们无法想象树叶不落的样子。我们想象着海洋，脑子里却是我们那里沙那水库的影子。想象着飞机，却是电影里日本鬼子的轰炸机。吃着建华叔带回的食品，心里一直琢磨：世间还有这样的美味？我们这些孩童调动所有的想象力，也无法想象广州是什么样？因为没有见过的东西，连想象也不会的。

建华叔拿出丝袜和化妆品，我们惊呆了，这薄如蜻蜓翅膀的袜子能穿吗？还有柱状的口红，鲜红如血，还有甜丝丝的味道，这些散发着馥郁芳香的化妆品。母亲开玩笑说："你这些东西适合有钱家的小姐用，穿这样的袜子下地能干活吗？擦上口红不成妖怪了。"

母亲问建华叔："伍婉娜是你老婆吧，孩子几岁了？"建华说："她是我的女朋友，我还没有结婚呢！"母亲感到很意外，说："你都30多岁了，还没有结婚呢"？建华叔笑了，"我们那里流行晚婚，不急。"母亲到厨房为建华叔烧了半锅水，找了洗衣盆，"建华，你就用洗衣盆擦擦身上吧，咱们这里条件就这样。你南方人不洗澡受不了的。"

城乡的差异、南北的差异是无法改变的事实。差异的原因是文化的落后和环境的闭塞，那时南方经营的意识已在悄悄地复苏，北方的人们依然面朝黄土背朝天，顺着垄沟刨食。环境塑造人，一方水土养一方人，这是改变不了的事实。

半山腰的风景

童年时我听到一位母亲对孩子这样说："你们哥俩要努力学习，人的一辈子和爬山一样，即使爬不到山顶，爬到半山腰也比别人看得远，总比山下的人活得好。"后来这哥俩考上学校，都从我们那闭塞的山村走出来，一个是国家公务员，另一个在教育部门工作。说这句富有哲理话的人，是一个地地道道的没有文化的农村妇女，她是我的婶子。

当年二叔和温柔好看、个子矮小的秀珍离婚后，娶了如《智取威虎山》里常宝般漂亮的婶子。婶子身材高挑，四方圆脸，左下颌有一颗黑痣，脸部线条硬朗。母亲说："你婶子结婚那天穿着水红的棉袄，梳两条大辫子，真好看。娶亲车到了，前院的秀珍趴在墙头上看，真让人心受不了。"

一个放下女人的自尊苦苦追求心仪的男人，一个为所爱的人一点好吃的留到长绿毛，一个秉烛为其千针万线做了一双又一双鞋的人，眼看着所爱的人欢天喜地迎娶新嫁娘，那是何等的残忍和说不尽的人间苍凉。

母亲曾说："你二叔当年好像疯了一样，铁了心肠就是要和秀珍离婚。你二叔是身在福中不知福。一个男人能娶到一个知冷知热的女人不容易。"

二叔结婚后，秀珍泪干心枯，无奈远嫁一个在粮站工作、死了妻子的人，做了人家的填房。过了一年，听说秀珍死于难产。

二叔新婚的狂喜过后，和婶子的性格差异露出端倪。婶子为人刚强，个性突出，说话犀利而刻薄。日子在吵闹、生闷气中度过，渴望浪漫温柔婚姻的二叔心也变得苍凉。人很怪异，越不如意越思念过往，内心总会和从前对比。这时二叔想的是秀珍的好秀珍的温柔。秀珍的死，让他内心备受煎熬。如果他不抛弃秀珍，秀珍也不会死。

平时总用秀珍留给他的那把剃须刀，用这把剃须刀刮脸，也刮在悔恨的心上。

张爱玲有一句话：也许每一个男人全都有过这样的两个女人，至少两个：娶了红玫瑰，久而久之，红的变成了墙上的一抹蚊子血，白的还是"床前明月光"；娶了白玫瑰，白的便是衣服上的一粒饭粘子，红的却是心口上的一颗朱砂痣。可二叔的红玫瑰枯萎了，白玫瑰刺的心痛。

二叔和婶子的日子在煎熬中度过，一个心里放不下过去，和妻子又无法沟通的男人是很痛苦的。婚姻成了延续后代的形式，二叔和婶子生了两个儿子，孩子的出生没有改变家里的气氛，婶子和儿子一团和气，用亲情建成了一堵墙，把二叔关在了门外。

二叔很聪明，精通电工。杀猪宰羊什么都会，竟然还会做家具，人又喜欢热闹。家里气氛压抑如冰窖，孩子也不和他亲近，他孤独寂寞不愿意回家，和侄子、外甥倒格外亲近。我年幼时，二叔晚上和我玩扑克，我就会玩钓鼻子，他就不厌其烦地和我玩。他的乐趣就是和孩子打闹，把小孩子掐哭。那时二叔给我讲《一千零一夜》，我整天追着问皇后怎样，国王把她杀了吗？

那年我上学了，二叔出远门回来给我买了一件粉红的娃娃服，衣襟上绣了一只可爱的猫咪。那件衣服是我唯一一件在商店买的成品衣服，我一直很喜欢，舍不得穿，后来也小了。

那年二叔开拖拉机去坝后拉煤。我们这里的人喜欢把草原叫坝后，坝后其实是东乌珠穆沁草原，离我们这里一百多里地，过了一个大坝就看见草原了。我童年想象坝后如人间天堂，人们生活富裕，有肉有奶豆腐。辽阔的草原有成群的牛羊，牧人骑着马奔驰在蓝天下。因为我们吃的盐是从坝后的盐泡子拉来的，烧的煤是从坝后的煤矿拉来的。去坝后回来的人会带回奶豆腐、炒米、奶嚼口，那时谁能去坝后是令人羡慕的。童年的我想等长大了我一定去坝后看看，这个向往我到今天都没有实现。

二叔从坝后回来跟我和母亲讲，他开着拖拉机去坝后拉煤回来，车行驶到大坝半腰突然刹车失灵，眼看着车就翻到坝下，二叔快速打开车门跳出来，拼命往坝上跑。跑到坝上回头一看车翻到沟里，二叔跌坐在坝上仰天号啕大哭，这时想起和婶子吵架时骂他的咒语，自己要不是速度快，就车毁人亡了。说完，二叔哭了。

婶子那时在农村里属于特别的人，她总把自己收拾得一尘不染。到生产队下田劳动，穿着白色的西服，村里人爱议论人："这么白的西服怎么干活？"婶子也无所谓照样干活，后来村里人叫婶子"大洋人"。由于性格另类，婶子说话的口气村里妇女亲戚都不喜欢。村里的妇女说婶子"格色"，不合群，牙床子高。我却认为这也是婶子和农村妇女不一样的地方，婶子的心气高，眼光远。

婶子把简陋的家收拾得干净整洁，窗台上养着漂亮的月季、洋绣球和夹竹桃花，不管什么花，让婶子一侍弄长得就旺盛。人在不如意的境况下，还能保持居住环境和妆容的整洁，这样的人是有希望的。生活中一些不如意的人蓬头垢面，居住的环境肮脏，这样的人是没有心智摆脱困境的。婶子没事和两个儿子听收音机、下棋，督促孩子学习，跟他们讲"半山腰理论"，家里的文化氛围很浓。婶子的性格特殊，但作为一个农村妇女，她的情趣高雅，也是她和别人的不同之处，一个母亲品位的高低直接影响孩子的未来。

二叔精通电工，他家的收音机、录音机都是自己组装的。特别是他家的圆桌、椅子都是二叔自制的转椅，我去他家就喜欢坐在小凳子上转。20世纪80年代初，村里安装电视机的室外天线都找二叔，秀珍的侄子也找二叔安装电视天线。自从二叔和秀珍离婚以后，两家前后院住着像仇人一样不来往。秀珍的哥哥留二叔喝酒，两人喝到半醉时，秀珍的哥哥说："我妹妹没有福气和你生活一辈子，好歹你也曾是我的妹夫，一个村子住着老不过话也别扭。"二叔眼眶湿润，说自己对不起秀珍，没有福气和秀珍生活一辈子。二叔的话是肺腑之言，是秀珍没福气，还是二叔没福气？其实，世上的哪一桩情感不是千疮百孔。

婶子对孩子要求严厉，不听话就会惩罚，有时把孩子的屁股都打肿了。婶子和二叔感情冷漠，孩子是婶子唯一的希望。二叔也不太管家，婶子自己种园子、种蒜，为孩子攒学费，编蒜辫的手裂了很长的口子。婶子坚强，一心抚育孩子，后来两个儿子都考上了学校走出农村。

二叔和婶子感情不好，情感的荒芜让女人的心变成了石头。孩子爬到半山腰会望得更远，情感吊在半山腰是一种锥心的折磨。

文冠果树

在我有记忆时，我家屋门对着的园角有两棵文冠果树，和园子墙齐高。我们当地的谚语把"冠"的谐音叫"官"：闻到文官果，当官不用愁；摸到文官果，升官在眼前；吃到文官果，当官一辈子。母亲告诉我们，这棵文冠果树是父亲建立家园那年栽种的，希望你们长大了做文官。

我们在不知不觉中长大，文冠果树也在悄无声息地长高。文冠果树的皮呈灰褐色，有裂纹，叶片互生为羽毛状，叶片的边尖锯齿状，叶片暗绿。文冠果树长到了一人多高，繁茂的枝叶如两把绿色的小雨伞。夏天文冠果树开花了，母亲高兴地告诉我们："你们快来看，咱家的文冠果树开花了。"我蹦跳地跑到树下惊呼："啊，多么漂亮的花啊！"五枚白色的花瓣润白细腻，初开时花蕊是白色的，花萼也是白色的，在羽状暗绿的叶片烘托下，一簇簇似玉，银花怒放，芳香四溢，有一种淡淡的杏仁的芳香。几日白色的花瓣底部渐渐地变成黄色，花蕊娇嫩得如雏鸡的羽绒，在阳光下轻盈地绽放，露珠在花瓣上熠熠放光。我爱站在墙头用鼻子贴近花朵嗅着花香，娇嫩的脸庞轻拂花朵，让文冠果树的精气钻进我的心智。过了一段时间，文冠果树花瓣的底部变成了红色，花瓣为月白色，花蕊为嫩黄，这时的文冠果花开得最盛也最妖娆，在阳光下摇曳生姿，我知道此时的文冠果花快要凋谢了。对于文冠果花我有些不解，不知为什么整个花期会有三种颜色变化。花儿美到极致时就快要凋谢了，是否如人的一生呢？

那年文冠果树花开得美丽，却没有坐果。母亲说："今年的文冠果树开的全是谎花，还不到坐果的树龄。"我的心也很失落，开得那么漂亮的花竟然没有结果。看来树有树的规律，人有人的规律，自然规律是不能违背的。天人合一，万物和谐就是自然规律。

我也如文冠果树一样在成长。幼时的我体弱多病，一生病就上吐下泻起不来炕，身体软得如棉花，浑身关节疼痛，我躺在炕头，身上盖着厚厚的棉被昏昏欲睡。

幼时生病我不记得吃什么药，如果上吐下泻在北方就叫得了"翻气"。那时村里人说得了"翻气"千万不要去医院输液，越输越凉会死人的。还说"翻气"是凉病，南方热不得此病，所以医生不认这种病。我一生病，母亲就叫前院的云姨帮忙给我"上上"。"上上"就是将蒜瓣剥出嫩瓣蘸盐推入孩子的肛门，我会被煞得大哭，哭着喊着去大便。母亲就抱着我坐在她的膝盖上说："挺一会儿，挺一会儿，时间短了不管事。"和云姨说："这孩子身体弱，一换季节就生病，哪年也得闹几次。"云姨说："大了就好了，过了十岁就好了。"过了一会儿，我跑着去厕所，反而便不出来，因为一天的上吐下泻肚子里已没有东西了。上完厕所，我的肚子"咕咕"地叫，把气排出我就好些了，就想吃东西了。

母亲说得了"翻气"不能吃小米鸡蛋，越吃越厉害，母亲就为我做碗热乎乎的汤面，叫我趁热吃了发发汗。那个年代能吃碗汤面，也就是在生病时才会有的待遇。吃完面，我盖着被子睡一觉，病就好了。按现在看，那时我的病是胃肠型感冒，喝点藿香正气水就管用，那年代没有药，母亲的土法却很管用。

幼时我还看过比"上上"更痛苦的治法，得了"攻心翻"要挑"翻气"。就是将小孩子按到膝盖上，用缝衣针在火上烧红，把小孩子的肛门扒开用针去挑黄色的小泡，挑完上一块蒜瓣，小孩子痛得哭天喊地脚蹬手挠。也会找上岁数的老太太扎手指头，会流出一些黄水，经过一顿收拾，过一天会慢慢地好了。那时医院远，生活贫穷，这些可能是最原始的治疗方法，不管孩子、大人一上吐下泻就用这些民间方法，也确实管用。

我和哥哥、弟弟在母亲的土方法下健健康康地成长。屋前的文冠果树又开花了，花开得比前年还妖娆漂亮，花儿在微风中摇曳生辉，在花香中我沉醉、我期盼。

　　一阵微风吹过，文冠花落英缤纷似翩飞的蝴蝶轻轻地落下，我期盼文冠树结果。过了几日，我惊喜地发现有两个如绿豆大小的果子挂在枝头，绿如翡翠。文冠果在一天天长大，到了秋天，文冠果竟长得如小孩子的拳头那么大，绿绿的。在阳光下听到一声轻微的炸裂声，一看文冠果裂开三瓣，露出里头黑色的种子，墨黑的种子像黑色的宝石。我问母亲："妈，文冠果的籽，能吃吗？""不能吃的。""那它能做什么？""能榨油，不是吃的油。"我怅然，我把成熟的文冠果籽扒开，放在窗台上晾晒，不敢吃。成年后我查过资料，文冠果的种子能吃，是很好的草药，对治疗高血压、高血脂、血管硬化有很好的效果，也能榨油。

　　母亲走后，我回到老屋，文冠果树长得有碗口那么粗了，叶子暗绿像两张大伞，树上结满了文冠果。我用手抚摸着褐色的树干，心里落寞悲戚"呜呜"地哭了起来。小女儿怯怯地问我："妈妈，你怎么哭了？""我想我的妈妈了。"

生　灵

　　20世纪70年代的农村，各家各户的主要生灵是猪、鸡、猫、狗，其他的牲畜是不允许养的。我家由于父亲有洁癖，因此只养猪和鸡，至于猫和狗从来不养，我基于幼时在姥姥家猫钻被窝里的经历，对于猫讨厌得很。那时，猪和鸡也是不允许多养的，家家都养一两头猪，一只育肥过年杀，一只小猪叫接年猪。养几只鸡平时吃鸡蛋，鸡蛋在那个年代是奢侈品。一听到母鸡"咯咯哒"，我就往柴窝跑，小心翼翼地把热乎乎的鸡蛋捡起来，放到母亲攒鸡蛋的篮子里，期待母亲哪天给我们蒸个鸡蛋羹吃。

　　父亲对母亲说："仓房有老鼠了，下药、放夹子都不管用，把仓子盗出了洞，怎么办呢？"母亲说："下药、放夹子不行，要不抱只猫养抓老鼠。""猫可是很脏屋子，要不就抱只养养看？"母亲到邻居家抱回一只小黄猫。这只小黄猫圆圆的眼睛，生得虎头虎脑，身上黄白相间毛茸茸的好可爱。对于猫早已讨厌透的我，竟然有些喜欢这只小猫咪，也怯怯得伸手想抱抱它，猫咪会伸出舌头舔我的手掌，痒痒的感觉。猫咪有时会顺着我的胳膊慢慢地爬到我的肩膀上蹲着"喵喵"地叫，你能感觉到猫咪"咚咚"的心跳。几岁的弟弟爱伸出小手拎着猫走，然后不耐烦地扔下，猫咪受伤似地"喵喵"逃跑。我最担心的是猫晚上钻到我被窝里，所以一到晚上我就把被子紧紧地裹在身上，不管睡觉时我裹得多紧，酣睡时总会身不由己，人在睡梦中是自由自在的。尽管我严加防范，但这只猫咪却从没有钻到过我的被子里，它总是安静地趴在炕头的一角安睡，后来我明白姥姥家的猫是因为姥姥平时搂着猫睡，猫养成了习惯，所以晚上它总爱往被子里钻，动物也是养成什么习惯就成什么习惯的。就似小孩子在什么样的环境下生活，就会形成什么样的习惯和性格。

小黄猫渐渐长大，可以抓老鼠了。夜深人静，猫咪开始工作，它是我们睡觉时走，到快要亮天时回来，肚子吃得滚圆趴在炕头一角酣睡。父亲说："这只小黄猫真勤快，仓房的老鼠被它抓尽了。"勤劳干净的小黄猫，我们真的很喜欢它，我为它取名叫"小黄"，一会儿看不到它就叫"小黄，小黄你在哪里"？听到我们叫它，猫咪会迅速跑回来气喘吁吁"喵喵"叫着，一双漂亮的眼睛好似在问"有事吗"？我会伸手把它亲昵地抱在怀里。

有时我在沙果树下玩，小黄也在树下窜来窜去，一会儿爬上沙果树，一会儿爬到我的身上，阳光穿过密密匝匝的树叶，斑驳地射在我和小黄的身上暖烘烘的。我安静地看小人书，小黄也悄无声息地趴在一边。蝴蝶飞过小黄，它会跃起前扑，蝴蝶飘然飞去，小黄便索然无味地望着蝴蝶离去。园子里有沙土，猫咪会趴在沙土上，在阳光下眯着眼睛假寐。一只老鼠鬼鬼祟祟地窜过，假寐的小黄以迅雷不及掩耳的速度扑上，一口逮住老鼠的喉咙，我也见证了温顺的小黄凶猛的一面。

小黄不知是只母猫还是公猫，一直没有听到过它令人讨厌、声嘶力竭的叫声。可能猫咪还没有到思春的年龄吧！

一日早晨，我没有看到猫咪，对母亲说："妈，小黄去哪里了？怎么没有看到它？"母亲说："捉老鼠没有回来呢。"到了晚上，还没有看到小黄的影子，母亲说："小黄还没有回来，丢了吧？"我急得眼泪流出来，说："小黄不会丢的。"母亲和我找遍左邻右舍也不见小黄的踪影，到西地地头，玉米的叶子在晚风中"沙沙"地响，我冲着地里"小黄，小黄"地喊，怕小黄到田野里迷路回不来。找了两天也不见小黄的踪迹，我彻底地失望了。小黄真的丢了，我很伤心，企盼它能回来。

小黄真的丢了，家里因此少了一些情趣。过了半年，我们慢慢地把小黄淡忘了。但一天它突然风尘仆仆地跑回来了，母亲高兴地喊："小黄回来了。"我蹦跳着跑过来一看母亲抱着小黄落泪了。我一看小黄皮毛竖立，脖子一条深深的拴痕，脖子一圈灰色的瘀斑，猫眼睛满是恐惧在母亲怀里颤抖。我们才知道这半年小黄被别人家用绳子拴住，脖子被绳子勒得伤痕累累，小黄是经过怎样的挣扎、怎样的煎熬跑回来了。母亲搂着小黄说："哎！小黄是拼了命跑回来的，一只猫都知道反哺，对人都有念想啊！"

　　后来这只有情的猫咪，吃了一只吃了老鼠药的老鼠而中毒。猫咪痛苦地在地上翻滚呕吐，眼睛睁得老大，肚子在不停地痉挛。母亲给它灌绿豆汤解毒，也没有救活小黄，猫咪闭上眼睛腿一伸痛苦地死去。我们把猫咪埋在园子里的树下，希望小黄变成一棵树精。从此我家再也没有养过猫咪。

　　小黄这只有情的生灵，知道回家的路，知道反哺。作为万物之灵的人类是否知道反哺，在我们的父母健在时不要忘了回家的路，不要忘了反哺。母亲的离去使我感到世界的空旷落寞，常常感到阵阵揪心，泪水不知不觉地流下，自问我尽心反哺了吗？

拆 洗 行 李

　　我家里那时唯一的副业收入，是夏天母亲为父亲单位拆洗行李。父亲单位在公社前面，一排红色瓦房，那时农行营业所和信用社在一起办公，信用社隶属农行。信用社的业务主要在农村，信贷员的身影遍布田间地头。

　　父亲单位的一些信贷员离家远，多数在单位住宿。那时的信贷员纯朴善良，背着包下乡走村串户工作在田间地头，春耕时在村里的大队蹲点，集中把贷款发放到农民手中，贷款额度小，10元、20元的，最高的也就100元。信贷员走在风里雨里灰头土脸，晚上躺在被窝里抽旱烟。父亲最受不了的是在被窝里抽烟，晚上不洗脚，有时会唠叨："这些人也太不讲究了，怎么在被窝里抽烟，把好好的行李烧出窟窿，褥子满是烟灰。"父亲是营业所会计，把办公室管理得井井有条。干净的父亲在单位值班，会不停地打扫，每年夏天找人拆洗行李。由于行李太脏，附近的妇女没有人干，父亲就用自行车一套一套带回家让母亲拆洗，拆洗一套行李5元钱，大概有10套。

　　春天生产队播种完，等待种子发芽，有一段时间农闲。这时母亲就开始为父亲单位拆洗行李，在院子里用铁丝拉两根晒杆，院子里铺块塑料布开始拆行李。单位的行李脏得已看不清原来的花色。母亲把被单、褥单从被套上扯下，阳光下尘土夹杂着棉絮飞扬，汗味夹杂着烟草味在院子里弥漫。

　　母亲边拆边唠叨："你说说这些人，怎么油灰这么大，被头都打铁了。再说怎么在被窝子里抽烟，把好好的褥子烧这些洞。"拆完了，母亲把被套、褥套搭在晒杆上晾晒。在厨房把大锅用碱刷干净，烧一锅又一锅开水，把被单褥单放在洗衣盆里，放好多白猫洗衣粉浸泡，那时我会问母亲怎么放这么多洗衣粉？母亲说："这么大的油灰得用开水多加洗衣粉泡，要不怎能洗干净？"这时洗衣盆里热气腾腾夹杂着汗臭味蒸发在院子里。

　　一到母亲拆洗行李的季节我就从心里高兴，这时我会用缸子调些洗衣粉水，用笔杆蘸水，在院子里吹肥皂泡。为了吹得更大、更漂亮，我骑在墙头上吹，大大的肥皂泡在灿烂的阳光下呈现出五彩缤纷的光，圆圆的一串串大大小小的肥皂泡漫天飞扬，彩色的光环像流动的虹，飞着飞着"啪"地破了。

　　我缓缓地、慢慢地吹，会吹出一个大大的泡泡，笔杆轻轻一甩，彩色的肥皂泡轻轻地飞起来。两岁的弟弟穿着开裆裤，光溜溜的秃脑袋，伸着小手追着肥皂泡"咯咯"地笑着，抓破一个泡泡会大叫："我抓到了"！他伸开小手，手里什么也没有，"咦！泡泡呢？"我骑在墙头上大笑继续吹，弟弟追着肥皂泡笑着在小院子里跑着跳着。不一会儿，邻家的立柱、丫片听到我们的欢笑声会跑来一起玩，院子里荡漾着童真的欢笑。那些童年的欢笑随着岁月的流逝，犹如漂亮的肥皂泡破灭了。那些欢蹦乱跳的孩子都已步入中年，步履蹒跚，华发早生。

　　母亲这时开始坐在小板凳上，袖子挽得高高的，用洗衣板搓洗被单，蒸腾的热气夹杂着汗臭味扑面而来。阳光下母亲脸上汗水顺着额头短发流下，双手沾满泡沫顾不上擦汗，刷刷地搓洗。搓洗完一大盆，母亲站起来伸伸腰说："这汗臭味加洗衣粉味熏得我直头晕，搓一遍都洗不干净，还得再搓一遍。"换了一盆水，母亲继续搓洗，这时母亲的双手被浸泡得发白。洗完，我帮母亲拧干再搭到晒杆上晾晒，晚上母亲收回去叠好放在枕头下压平，又在灯下一针一线把行李上的洞补好。第二天开始在炕上做行李，密密的针脚，晾晒过的棉絮散发着温暖的气味，传统的红花被面露出了原来的光泽。

　　忙活二十多天母亲为家里挣回50多元钱，50元钱在那时可是一个大数目。父亲和母亲会早早地起来说话，讨论家里要添置些东西。母亲说："天热了，孩子们要添件的确良的上衣，穿着凉快。你下次上旗里扯几块布料，给老大、老三扯两块白底蓝格的料，给爱民扯颜色艳一点的，小姑娘穿着好看。"父亲下次去城里真的为我买了油菜花一样的黄格子的确良布料，为哥哥和弟弟买了蓝格的的确良。母亲为我们几个一人做了一件上衣，我们整个夏天都心情凉爽快乐。

李家兄弟

　　我家后院的李家，有四个生龙活虎的兄弟：李智、李勇、李双、李全，"智勇双全"的意思；另外还有一个漂亮的女儿，女孩长得白净好看，水汪汪的大眼睛，年龄最小的叫小飞。

　　李家的孩子挨肩长，老二李勇和我同岁，是同班同学。李家男孩多，李母不太收拾男孩，他们由着性子长，四个小子似脱缰的野马无拘无束，衣冠不整。老三、老四趿拉着鞋，可能是鞋小穿不上了，鼻涕来了抬起胳膊往衣袖一抹，整天在街上闲逛。家里唯一的女儿穿得干净整洁，李母把女儿打扮得漂漂亮亮。女孩和她的哥哥们完全不一样，秀气文静。记得小飞当年穿一件玫瑰红的丝绒裙子，把我羡慕得牙根痒痒。那时即使羡慕一件物品，也是无法实现的幻想。李家兄弟的父亲在公社当行政助理。行政助理是什么官，到现在我也不知道。李家兄弟的父亲一只袖筒空空的，缺了一只胳膊。

　　李家兄弟的父亲年轻时在旗里的一家针织厂上班，为了救一个女工失去了一只胳膊。失去了右胳膊的李家兄弟的父亲，在工厂不能从事劳动，因公负伤带着老婆孩子回到老家公社上班，后来当上公社行政助理。李家兄弟的父亲高大魁梧，单手骑自行车麻利，速度不逊正常人，他将左手扶住车把，腿迈过大梁杆，脚一蹬车子就跑起来。失去右手，李家兄弟的父亲用左手写一手好字，在公社兼文秘工作，也是风云人物。他原名叫李进财，后来改名李跃进。我问过母亲："小飞的爸爸，叫"李进财"怎么改名叫"李跃进"了？"母亲说："别人都说他整日惦记发财，后来小飞爸爸把名字改成了李跃进。"在那个年代，名字都具有时代意义，小飞爸爸把名字改成李跃进，迎合时代。

李家兄弟的母亲快言快语，中等个子，皮肤黝黑，说话嗓门高，走路嗖嗖的。在我家后院总听到李家母亲在叫骂四个捣蛋的儿子，李家儿子的嗓门盖过李母毫不示弱，四个从小不加约束的愣小子如野马，已经跑野了，想套上夹板不容易。李家父亲在公社忙，家里一切由李母操持。农家的小院子四周都栽上挺拔的杨树，一到夏天翠绿的叶子"沙沙"地响，园子里种上当令的蔬菜。李家的院子里没有一棵树，几个蔬菜畦子也干瘦毫无生机。

20世纪80年代初，我家买了黑白电视机，也是村里唯一的一台电视。二叔自制电视天线，可电视雪花很多，影像模糊。一到晚上，李母就带四个儿子翻墙到我家里看电视，后来李家的邻居买了电视，李母和她的儿子们就到邻居家看电视。到11点多，李母才带着孩子嬉笑着回家，讨论着电视的剧情。我听母亲对父亲说："你说李智他妈，也不招呼孩子们写作业，整晚都带孩子去看电视，真是过日子稀松，四个挺头竖脑的大小子她也不愁。"

上学时我和李勇一个班，李勇有些口吃不爱学习，不是迟到就是旷课。平时不爱说话，打起架来不要命，大概念到初一就辍学了。在家里闲逛几年，后来到矿山去上班。

李家的儿子一个个长大，都似他们的父亲身材魁梧，初中毕业后走向社会，老大、老二被亲戚安排到铅矿开大车，老三、老四在家闲逛。

世上的事往往难以预料，应该是什么因就有什么果。李家的孩子从小无拘无束没人管教，应该是没有好的前途，可事实恰恰不是人们能预料的。李家的老大老二兄弟俩后来开矿成了富豪，是我们村里最有本事、最富有的人，也是我们旗里最富有的人。李家父亲患癌症去世，李母六十多岁的老太太竟然开着奥迪车满街跑。

上　学

我遵照母亲的"七成，八不成，九岁放光明"的原则，虚岁九岁去上学。和我一起上学的有东院邻居立柱，还有一条街的中秋、后院李家的二小子李勇、前街的丽茁。1976年的秋天，我和丽茁背着新的花布书包，高高兴兴地去上学。

上学那天，我穿上母亲为我新做的的确良柠檬黄格子上衣，脚穿母亲为我新做的条绒扎花盘带鞋，扎上辫，母亲特意为我在辫子上系了两条蓝绸蝴蝶结，告别孩童喜气洋洋地去上学。丽茁也穿上碎花的上衣，梳着小辫，她的头上系了粉色的绸蝴蝶结。尽管生活困难，家里再紧，家家父母也会在过年为女孩买上两条色彩艳丽的府绸头绳，有点像杨白劳过年想着给喜儿买两根红头绳增加喜气。

学校离我家有10分钟的路程，要跨过一条人工渠，用几根椽子搭的桥摇摇晃晃的。学校坐落在一座山脚下，学校的外墙边就是一座小山，紧相连的是一座座连绵的山峰，我们称为后沟，两排土坯茅草屋，一排是办公室，另一排是教室。

我们一年级和二年级共用一个教室，教室南边是二年级，北边是一年级，二年级上课我们也听，我们上课二年级也听。我们的刘老师是一个年龄大的大姑娘，有三十多岁，穿着不讲究，标准的乡村女人，嗓门憨，梳一个蘑菇头，身穿一件藏蓝的破褂子。母亲对我说："别看刘老师有些邋遢，但脑子好使，她可是咱们村里唯一一个读了高小的女人，和咱家你二叔、秀珍是一个班的同学。喝了几年墨水的人和别人可不一样，有文化水，我们这代女人中有几个念到高小的。这样的老师教你，你要好好学习，争取当班长。"母亲的心里认为当上班长就是学习好。

数学先学阿拉伯数字、加减法，还学打算盘。那时学的课文很有趣，流行歌词也入选课本。例如，"大海航行靠舵手，万物生长靠太阳，雨露滋润禾苗壮，干革命靠的是毛泽东思想。鱼儿离不开水，瓜儿离不开秧……""学习雷锋好榜样，忠于革命忠于党。爱憎分明不忘本，立场坚定斗志强。"还有"东方红，太阳升，中国出了个毛泽东"。我们当课文读，也当歌唱，读得朗朗上口，唱得情绪激昂。有些文章歌颂英雄，如刘胡兰、向秀丽、小英雄雨来、董存瑞……有一个故事我至今仍记得。故事说的是一个少年在上学路上看到地主在偷公家的辣椒，少年挺身而出和地主搏斗，最后少年英勇牺牲。在那个年代，英雄的意义是舍己为公。

丽茁长得皮肤黑，圆圆的脸蛋，圆圆的眼睛，性格开朗，人很精明，很会说话。丽茁的父亲在公社的高中开拖拉机，丽茁的母亲能说会道，村里人称她"老郭婆子"。其实，丽茁的母亲和我母亲的年龄不相上下，只是人胖显得老气。村里娶亲都由丽茁妈当娶亲婆。一个在村里能当娶亲婆的人威信是很高的，要能说会道，还要儿女双全，是个全命人。男女双方都把娶亲婆视为座上宾，丽茁妈吃得白白胖胖。丽茁的家庭条件好，我和丽茁一起上学一起玩，成绩不相上下，丽茁每次考试都比我高几分的，有时我心里也会嫉妒丽茁。

班里有个瘦瘦高高的男孩叫李巍，穿着一件农村少见的高领毛衣。他是邻村的，这个男孩和班里的其他男孩不一样，和农村的孩子也不一样。后来我们知道他的父母在高中教俄语，都是大学毕业支边的知识分子。我才知道他怎么和我们不一样，是环境，一个在有知识、有文化环境下成长的孩子，具有儒雅之气，和我们这些农村孩子的气质是不一样的。瘦高的李巍学习好，特别是数学好，我印象最深的是他做的数学作业，阿拉伯数字书写全是印刷体，齐刷刷的，后来听说李巍考上了数学系。李巍很优秀，理所当然当上了班长，我是既羡慕又嫉妒。后来李巍家搬到旗里，他的父母知青返城没有回老家，调到旗里中学任教。

记得李巍当年离开班里的时候，刘老师在班里说："李巍同学的家搬到旗里去了，大家鼓掌欢送他。"我们一边鼓掌，眼睛是酸酸的，李巍背上书包走到门口，留恋地回头看看同学们走了，那个瘦高的身影留在我的记忆里。

佛说前世五百次的回眸，才换来今生的擦肩而过。我没有想到在若干年后，当我步入大龄的行列时，别人给我介绍的对象是一位数学老师，介绍人说数学老师的名字叫"李巍"。我追问一句叫什么名字？介绍人说名叫李巍。我的一个小学同学叫李巍，是不是同一个人，后来我一问，还真的是李巍，我笑着回绝了。如果见面会很尴尬的，还是不见为好。在我的记忆里，他还是那个高高瘦瘦的小男生，一个书写印刷体阿拉伯数字的男孩，这位数学好的小学同学后来当上了中学校长。

在学校我们最喜欢下午的课，时间长，夏天我们可以到山上跑一圈。一到农历五月，山上的草绿了，一簇簇的野花盛开，粉色的杜鹃开了一坡，我们把杜鹃叫"豆青"，大人告诉我们豆青有毒，羊吃了会毒死的。美的东西积聚在一起会有令人震撼的美。小山包这片杜鹃，淡粉的如一张张孩子娇嫩的脸庞，火红的如燃烧的晚霞，黄色的花蕊在阳光下轻颤。还有如火柴帽的断肠草，一簇簇、一堆堆盛开着。断肠草学名叫"狼毒花"，开遍北方的漫山遍野。狼毒花有毒，大人说人吃了肠子会断掉，故名"断肠草"，也许就是神农尝百草里那个"断肠草"。我们上山的最大诱惑是为了吃红花子，就是山丹丹花，也叫野百合。看到一朵红花子心里一阵欢喜，急忙摘下塞到嘴里，吃到嘴里甜滋滋的，甜到心里。有时运气好还会捡到地瓜，但我一直没有这样的好运气。

看时间快到上课打钟，听到打钟撒腿往学校跑，跑到班里气喘吁吁已经迟到。这时，刘老师会狠狠地训我们一顿，我们都低着头一言不发，刚吃过山丹丹花的心里甜滋滋的。

刘老师结婚了，丈夫是一位外公社的庄稼人。她的家安在学校的后边，后来生了一个女儿。

1976年9月的一天，刘老师眼含着泪说："毛主席逝世了！"我们这些毛头孩子都惊呆了，毛主席逝世了？课堂上有些孩子嘤嘤地哭了。下课我们到办公室窗前听收音机——办公室唯一的一台收音机，浑厚的男中音低沉地播送"伟大领袖毛主席与世长辞"。那天我们的心里充满悲哀，淘气的男生也沉默了。

过　年

杀　猪

我老家有句童谣："小孩小孩你别哭，过了腊月十五就杀猪。小孩小孩你别吵，过年就放二踢脚。"到腊月学校就放寒假，母亲有个老规矩，就是每年的腊月十五杀猪，说这天杀猪日子过得兴旺。一到冬天母亲就把过年猪单独育肥，母亲精心喂的肥猪每头都有二百多斤。艰苦岁月，物资匮乏，肚子里空落落的一点油水都没有，小孩子个个面黄肌瘦。幼时我们最盼望、最开心的事就是杀猪，一到腊月就掰着手指头算还有几天杀猪，盼望着，盼望着，腊月十五终于到了。母亲在头一天把干白菜在大锅里烫好，切碎攥成团备用。

早晨父母早早地起来准备东西，在院子里的饭桌上铺一块麻袋，预备好杀猪刀、绳子、铁棍，等二叔和老叔来杀猪。我坐在炕上扒蒜、扒葱，蒜要扒一大碗，葱要扒一大把。葱蒜辣得我的眼睛流泪，但一想到猪肉的香我心里快乐极了。

二叔和老叔来了，这时他们在院子里用一根木棍拴一根绳套套猪。肥胖的猪在院子里惊慌失措地跑，二叔拎着套杆追赶，杆子一甩把猪套住，猪拼命地狂奔挣扎。生灵也是有预感的，一到腊月家家杀猪，猪听到猪嚎也是惊恐不安的。母亲说：一到腊月猪就不安心吃食，一听到猪叫就毫毛倒竖。这时老叔和父亲一起上前把猪按倒，四蹄用绳子捆成十字，用杠子抬着猪放到事先准备好的桌子上。

母亲在灶间用大锅烧水用来秃噜猪，把扒好的葱蒜在案板上剁碎，一只大铝盆里放两根长高粱秸秆用来搅拌猪血，一边放一盆荞面。

这时二叔手里拿着尖刀在猪脖子上比量。杀猪是讲究技术的，一刀下去切中要害，杀呛血流不出来就无法灌血肠。这时猪在颤抖喘息，我看过杀猪宰羊，动物在被杀时眼睛会流泪哀伤，随着血液的流尽眼睛慢慢变蓝失去光泽，人类真的很残忍。这时二叔会说："猪羊一道菜，死了别作怪。"一刀捅向猪的喉咙，把刀拽出，一股鲜红的血液顺着刀尖流出，血慢慢地流到大铝盆里。母亲用高粱秸秆不停地搅拌，随着血液流尽，猪腿痉挛几下就瘫软了。这时二叔在猪的后腿割个小口用铁棍往里捅，抽出铁棍往里吹气，猪被吹得膨胀圆鼓鼓的，二叔用滚烫的开水浇在猪身上，再把猪毛用铁刮板刮掉，这叫秃噜猪。

母亲把切好的葱、蒜和荞面、盐放到猪血里，叫我用高粱秸秆不停地搅拌，不要让血凝固。这时二叔把清洗好的猪肠拿来灌血，母亲在锅里炼些油脂放到血里，这样血肠才会香。二叔把猪血脖子割下，母亲切成大块放到锅里煮，锅里"咕噜咕噜"飘着香味。二叔灌血肠，我用麻线系肠口。母亲把灌好的猪肠放到锅里煮，用一根大锥叉子扎在血肠上放气，不这样肠子会被气鼓破。煮好一根血肠，母亲给我和弟弟、哥哥一人切一大截，我们不顾血肠烫嘴吹嘘着吃，咬一口猪血肠真的是美味无比。肉熟了，母亲再为我们切一块方肉吃，肥腻流油的方肉吃到嘴里顺着嘴角流油。香，就一个香啊，香到心底，香到全身。这时母亲把事先焯好的干白菜放到锅里烩，一锅香喷喷的北方的杀猪菜就做好了。另一个锅里母亲捞了一锅金黄的小米饭，小米饭配杀猪菜真是人间美味。

推 碾 子

村里有三个碾道，在我家那条街的西头有个碾房。到腊月碾房很忙，碾房就是四面墙框朝南开个门，冬天冷用玉米秸搭个棚，利用磨盘和石滚转动碾碎食物，古老的磨盘在我出生时就有，是村民生存的依赖。家家用一件物品占碾子，一件破衣服或驴套包挨排放在磨盘上，人们自觉遵守先来后到，排到几点就几点，这有点像现代人排队买东西。

母亲在家里把黄米、大黄米、小米淘好控干，扛到碾道推碾子。套上我家的毛驴，把毛驴戴上夹板，捂上驴眼，驴顺着碾道一圈一圈地拉磨。腊月的碾房很冷，冻得我唏嘘不已，驴"啪嗒啪嗒"不停地绕圈走，碾子上的米被碾碎，母亲用箩筛面，我用小笤帚不停地绕着碾道往上扫。面磨好了，我和母亲的手指也冻僵了。母亲将磨好的面用大盆和好放到热炕头发酵，用来蒸豆包。

撒年糕　蒸豆包

母亲把磨好的大黄米扛回家，准备撒年糕，磨好的大黄米是不能过夜的，时间长会发红。母亲在锅里煮红芸豆，一个大锅里放上算子烧开水，在撒年糕时母亲会把前院的云姨找来帮忙。一年一锅年糕必须蒸好，如果年糕蒸不熟是很不吉利的。年糕预示着日子一年比一年高。

灶间的火慢慢燃着，锅里的水开着，热气腾腾的，在算子上撒一层红芸豆，然后开始撒黄米面，一层一层地均匀地慢慢撒，哪块跑气就赶紧用黄米面盖住。一大笸箩的黄米面撒完，再撒一层红芸豆。盖上锅盖，锅边用笼布盖好，开始烧火，一个小时左右就熟了。母亲揭开锅盖，黄灿灿的年糕点缀着红通通的芸豆，黄米特有的香气在厨房弥漫。母亲用铲子在一边给我们几个切年糕，一人一碗，热乎乎的年糕捧在手里垂涎欲滴。这时父亲拿出糖罐子，一罐白糖一罐红糖，问我们吃什么糖。糖在那个年代是奢侈品，吃年糕这天破例让我们加糖。弟弟和我争着要白糖，我感觉白糖比红糖甜，哥哥要红糖，父亲就为他沏红糖。年糕蘸白糖黏软劲道香甜，红通通的芸豆起沙绵柔细腻。穷孩子盼过年，过年真好，有肉吃，有糖吃，有香喷喷的年糕吃，人只有苦得太久才能体会甜的快乐。

第二天豆包面发酵好，母亲右手搋面，面有一点微微的酸味。在锅里用豆搋子把煮烂的豆子搋烂。黏稠起沙后，再把糖精用碗沏好放到豆馅里一搋，搋好后再铲到盆里。把豆包面用手拍成一张饼，豆馅放在面上包上团圆。我也帮母亲一起包豆包，放到算子上蒸，大约一小时，豆包就蒸好了。母亲蒸的豆包黏软劲道，是因为母亲在面里用小米面和黄米面的比例发酵，后来我吃过很多豆包，再也没有母亲做的豆包的味道，亲人离去，一些味道也失去了。

做 豆 腐

蒸完豆包，撒完年糕，就到了腊月二十几，这时母亲开始做豆腐。母亲将泡好的黄豆拿到加工厂，那时大队已经有了加工厂，过年为村民打豆子，方便了许多。

加工厂加工好的豆汁母亲用水桶挑回来，放到大锅里烧开，这样一锅奶白的豆浆就出来了，豆浆锅里浮着一层薄薄的豆皮。母亲把卤水兑好放到锅里轻轻地搅拌，锅里的豆浆立刻凝聚成一朵朵豆花，所谓"卤水点豆腐，一物降一物"就是这样得来的。这时母亲就招呼我们："豆腐脑出来了，拿碗吃豆腐脑吧。"我拿个大碗伸到锅边，母亲将滚烫的豆腐脑用漏勺捞起放到我碗里，我剥棵葱切碎，再少放点酱油拌拌，一碗豆腐脑就可以吃了。到现在为止，我还是认为豆腐脑就放这两样东西最好吃，饭店里调的稠汁反倒不好吃。

锅里的豆花完全形成，母亲在小缸上方的一个大筛子上再放一块大笼布，将豆花舀到笼布里过滤，然后压实。这样豆腐就做好了。

蒸　馒　头

过年那天母亲要蒸两锅馒头，平时父亲粮本上的细粮不领攒着，等到过年时一起领回来，过年时我们就能吃到白米饭和馒头。

母亲将白面发酵，沏好碱兑到面里不停地揉，面揉得松软有弹性，拿一小块面放到灶间烧烧看面发的怎样，如果起来说明碱用得正好，开始放到锅里蒸。在蒸馒头时，母亲会做几只面龙。母亲用面团捏成龙形，在面龙的头部用红色的豆子做眼睛和嘴，面龙的头部捏得拱起，用剪刀剪成穗。母亲做的面龙我现在想想有些像恐龙的头。这些蒸好的面龙，在年午夜放到仓房的粮仓里、米袋里，寓意年年有余粮。

整个腊月母亲都在忙，晚上还要贪黑做衣服。为了我们三个过年那天穿上新衣服和新鞋，还要为邻居的孩子忙着赶制新衣服。母亲会说："你们睡吧，我把那几件衣服做完。过年谁家的孩子都想换换新。"母亲和无数的农村妇女一样勤劳善良，任劳任怨，如野花默默无闻地点缀在乡野村间，散发着幽幽的芬芳。

年　午　夜

忙了一个腊月，年终于到了。在北方，年是一个盛大的节日，年象征着吉祥、希望，年也叫春节，预示着春天来了，希望来了。孩子们盼年有新衣服穿，有好吃的，女孩头上扎上五彩的绸结，男孩有鞭炮放。挂挂钱，贴对联，"爆竹声声辞旧岁，五更炮响分两年"。张张杨柳青年画喜气洋洋地贴上墙，将窗棂的纸换上新的。年就两个字——"喜气"，所有的烦恼和艰辛都在年这一天放下，邻里亲戚朋友互相问候祝福，期盼今后的日子如过年。

母亲从年午夜就开始吃素一直吃到初一，说是为孩子吃素，祈求神灵保佑孩子一年平平安安。年午夜母亲叠好一沓沓黄纸，在吃年夜饭时"发纸"上香祭拜灶王爷。

这时村里响起零零星星的鞭炮声，母亲会说："谁家这么早就发纸，你们几个赶紧洗洗脸，洗洗一年脑子清凉，我要煮饺子发纸了。"哥哥和弟弟会拿着他们那挂宝贝鞭炮到外面放。记得弟弟小时淘气，用一个篓筐拴个铃铛，在篓筐上盖一件衣服，往脑袋上一扣当狮子头和几个淘小子挨家拜年，手里提着纸糊的灯笼到邻居家的院子里耍，嘴里模仿散头唱一段，邻居们笑着把他们赶出来，说"这孩子可真能闹。"

第二篇

责 任 田

　　20世纪80年代初期，农村推行"家庭联产承包责任制"，这是农村的一项基本经济制度。改革最早始于农村，农村改革的标志为"包产到户"，俗称"大包干"。村里一位80岁的老人捻着胡须咬文嚼字地说："这次分田我们要有好日子过了。"

　　父亲上班是吃公粮的，分土地的事和他没有关系，我们小孩子上学对于这政策的事不理解。母亲是一个标准的人民公社社员，连续几天生产队组织村民开会，队长云姨的丈夫扯着嗓子喊："为响应国家号召，为了解决温饱问题，国家实行家庭联产承包责任制，将现在的'大锅饭'变成'包产到户'，分田到户实行大包干，说白了就是国家的土地你承包种，多劳多得。"村民被队长的讲话镇住了，整个会场静悄悄的。队长又说："看看大伙还有什么不同意见，都说说。"平时交头接耳的议论在这个场合都沉默下来，"说话是银，沉默是金"，农村人最怕事，对于政策的事更是慎言。

　　那时没有电视机，收音机也是稀罕的东西，只有生活条件好点的人家，才会有村民称为"话匣子"的无线电，信息不畅，对于国家政策听不到，也就谈不上理解。一个地地道道的北方农民最关心的是自己脚下的土地，面朝黄土背朝天，汗珠子掉地摔七八瓣，在土地里刨食，对土地有着深厚的感情。我成年以后读到一位外国经济学家的一句话："劳动是财富之父，土地是财富之母。"土地是农民的命根子。

母亲那几天忧心忡忡，在生产队开会回来，清晨早早地起来和父亲说话，口气紧张兮兮的："队长说明天就分田，咱们家四口人的地不知都分到哪儿？离家最近的就是西地，远一些就是下营子，最远的就是北沟里。要不你耽误一天和我一起去，我这心老不落实。"父亲说："我一个上班的去掺和不好，别人会议论的，分哪里就哪里吧。再说一大块地都是按人口分的，错不了，多少人盯着呢！"父亲说完骑自行车上班了，母亲到生产队分田。

晚上母亲从生产队回来，兴奋地给父亲和我们讲："那些土地真的成了我们自己的土地了，我们想种什么就种什么吃。西地分得真好，正对我们这条街，离家近，土质好。明年我们种谷子包打，地头种豆角和玉米，玉米下来给孩子们烀几锅吃。下营子有些涝，我们种麦子，明年孩子们就可以尽情地吃馒头了。"父亲说："粮食充足了，我们可以多养几只鸡下蛋，给孩子们多吃点鸡蛋补脑子。养几只羊春天招绒，秋天羊肥了给孩子们杀羊吃。"母亲父亲的话让我们心生憧憬，好像白花花的麦粉堆在眼前，热乎乎的大馒头塞满嘴巴。好像看到老母鸡下的鸡蛋一窝又一窝，肥嫩的羊肉吃得顺嘴流油。土地给了农民希望，土地让农民心生向往，土地这农民的命根子是财富之母。人在贫穷的时候吃是重要的事，填饱肚子是大事，所以说精神是建立在物质之上的，一个人饿着肚子能干什么？

生产队分完土地又开始分生产队的物品，那时生产队的东西堆在场院里，所有物品排号村民抓阄。母亲抓到一个石滚子拉回家，高兴地说："我今天运气很好，抓到一个石滚子，以后我们自己种地用得着。"

改革的春天里村民个个笑逐颜开，在自己的土地上精心劳作，期盼粮食满仓。我家的几亩地都由母亲耕种，几块地真的如母亲说的，在离家最近的西地种上了谷子，地头种了豆角和玉米，下营子地涝种了小麦。父亲下班放下自行车换好衣服就往地里赶，帮母亲侍弄庄稼。一到暑假母亲就带哥哥和我去地里劳动，弟弟小在地头玩。

在农村，学校会在农忙时给学生放假帮助家里干活，这叫作"农忙假"。在小苗出来时要薅地，一放假母亲就带我和哥哥到西地薅草。五月的西地一望无垠，翠绿的禾苗和紫微微的远山连在一起，湛蓝的天空中一堆堆似棉絮的云慢慢漂移，布谷鸟在电线杆上"布谷布谷"地叫着，我们这里把布谷鸟叫臭啵啵，燕子在田野上空上下翻飞。三三两两的村民在自家的一亩三分地里虔诚地劳作，趴在垄沟薅草，远望如一个黑点在移动。在辽阔的原野，人是多么的渺小，作为万物之灵的人要敬畏自然，敬畏土地，拥有一颗谦卑的心和自然共存。

薅地对我来说好似受刑，在烈日炎炎下蹲在地里拔苗。母亲对我说："要分清谷子和草的颜色，谷子苗和苗的空隙，要像鸡爪子的样子中间一寸左右，太密苗不长，太稀减产。"我也分不清什么是苗什么是草，趴在垄沟细细看，薅一棵问母亲一次，用手比量怎样成鸡爪子距离。蹲一会儿，我的腿就酸痛，蹲不住我就在地里爬，望着长长的垄头发愁，心想：什么时候才能到地头啊！母亲会很生气地说："照你这样薅草，庄稼都得荒死。你在地里爬两天就得爬坏一条裤子，干不了快回家吧，晚上做饭。"听了母亲的话，我如释重负地赶紧往家跑，那时我想我长大干什么也不薅地，太累了。

暑假是北方最炎热的季节，这个季节是北方收麦子的季节，下营子一片金黄，风吹过成熟的麦子，麦浪一波又一波如金色的海洋。乌尔吉木伦河似一条银带飘向远方，田野间翠绿的杨树林带，把金色的麦田分割成一块块。

暑假我和哥哥、母亲到下营子割麦子，在火烤般的烈日下割麦子，皮肤像刀割般的痛。汗水顺着脸、脊背往下流，汗水流到嘴里咸咸的，流到眼里煞的眼睛睁不开，在割麦子时你才会体会到什么叫挥汗如雨。暴晒发红的皮肤被成熟的麦子割得很疼，一镰刀下去麦子刷地倒下，你的汗水滴落在土地上摔成七八瓣。我的头被阳光一晒就奇痒，割一条垄我就坐在地头抱着头挠。把在地里也割麦子的二叔乐的："你这是小姐的身子丫鬟命，麦子没有割几把，净挠脑袋了。"母亲看到我的惨样，会心疼地说："别挠了，赶紧回去吧！"后来母亲再也没有叫我到地里干活。一到农忙村里人会问："你家姑娘那么大了怎么不和你一起侍弄地？"母亲会说："我家姑娘干不了，太阳一晒就皮肤痒，再说晒得黝黑，干不了多少活，家里也得有人做饭。"后来我就在家里做饭、搞卫生，偷偷地看我的书。

那年秋天，家家大丰收，村民脸上洋溢着微笑，除了交够公粮，粮食都装满了仓子。那年的春节是最开心的春节，我们这些苦孩子第一次尽情地吃白面皮饺子，吃开花的大馒头。

土地的馈赠

实行"家庭联产承包责任制"以后，土地这条农民的命根子被牢牢地抓在农民的手中，村民起早贪黑在自家的土地上辛勤劳作，一滴汗水一分收获，秋天家家硕果累累。我们这些孩童吃上了梦寐以求的白面馍馍，吃上了以前过年才会吃到的水饺。家家户户的粮仓装满，公社粮站交公粮的驴车排起长长的队伍。

父亲晚上下班回来对母亲说："我下班回来路过粮站，公路两边交公粮的队伍排了有一里地，现在的境况真的不敢想，前几年别说交公粮就连自己家都吃不饱。"母亲笑着说："是啊！现在的日子以前想都不敢想。"母亲这时正在往锅里下面条。吃饭时母亲说："我听村里人说，上边有政策让农民实行多种经营，可以搞副业。这粮食丰收了有富余，我想到他舅妈家抓只母猪，他家的母猪品种好，一窝猪能赚不少钱，15元一只，一窝10只就是150元。"父亲说："明天集市你去四哥家看看，抓一只母猪养。"

我家最好的土地是离家最近的西地，黑黝黝的土地，笔直的垄沟，一眼望不到地头。母亲在地头种上了胡麻，地头种胡麻是防止牲畜吃庄稼。夏天胡麻开紫微微的小花，风一吹轻轻地摇曳，蝴蝶在花间曼妙地飞舞。胡麻可以榨油食用，母亲在锅里炒好胡麻到碾子上碾碎，放一点盐香喷喷的胡麻盐就做好了。在吃饭时我们将胡麻盐拌到饭里，胡麻特有的香味在齿间回味。

挨着胡麻母亲种上了玉米、豆角，我们把这块地头叫自留地，到秋天可以烀玉米、熬豆角。剩下长长的垄沟全种谷子，在北方小米是主粮。

到阴历七月，自留地的豆角熟了，长长的豆角秧苗顺着玉米秸秆缠绕攀缘，一串串长长的、嫩绿的豆角挂在豆秧上。母亲到自留地摘豆角我就跟着去，吸引我的是地里紫色的蓠莜。一到地里，我就往地里一蹲饱吃一顿，吃的嘴唇全是紫色。母亲会说我："你也不是帮我摘豆角，你是来吃蓠莜的，吃够了快干活吧！"这时我也吃得差不多了，赶紧帮母亲摘豆角，顺势摘一片片心形的豆角叶黏在衣服上，唱着东一句西一句的歌。

回家母亲将豆角择好用腊肉在大铁锅煸炒，用火慢慢地熬。豆角熟了出锅时，母亲捏一点小苏打撒到锅里，苏打遇热起泡，豆角顿时变得黏稠油乎乎的，配着小米饭吃那个香啊！

秋天到了，玉米吐出红红的玉米须，昭示着成熟。我和母亲会拿个麻袋到自留地去掰玉米，人走过时，墨绿的玉米叶子"沙沙"地响，我们把个大的嫩玉米掰回家。回家后用手扒开玉米皮，奶油般的玉米露出来，用手一掐流出奶白的玉米汁。母亲在锅里放一锅水把玉米放到锅里煮，在玉米上边敷一层玉米叶子开始烀，有三四十分钟，母亲揭开锅，香甜的玉米味弥漫灶间。这时我们不顾玉米烫嘴，嘴里"嘘嘘"地吃着，小手来回地倒换着吃。母亲把自己做的韭花酱拿来叫我们蘸着吃，嫩玉米蘸着韭花酱是绝顶美味。现在的人的味蕾被化学添加剂侵蚀得很迟钝，我最难忘的是幼时的美味，妈妈做的美味，一生想念的美味。

母亲在舅舅家抓来猪仔，过了两年长得高高的，猪腿长，它确实和家里的猪不一样。弟弟淘气得出奇，在老母猪吃食时骑到母猪的背上，被凶猛的母猪咬了一口，险些把肚皮咬破。那年腊月天气寒冷，母猪在猪圈生猪仔，我和弟弟好奇趴在猪圈墙上看，看着刚出生的小猪仔冻得瑟瑟发抖，就回去喊母亲说小猪仔要冻死了，叫母亲赶紧抱屋里放炕上暖暖。母亲走到猪圈一看刚出生的小猪冻得哆嗦，母猪还在生，这时母亲把刚生出的两只小猪放到大襟里，拿到屋里，放到炕头暖着。母猪艰难地抬头"呼呼呼"地叫着。

这时云姨来了，到屋里一看惊呼："怎么把刚下的小猪放炕头了，这下完了，离开猪窝的猪仔会死的，大猪再也不认它了。"我们一听惊呆了。赶紧把猪仔放回猪圈，母猪不让猪仔吃奶，最后两只猪仔真的饿死了。我不明白为什么猪仔离开猪窝会死？动物具有顽强的生命力，在恶劣的环境下都会存活，人类的善心往往害了它们。

土地给了农民最实惠的馈赠，是土地让农民不再挨饿，是土地让农民活得有尊严，是土地让农民心生幸福感。母亲最虔诚的祭拜方式，就是在过年时跪拜土地爷，祈求脚下的土地赐予财富。

劳　模

　　农村实行"家庭联产承包责任制"以后，村里人逐渐填饱了肚子，手里也有点余钱。这时国家政策鼓励农民搞副业，搞多种经营，办乡镇企业。村里李发在没有实行"家庭联产承包责任制"时，一直是二队的生产队队长。李发一米八几的大个，干瘦的皮肤黑得发亮，沙哑的公鸭嗓，长年劳作大手关节突出。李发当队长时，是个认真负责的好队长，村里人很尊敬他。联产承包后李发闲暇的时间多了，冬天没事时就戴着狗皮帽子，背着手到老宋家后沟的山上转悠。村里人看着在山上转悠的李发忧心忡忡，担心有一天李发想不开从山崖跳下来。

　　第二年春，天村里传出一个爆炸性新闻，说李发承包了荒山，全家搬到老宋家后沟去了，也就是半拉山后边。村里人怀着忐忑的心理打听"李发怎么把老婆孩子搬后沟住去了，莫非疯了"。李发老婆是一个身材高大的农村女人，梳着两根长长的有一把粗的大辫子，头发茂密的人肾功能强，精力旺盛。李发带着老婆和三个孩子在老宋家后沟搭起帐篷，在一个阳坡开始盖了三间土房子。李发开始了他改造荒山的梦想。人有"愚公移山"的精神固然可贵，可要把偌大的一片荒山改造成良田谈何容易啊！村里人都认为李发疯了，在做一件不靠谱的事。

　　李发盖好房子一家人不顾潮湿住进去，开始了"愚公移山"的奋斗。他在院子里散养一些笨鸡，山里的蚂蚱、虫子成了鸡的天然美食。鸡吃得好、长得快、产蛋多，他老婆一到集市就去卖鸡蛋。在山地李发种了一些抗旱的经济作物，有绿豆、荞麦、高粱等。在山上垒起一层层梯田，栽上了山杏，山杏是很好的经济作物，到秋天可以收获山杏核，还栽了"123"果树、沙果树、李子树。人们路过半拉山就会看到李发在披星戴月地垒石坝，把他自己承包的荒山圈起来。

母亲对父亲说："听村里人说，李发累得吐血了，村里人去看他，他人又瘦又黑，满手的燎泡，患关节炎的手都伸不直了，你说李发这是犯傻吧！"父亲说："也不能这么说。他这个人一直都想干点事，也是看到那大片荒山荒着可惜。"

后来我上中学路过半拉山往山上看，昔日的荒山真的变了样：一圈半腰高用一块块山石垒的石坝整整齐齐，一簇簇山杏树让荒山披上一层绿衣，山地荞麦花开得白花花一片，蜂蝶在花间翩翩飞舞，笨鸡在草丛中啄食。让人想不到从前的荒山变成了花果山，村民们认为不可能的事真的变成了现实。世上的事，只要有毅力、有勇气，任何不可能的事都会变成可能，这就看你自己的定力。

一天，村里又出了一个爆炸性新闻："你们知道吗？李发可大发了，这下可真发了。他到北京人民大会堂开会去了，当上了全国劳动模范。""更神的是说，国家领导人还和他握手照相呢。中央领导和他握手时说：你这双粗糙的手证明你是农民的楷模。""有什么用，你看他累的那一身病。"人的心态往往对于弱者能报以同情，而对于高于自己的人会内心失衡。这也就是"笑人穷，恨人富"的心态。其实每个人的成功都是拼了命换来的，世上没有无缘无故的成功。耀眼的辉煌，都有一番心酸奋斗史。

后来父亲从单位拿回一份报纸，整版是李发改造荒山的报道。

李发是窝吉村一个地地道道的农民。他由于承包治理荒山成绩显著，远近利益结合得好，被多次评为市劳动模范；1989年又被评为内蒙古自治区特等劳动模范和全国劳动模范。今年50多岁的李发，是一个有20多年党龄的老党员。在党的富民政策的号召下，他在本村第一个承包了420亩乱石遍布、沟壑纵横的荒石山。六年多来，他带领全家披星戴月、不畏劳苦，奋战不止，用双手在昔日的荒石山上描绘出一幅壮观的图画。每当人们路过这里，就会被山上的景象所吸引：那山脊上，随着山势筑起的石墙盘亘起伏；山坡和沟壑里，是一道道石坝，一层层梯田，一排排果树；山坡之上，青杨、白榆、油松、山杏等枝繁叶茂，使荒山披上了绿装。看了这些工程，人们无不深受感动；李发治理荒山的先进事迹，也已被远近的人们广为流传了。立志治山是他多年来的愿望。李发从1962年开始当生产队队长。那时他所在的村，人均只有3亩山地，且常受山洪侵害，水土流失严重，粮食亩产只有50~100千克。在吃'大锅饭'的年代，村里人家家缺钱少粮，生活极度贫困，李发家也是村……

人的一生不管多么辉煌、多么耀眼最终归于平淡。母亲走了以后，我回老家，特意到李发昔日的花果山看看，到了老宋家后沟一看，土屋门窗紧闭，一片斑驳，山地荒着，一些果树、杏树由于没人打理变得粗枝大叶。老叔告诉我："李发年近80岁了，老伴早就走了。大儿子自己开板厂，女儿出嫁，小儿子身体不太好。李发年老体弱干不动了，儿子又不喜欢在山上靠着，这山也就荒了。李发现在就靠旗里给的补助生活。"老叔说完摇摇头。

我听了心里落寞，李发曾是一个时代的楷模，一个时代的丰碑，那个年代的劳模是靠自己干出来的。他那"愚公移山"的精神令人敬佩。山上那一层层梯田，一圈圈石坝是他昔日辉煌的见证。

养　羊

　　北方农民固有的"老婆孩子热炕头"的思维，被一股强劲的改革之风吹醒。一些思维活络的人不甘心种自己的那一亩三分地，开始琢磨怎样发家致富，怎样过得更好，村里有思想的人开始蠢蠢欲动，李发"愚公移山"式梦想的实现，也让村民明白只要肯干什么事都有可能。

　　母亲思想活络会发现新事物，看到村里的人都在想别的招发财，心里着急，没事就爱唠叨："你们看村东头的老朱头真是有头脑，在公路边开了一个小卖店，两边都是公路，左右是村子，生意可好了。"我有时很佩服母亲的想法，她会经常反思自己。人的思想有多远，路就能走多远。

　　母亲的想法也启发了父亲，父亲有工资，再种家里的几亩地日子还过得去，可想过得更好些不想别的法很难。这里存在一个简单的道理：家里有一袋子米，你再怎么节俭、再怎么省着吃也得吃，也是一袋子米的价值。那就不如想法赚钱买十袋子米随便吃。我认为钱靠挣不靠攒，现今我也用这个简单的道理教育我的孩子。

　　父亲和母亲最后决定家里养几只种母绵羊，春天里羊可以招羊绒，羊毛剪下可以卖羊毛，是一笔很好的收入，母羊第二年就可以生小羊繁殖。父亲是会计出身，最会精打细算，家里有个木算盘，他"啪啪"地算个不停。

　　父亲托别人在牧区买了几只串绵羊，羊个子高，羊毛弯曲。父亲说："这羊是现在最好的品种，出绒高，繁殖快。"父亲在房子东边搭了一个羊圈，一半上篷一半露天，叫木匠打了一个木门。父亲干净，做事认真，不管做什么都讲究干净整洁，我家的园子被父亲扫得不长草，羊圈也是干干净净，他每天起早把羊粪扫出来放到空地晾晒烧火。自从家里有了羊，我们家可热闹了，"咩咩"的叫声让院子里充满生气。

村里有个羊倌，一到早晨羊倌就开始在村里喊："撒羊了，撒羊了。"村里的羊倌是我家西院的老头，也是二叔的岳父。一听招呼"撒羊了"，母亲就赶紧把羊赶出去交到羊倌手里。全村几百号羊，羊倌赶着往老宋家后沟山上放，到晚上夕阳落山赶回来。羊是很奇特的生灵，晚上回来撒腿往各自的家跑，绝对跑不错。我看着撒腿往家跑的羊，那种急切，那种期盼，动物和人一样是有感情的，有如游子回家匆匆的脚步。

北沟离村子40里左右，山高草盛。每年夏天羊就出场，羊倌赶着他的几百号羊浩浩荡荡的出场，在北沟放一夏天，秋天赶回来，羊长得膘肥体壮，母羊肚子圆圆的是在孕育羊宝宝。

一到七月我们放暑假，母亲带着哥哥开始割草。清晨，母亲把还在睡梦中的哥哥揪起，俩人套上毛驴车带上干粮到北沟去割草，一走一天，到晚上回来，满满一车羊草晃晃地拉回来，铺在大门口晾晒，为羊准备过冬的粮草。天冷些，树叶落尽，母亲带着哥哥开始到树林、渠边搂树叶子，金黄的树叶用耙搂子一搂"沙沙"地响，放到背篓按实背回来。父亲冬天半夜起来给羊添草，"羊不吃夜草不肥"，说的就是这个道理。

到中秋节，父亲会挑一只肥硕的公羊，杀了犒劳我们几个馋猫，秋天的羊肉鲜美。二叔杀羊，母亲把羊血放锅里紧了，做成血豆腐。在案板上切一大块羊肉，大锅里羊肉芹菜煸炒出锅时放些血豆腐，小米饭配新鲜的羊肉肥嫩而鲜美，和芹菜一起炒太好吃了。晚上，母亲用新鲜羊肉剁肉馅用作料味上，放些芹菜，早晨早早起来包饺子，个大皮薄的羊肉馅水饺，吃得我们顺嘴流油。

到冬天最冷时，母羊开始下羔，母羊多数都会在晚上下羔。这时大人最辛苦，往往忙乎一夜。羊圈的母羊一声接一生"咩咩"的叫就是要生产了。这时母羊卧起不停地折腾，声嘶力竭，随着母羊一声痛苦的呻吟小羊羔落地了，羊羔身上黏糊糊的，母羊不停地用舌头舔小羊的身体，这就是"舐犊之情"。羊羔摇摇晃晃挣扎地站立，腿颤颤地，摔倒再摇摇晃晃地站起来，经过几番挣扎终于可以站稳了，这是动物生存的本能，学会站立是生存第一步。小羊站稳了就到母羊肚皮下吃奶，前腿跪下吃奶，动物都知道跪乳，何况人乎？

所有的假期，童年时我最讨厌寒假。一到寒假母羊下羔，我就得为小羊羔抹料，羊料是炒熟的黄豆面。羊羔稍大羊奶就供不上营养了，得为小羊抹料。为小羊抹料是很麻烦的，扒开羊嘴，把拌好的黄豆面一点点往羊嘴里抹，十几只小羊抹完得一上午。那时我最盼望的是小羊自己会吃料，我把豆面捻成细条，放到羊嘴边小羊自己吃。枯燥的抹料也有一些乐趣，小羊羔用温热的舌头舔我的小手，痒痒的、热热的，我的心也涌起浓浓的温情，人和动物都是自然生灵，人和动物和谐相处才是自然美景。吃饱的小羊雀跃，围着我"咩咩"叫着，真是一场生动的动物演奏会。

话 务 员

公社邮电所在公社边，院里有一棵茂盛的榆树，一个中年妇女是所长，一位女话务员，一位外线员。在邮电所的门口有一个绿色的铁皮邮箱里装着邮件，一到晚上所长就用钥匙打开邮箱把信件取出装到邮袋里。

邮电所里个子矮小、长得小巧玲珑的话务员，人们习惯叫她晓芸，是母亲的远房亲戚。在农村说亲戚你不要不当回事，瓜扯瓜、蔓扯蔓都能扯上亲戚，晓芸叫母亲三姑，看来是姥姥家的远房亲戚。

晓芸姑娘有一双弯弯的似月牙般的眼睛，嘴角上翘也似弯弯的月牙，我幼时感觉晓芸长得犹如一弯新月。皮肤白皙细腻，最吸引人眼球的是她那两条细长的辫子，人们印象梳长辫子都是发辫粗壮，晓芸的发辫纤细长到臀部，一身墨绿的邮电服、两条细长的发辫，走起路来那个飘逸，这样的风韵在北方少见。人们都说江南女子多秀美，我一看到晓芸感觉她来自南方，是一位空灵飘逸如不食人间烟火的仙女，又如天边一朵白云，虚无缥缈。上岁数的人看到晓芸会摇摇头说："这孩子走路轻飘飘的好像没有根基。"

那时邮电所工作是一个神秘的、令人向往的职业，打电话不能直拨，经过话务员人工操作接通。电话是黑色的，笨重的手摇电话机。那年代电话奇缺，一个村里大队部有一部电话，公社的直属各单位都有。黑色的电话用手一摇"咔咔"地响，底部有两块大大的蓄电池。电话接通后就会听到晓芸甜美的声音："喂，请问您要哪里？"话务员24小时值班，保证用户正常通话。由本地挂往外地的电话叫去话，外地来本地的电话叫来话，经本地中转的其他两地电话叫转话。

邮电所和父亲的单位挨着，我放假去父亲的单位玩，就趴在邮电所的窗口看晓芸工作。晓芸两耳戴着无线耳包，秀气的脸蛋戴上耳包感觉就像电影里的女特务，那个漂亮。晓芸不停地在对接，不停地换插孔，嘴里"喂、喂"地喊话，没有一刻闲着，那时我幻想长大了要当一名话务员。那台一米高、布满插孔的机器具有神奇的魔力，我问："晓芸姐，这是什么？""你说什么？"晓芸戴着耳包什么也听不到，晓芸拿下耳包对我说："这个机器叫磁石电话交换机，我不停地对接插口是为了连接通话。"我似懂非懂地点点头。

这神奇的机器一直在我脑子里如魔幻一般，多年后我查资料得知：磁石电话交换机就是上装有用户塞孔、用户号牌、话终回铃牌以及接线用塞绳、应答振铃用的电键和手摇发电机等。用户呼叫时需先摇动电话机上的发电机，使交换机上的号牌"跌落"。话务员随即取一条塞绳，以一端的答应塞子插入跌落号牌的那个用户的塞孔，并扳动相应电键应答；问明所要号码后，将塞绳另一端的呼叫塞子插入被叫用户的塞孔，然后将电键扳至振铃位置，摇动发电机使被叫用户话机铃响。被叫用户听到铃响，摘机应答后，话务员将电键复原，双方即可通话。用户通话完毕，必须摇动发电机，使交换机上的回铃牌跌落，以此通知话务员拆线。

晓芸二十三四岁了，一直没有对象。在农村，北方粗糙的男人和漂亮的晓芸不匹配，我幻想晓芸应该找个英俊的大学生，最好是支边来自南方的大学生。

一日父亲回来说："邮电所的晓芸，她旗里的亲戚帮忙，调到旗百货公司三八商店去上班，在针织组。这回晓芸可以在旗里找个好对象了。"母亲笑着说："这回晓芸可去好地方了，找个旗里的正式职工多好。"

那年我和母亲去旗里，在三八商店看到晓芸，环境改变人，晓芸长得更漂亮了，发辫依旧飘飘，脱下邮电服换上了碎花的上衣，更显得娇小妩媚动人。母亲问晓芸有对象了吗？晓芸说别人为她介绍了一个正处着呢，春节结婚。看晓芸欢喜的表情，猜想那人肯定很好。

但后来商业大精减，晓芸在百货公司被精减失业回到沙那水库的老家，城里处的对象也和她散了。听父亲对母亲说："晓芸真是命苦，这次精减怎被她摊上了，如果不调走还在公社邮电所也不至于此，到旗里是想找个好对象，结果对象没找着还被精减了。有些事情真是不知是福还是祸。"世上的事真是"福是祸之所伏，祸是福之所倚"。

母亲后来听亲戚说，被精减回家的晓芸整日以泪洗面，在家里从不出门，人更瘦小了，寡言少语，情绪郁闷，精减、失恋双重打击把这弯新月压弯了。这时晓芸已经二十五六岁，在农村就算大姑娘了。父母着急为她张罗对象，后来听亲戚说，晓芸找了个牧民丈夫。我们也期盼晓芸从不幸中走出来，有个幸福的归宿。

人生如戏剧，戏剧如人生，每个人的一生都是一出戏，如果晓芸一直做话务员不去旗里，也许会是另一种人生，人生没有如果，有的只是摆脱不了的宿命。

黑白电视机

　　如今，电视机已经成为普通老百姓家的生活必备品，一按遥控器，人们就可以从电视机上看到全球的动态。电视机更是以日新月异的速度在更新换代，一代比一代先进，这使我想起家里买的第一台电视机。那是1980年，父亲从单位回来对母亲说："公社王书记的儿子——开旅店的王斌家买了台电视机，住宿的人多就是为了看电视。下班我到王斌家看看，电视机真的很神奇，在家里就能看电影。"父亲啧啧赞叹，满脸羡慕。母亲问父亲："电视机是什么？"父亲说："就是比收音机大些，能演电影的机器，在屏幕上能看到人。"母亲没有听懂，奇怪地摇摇头："有这样的事？在家里就能看电影？"我们三个争着问父亲："那怎么会有人在演呢？谁在指挥他们？""电视机"我们第一次听到，能放电影更是新奇。我们发挥想象猜测，没有见过的事物，是无法想象的。

　　那年父亲去旗里开年终会，在旗里背回一台黑白电视机。进院兴奋地喊我们帮忙，我和弟弟雀跃地跑出去帮父亲把电视机抬到屋里。父亲说："这台电视机是我托人在百货公司买的，百货公司的经理是咱们大梁沟的老柴，电视机是紧俏商品，不找人买不上的。日电牌质量最好，11英寸的，里边的元件是日本进口的。"我们按捺不住激动的心情，迅速帮父亲打开纸箱，搬出一台灰色的方形机器，比家里的收音机大些，父亲告诉我们前面突起的是显示屏，在这里可以看到人。父亲按说明书把电视机电源插上，我们和母亲睁大眼睛看屏幕，期待看到如电影里的人，可屏幕全是雪花闪烁，电视机"哗哗"地响，一个人也没有。父亲说："这电视机怎会没有人？我在百货公司试好的啊！怎么搬到家里就没有人了呢？"

父亲对小弟说："你去招呼你二叔来看看，他懂，怎么没有影像呢？"小弟撒腿往二叔家跑去。

在广播站工作的二叔来了说："电视机没有人是因为没有信号，在院子里竖个室外天线才行，那样才会接收到电视信号。"二叔对父亲说："我回家制个简易电视天线，你找个有一房子高的杆子架起来，越高越好，收到的信号越强。"

第二天，二叔制作了一个简易电视天线拿来，把天线用一根长长的电线和屋里的电视机连接起来，安装在高高的木杆上，竖在院子里。二叔对父亲说："你转动杆子找方向，我到屋里调电视信号，叫你停时就停。"这时二叔盯着电视屏幕，不停地招呼父亲转动电视杆子调整方向，"转、转、转、停"我们盯着荧屏，这时奇迹出现了，电视屏幕有了影像、有了声音，屏幕真的出现了电影画面。那个年代农村的业余生活贫乏，一年里也就是公社的电影队到村里放几场电影。电视机对于我们这些山村的孩子就像潘多拉的魔盒，充满了奇异的想象，无法想象出一个盒子怎么会有影像。我兴奋地问二叔："二叔，谁在指挥他们表演？"二叔告诉我们："这是电视台播放的节目，通过波的传递。"这深奥的道理我们弄不懂，电视机对我们产生了神奇的魔力，我们盯着电视屏幕眼睛都不眨一下，想象不出人怎么会在里面表演。

家里安了一台电视机在村里是一条爆炸性新闻，因为村里人根本不知道什么是电视，前后左右的邻居都到我家里看新鲜，屋子里的炕上、地上坐得满满的。电视就一个频道，信号不好就出现雪花，父亲要不停地调试，让大家看清楚些。那时好像在播一部苏联的电视连续剧，画面上出现一些接吻的镜头，看电视的村里人鸦雀无声，有的人不好意思低下头。过后村里人啧啧议论："你说这外国人也太不讲究了，撕皮捋肉的。"后来屋里坐不下，父亲就把电视机放到外屋碗橱上，这可了不得了，人们站到锅台上看。母亲受不了对父亲说："再也不要在屋里看了，把锅台都踩脏了，怎么做饭？天气暖和搬到外面去让大家看。"为了方便邻居看电视，父亲把电视挪到窗台上，让劳累了一天的村里人，在既凉爽又不拥挤的院子里看，一到晚上，院子里就像一个小电影场。

1983年的春节是最快乐的，原来的一两个频道增加到四五个频道，"嘎嘎"的转动频道按钮就可以有选择地观看电视节目了。那年最盛大的节目就是中央电视台的春节联欢晚会。年午夜我们孩童穿戴一新，早早地等在电视机旁，吃着糖果嗑着瓜子。母亲说："我要把饺子提前包好，到八点看春节联欢晚会。"那年的春节联欢晚会由赵忠祥致开幕词，主持人是王景愚、刘晓庆、姜昆和马季。我们最熟悉的就是马季、姜昆，因为在收音机里经常听到他们的相声，在电视里看到真人感到特亲切。李谷一的《拜年歌》甜美动听，姜昆、李文华的相声《错了这一步》诙谐幽默，郑绪岚的《大海啊故乡》深沉婉转，歌声好似把你带到海边听到海浪的声音，相声大师侯宝林的《戏剧杂谈》更是脍炙人口。那年因为有春节联欢晚会的伴随，年午夜喜气洋洋，也因生活条件的改善，心里如喝了糖水甜滋滋的。

在电视机里看到的第一部武打电影就是《少林寺》，小和尚精湛的武功让人痴迷，看了少林寺我竟然想练武功，无事在院子里伸胳膊踢腿。父亲在两棵树之间吊个沙袋，没事我和弟弟就在沙袋上乱打，幻想自己有一双铁砂掌，什么都不怕。铁掌没有练成，代价是两棵树蜕皮死掉了。我和弟弟还在腿上拴上沙袋跑，幻想有一天摘下沙袋自己健步如飞、身轻如燕。现在痴迷某位影星叫粉丝，那时李连杰硬汉的影子深深地印在我的脑海，我就是李连杰的粉丝，模仿偶像练身体。我喜欢那首主题曲"日出嵩山坳，晨钟惊飞鸟。林间小溪水潺潺，坡上青青草。野果香，山花俏，狗儿跳……小曲漫山飘……"没事时就哼唱。我感激童年父母给我们自由的空间，我们想做什么，他都会给予支持。我和弟弟想练武，父亲就为我们做沙袋，把树弄死竟然没有训我们，父母给予孩子的应该是广阔的空间，任由他们自在飞翔，而过度的训斥、限制会扼杀孩子的天性。

后来《霍元甲》《陈真》陆续播出,武打片盛行,我和弟弟的"功夫梦"也搁浅了,沙包、沙袋堆在墙角慢慢风化了,也如我的童年乐趣淡去,青春的烦恼来临。

过了三四年,来看电视的村里人渐渐少了,因为此刻村子里又增加了几台电视机,再后来我家的那台黑白电视机也"退休"了。彩色电视机替代了黑白电视机,可父亲仍然留着那台日电牌黑白电视机,当作对往昔时光的回忆。

生　离

　　邻居是一位羊倌，年轻时在生产队放羊，单干以后为村里的各家各户放羊。冬天在老宋家后沟放羊，夏天出场到北沟里放羊。羊倌威风凛凛，背着羊叉一吆喝，羊都温顺地听他指挥，把羊赶到山上他坐在岩石上抽着旱烟，眯着眼睛享受阳光，天高云淡，在阳光下很是惬意。

　　老羊倌近70岁的人了，漫山遍野的放羊已经力不从心了，一个人一辈子从事一件事会倾注满腔热情的。当他离开自己喜欢的事会无所适从，甚至有些茫然，闲下来不知自己应该干些什么。老羊倌每天早早起来，目送他心爱的羊群离开村庄，眼里一片茫然。没事就背着手在田间地头溜达，神情落寞。羊倌是二叔的岳父，也是我家的老邻居。母亲见到羊倌会说："二叔，一闲暇心里空得慌吧！"老羊倌叹气："我这身子骨很硬朗的，再放几年没问题的。""二叔放了一辈子羊，年龄大了也该歇歇了，老了也该享享福了。"

　　老羊倌的老伴在我有记忆起就白发苍苍的，根本看不出实际年龄。母亲说老太太是少白头，中年时头发就全白了。羊倌和老伴在一起时爱吵架，好在羊倌放羊时一年总有半年羊出场，两人不在一起，矛盾也不突出，两个儿子已成家，女儿陆续出嫁，日子也算平稳。

　　老羊倌不放羊回到家里，他的两个儿子却做了一个匪夷所思、让人瞠目结舌的决定：老羊倌归大儿子赡养在大儿子家住，老伴归小儿子赡养去前街的小儿子家住，把老两口分了家。

养儿防老，在农村有儿子就意味着老有所养，养个儿子老了也就有所依靠。农村重男轻女的思想严重，老人们常说："儿子的江山，女儿的饭店。"在那个年代的农村没有其他的养老方式，养儿防老是唯一的养老方式。无儿无女叫"五保户"，由大队管。那时家家有三四个孩子，生活拮据困难，也不能用简单的孝与不孝来衡量这个问题。但羊倌家两个儿子的做法却让村里人不能理解，大家议论纷纷："日子再紧，也不能给老两口分家啊！这两个儿子怎么想的呢？"老太太收拾东西去了前街小儿子家养老，老羊倌由大儿子养老。老伴搬走那天，老羊倌泪眼婆娑望着老伴离去，老羊倌孤独的身影看了让人落泪，人都说少年夫妻老来伴，老了更需要陪伴。他家的儿子却让老两口生离。

羊倌的大儿子有些文化。国家政策好了，羊倌的大儿子有文化，开始种蔬菜大棚。在北方，冬天的主要蔬菜就是入冬腌一大缸酸菜，用窖储存些土豆、萝卜、大白菜，就是一冬天的蔬菜。邻居家种植蔬菜大棚可是新鲜事，冬天可以吃到夏天的蔬菜。

羊倌家的院子全部用塑料大棚罩上，在我家看白茫茫一片，冬天大棚的出气孔冒着热气。母亲平时舍不得在冬天吃新鲜蔬菜，有时家里来了客人，母亲叫我到邻居家买点新鲜蔬菜。我来到邻居家的大棚，棚里热气扑面，一片春意盎然，翠绿的韭菜，紫色的茄子，红红的辣椒，夏天的蔬菜品种全集中在这里，外边寒风嗖嗖，大棚里一片夏天的景色。在冬天能吃到夏天的蔬菜，是以前想也想不到的。

邻居家种植大棚蔬菜收入可观，日子也逐渐好转。羊倌没事帮儿子干些零活，但更多的时间是发呆。母亲对父亲说："我看西院老爷子精神不怎么好，以前爱说话，现在怎么不爱说话了。"父亲说："老伴老来做伴，和老伴分开能好吗？他家的儿女不知怎么想的，活生生给老两口分家了。"

老羊倌正如母亲所言，精神不太好了。有时到前街的小儿子家房前转悠，老伴不理他，他也不敢进屋。他长吁短叹、头发花白、身体消瘦、衣冠不整，小孩子见到他赶紧跑开。

　　一日烈日当头，老羊倌在西地的地头枕块石头在烈日下躺着，母亲实在不忍心，走到羊倌跟前："二叔，阳光这么毒，你怎么在这儿躺着？别晒坏了，吃饭了吗？""我一天都没吃饭了。"母亲听到这话眼泪落下来，"二叔快起来吧！到我家吃口饭。""我哪儿也不去。没人管我，我就等着死了。"浑浊的眼泪从羊倌的眼里流出来。母亲回到家里给羊倌做了一碗面条端到地头叫羊倌吃了。

　　母亲把羊倌送回了家，羊倌的儿媳反而恼了，骂母亲："你这是显什么呢？家里也不是不让他吃，是他自己不吃。"母亲听了无声地走了。母亲一生善良从不与人交恶，却因为给羊倌饭吃与人交恶。母亲回家给父亲说："好心不得好报，我看老爷子饿得打晃，给他一碗饭吃却遭骂，怎么这么不讲理。"母亲不管羊倌的儿媳如何，偷偷地给羊倌馒头吃，送水喝，从此也和羊倌的儿媳结怨不相往来。一日羊倌流泪对母亲说："你二婶她真是心狠啊！一点儿也不管我了。"

　　羊倌的病情越来越重，有时跑出去几天回来，有时在地头躺着，人形销骨立，头发胡子倒竖。他的儿媳妇也说，叫他吃饭时不吃，却用手到饭盆里乱抓。那年冬天老人不再出来，在一个寒冷的日子老人孤独地走了。

　　人世间最痛苦的事是生离死别，最残忍的事是生离，老伴活着却不能生活在一起，老人是因为思念老伴精神彻底地崩溃了。

我的悲伤我的快乐

　　人的大脑是生命中枢，是人体的指挥中心。外部的各种信息，通过人体的感觉器官传入人体后，都要通过这个指挥中心进行分析处理，然后做出决定，指挥各功能器官工作。脑的最大部分是大脑，由两个半球组成。大脑的后方是小脑，最下部分是脑干。这是我在医学书上看的关于大脑的解释，还有左脑和右脑分工的解释。大脑分为左半球和右半球。左半球是管人的右边的一切活动的，一般左脑具有语言、概念、数字、分析、逻辑推理等功能；右半球是管人的左边的一切活动的，一般右脑具有音乐、绘画、空间几何、想象、综合等功能。人的大脑很有趣，竟然是左脑指挥的是右手，右脑指挥的却是左手。

　　对照书中的解释，左脑具有数学运算、语言逻辑的功能，右脑具有绘画、音乐、想象的功能。分析我的大脑才发现，我的左脑严重的不灵光，右脑却喜欢做些色彩斑斓的梦。回想自己的整个少年时期，都是在左脑带来悲伤，右脑带来喜悦的交织纠结中度过。

　　在小学时，自我感觉学习很好，父母也对我寄予厚望。到初中时，童年的快乐远逝，我的悲伤就开始了。数学对我来说就成了天书。人们都说数学好的人天生聪明，所以为了让自己变得聪明些，我也努力地学数学，认真听讲，不停地做题。什么"一元一次方程""一元二次方程"，那阿拉伯数字就像迷宫，别说举一反三，我反一也反不过来。

　　记得我初中的数学老师姓郭，郭老师的数学讲得很好，可对我来说好坏都没有感觉。每天数学课郭老师都要在黑板上出几道方程题让同学们做。一看到解方程的数学题，我的脑袋就糊涂，变得如一盆糨糊。眼看要交卷子了，急得我额头冒出汗来，这时我想这道题是不是书上的例题。我偷偷地打开数学书，一看真是一道例题。我就偷偷地往卷子上抄，由于太投入根本不知道郭老师已经在我的桌前站了半天，郭老师很气愤，把我的卷子一把撕碎，还拿走了我的数学书。同学们的目光霎时都投向我，我羞愧得无地自容，趴在课桌上哭了。那时我想我怎么如此地愚笨。数学书被郭老师拿走后我一直不敢去办公室拿，我怀着悔恨的心情写了一篇长长的作文交给郭老师。后来郭老师把我叫到办公室，把数学课本还给我，也没有训我。郭老师又拿出我的作文，说我的文章写得很好，要加倍努力。但不管我如何努力地学数学也无法茅塞顿开，最终数学成了我的悲伤，成了我无法跨越的人生障碍。

初中数学成了我的悲伤，但作文却让我值得喜悦。我的每次作文都会当范文在班里念，写作让我快乐，并且拾回了自尊。语文老师称赞我的想象力丰富，观察事物仔细，写出的东西生动。有一篇作文写校园的梨花，我写道："奶白色的梨花簇拥着，前仰后合地微笑着。"老师说，这样的句子只有女孩通过细腻的观察才会写出。老师哪里知道，我那时总是有一些稀奇古怪的想象在我的脑子里窜来窜去，常做一些"乌托邦"的梦。

少年的我，性格孤独寂寞，看文学书到痴迷的程度。那时哥哥从单位拿回几部文学书，《水浒传》《夜幕下的哈尔滨》《三国演义》，我如获至宝，如饥饿的孩子扑向食物。我在叔叔家借来张恨水的小说《啼笑因缘》，看得如痴如醉，泪眼婆娑，感叹凤喜的命运。在家里写作业时，我把数学书一摆就偷偷地看小说，看得太投入甚至会笑出声。母亲总用怀疑的眼光看我，并问我学习笑什么？我赶紧收回痴笑。我看遍了所能搜罗到的文学书籍，文学滋养了我的灵魂，掩盖了数学带给我的悲伤。

后来我明白作为学生谁都想把学业学好，谁都有美好的向往。厌学是因为不会而失去兴趣，就我自己而言，我是多么想考大学，多么想走出农村。但是数学对我来说就是"天书"，我那根弦就是不通，一窍不通。知识具有连贯性，初级知识不会，后面的知识就无法连接，不是不学，是真的不会啊!

数学成绩的糟糕让我明白一个惨痛的事实：此生与大学是无缘的。因为数学不好导致所有理科的成绩也不会好，数学让我无法规划人生，那种悲伤弥漫胸中。拿起笔写作又让我对生活充满了幻想，用笔倾诉真情，内心春暖花开。细想整个少年时期就在悲伤和喜悦中度过，在夜幕下仰望星空，闪闪星光带来遐想，身处黑暗，前途渺茫。

毕业后我在信用社工作，也是和阿拉伯数字打交道。这魔一样的阿拉伯数字我是无法弄明白，所以工作二十几年没有培养出兴趣，自然也谈不上在业务上有所发展，工作只是我谋生的手段。当金钱和梦想让我选择其一，我会选择五彩斑斓的梦想。

左脑的悲伤右脑的梦，世界上再愚笨的人也有闪光点，应该抓住亮点追逐梦想。想想我少年时的悲伤和喜悦，我喜欢把我少年时的喜悦和梦想拓展，让我的灵魂快乐。

矿　山

　　机遇属于那些头脑活络、敢闯敢干的人。农村政策的放宽，一些有头脑的人不再把希望放在土地上，一些乡镇企业如雨后春笋破土般的涌现而出，开百货批发的，开果丹皮厂的，开饭店的，搞运输的……干什么的都有，这些敢想敢干的人成了率先富裕的人。在同等的机遇和条件下，你没有成为弄潮者，那说明你思想迟钝，故步自封，注定要被时代抛得远远的，人在关键的时候拼的是智慧和胆量；一些人之所以成为佼佼者，是因为他们胆识过人，头脑活络有魄力。

　　父亲多年在单位任会计，任劳任怨，工作一直很出色，后来被提升为营业所主任。晚上吃饭时，父亲对我们说："老宋家后沟国家勘探出丰富的铅锌，要开矿山了，行里通知要贷款扶持。你们猜猜是谁开这铅锌矿？"我们满脸疑惑摇摇头，母亲说："是外地人来开矿的吧，本地人谁那么有钱？""错了。这人远在天边，近在眼前。""那是谁？"父亲接着说："是咱家后院老李家的大儿子李智。"我们一听，都吃惊地睁大眼睛，一口饭噎在喉咙里。

　　"是李家的大儿子李智？他不是在旗里的铅锌矿开运矿粉的大车吗？老二不是在矿山当矿工吗？现在老三、老四还在家里闲逛呢。"母亲一脸疑惑说。

　　父亲说："就是后院李家的大儿子，今天旗里的领导、行里的领导来视察，我亲眼见到，还和李智谈贷款的事情。矿山是旗里的重点扶持对象，叫我们营业所做好贷款扶持工作。几年不见，李智可变了，有领导的派了，说话办事很不一般。"母亲还是有些不相信，自言自语道："李家的儿子开矿，这事连想都不敢想的。"

李家儿子的创举确实颠覆了一些传统的思维观念。人们的老观念是：努力读书，本分做人，一步一个脚印踏踏实实地走。可李家的儿子和这些完全背道而驰。他们幼时家教不严，不爱学习，打架惹祸，自由散漫，村里的人看着他们都摇头。这样的人竟然做出这样的大事，而且是旗里重点扶持的乡镇企业，旗长亲自视察。他们的创举在村里人心里如发生几级地震。也应了那句古话："淘小子出好的，不是精英就是二流子。"李家的儿子变成了精英。

多年以后，我也在思考这个问题，李家的儿子究竟是怎样成功的？我认为，成就他们的是胆量和敢闯敢干、天不怕地不怕的性格，无知者才会无畏。李母那种信马由缰、自由发展没有框框的教育方式，也是塑造他们性格的主要原因。

中学时我要骑自行车到离家 10 里地外的公社中学上学，每天路过老宋家后沟，往山上一看，沉寂多年的后沟可谓热火朝天，变成了另一片天地。昔日的青山赭岩机器轰鸣，不时升起一层层烟雾，李家儿子的矿山开工了。右边是李发的果园，绿树葱葱，左边是李家的铅锌矿，机器轰鸣，都在做企业，这两种企业在一起总有些不协调。

李家的铅锌矿开工，李家的大儿子李智是矿长，二儿子李勇是副矿长，老三、老四负责管理，一个标准的家族企业建成。村里的一些精壮劳动力都到矿山当工人，下井的，搞化验的，一个初具规模的铅锌矿建成了。表哥能干，做人认真负责，李家的儿子叫表哥负责安全。二姑家的表弟年纪小就辍学，在李家的矿山当化验员，就是这样一个"化验员"的角色，后来却成就了表弟的一番事业，世上的好事总会青睐有心之人。

李家的大儿子家、二儿子家都在旗里，来矿上都开着"三菱"车，威风凛凛，随着他们财富的积累，车的级别也越来越高。他们的性格本身就喜欢张扬，这样的企业、这样的排场更让他们有些暴发户飞扬跋扈、颐指气使的做派。但这种气派、这种张扬总让人感觉缺了点什么？

李家父亲已经不在了，后院的李母也被儿子接到旗里安度晚年。老太太本身就思想先进，到旗里很快融入城里人的生活，学开车、学美容。后来听说李家的孙子都在北京上学，李母在北京陪读，别人都称她"富姐"。

人们的潜意识里都有些仇富心态，对于得不到的东西往往产生嫉妒心理。村里人说："李家的坟地是冒青烟了，这哥儿四个是发达了，开矿不就是在挖金子吗？"这都是一些宿命论，生活好了就是命好，祖宗保佑；不好就是命不好，人总是为自己找推脱的理由。李家儿子的成功和祖坟没有任何关系，和他们敢闯敢为的性格有关，关键是他们抓住了大好的时机，顺势发展成为财富精英。

李家儿子的矿山解决了一些农村的剩余劳动力问题，一些村民不用远离家园到外地打工，矿山也带动了本地的经济发展。

随着时间的推移，村民发现自己的生存环境在慢慢地改变，最明显的是李发的荒山，绿树葱葱的果园被铅锌粉尘污染，叶子变得灰蒙蒙，一些农作物不能种植。村里的羊不能到老宋家后沟放，草被污染，羊不能吃了。从前青山绿草、白色羊群点缀的美景已经不在了，村里的水有了异味。这时，村民才发现这庞大的矿山破坏了美好的家园，我离开村子多年后，听家人说村民醒悟后多次上访，不知结果怎样。

诘　问

　　大姑生活的地方叫银家拉嘎，很穷。她有四个儿子，一个女儿出嫁，大表哥二十五六还没有娶亲，这个年龄在农村就要到打光棍的年龄了。父亲对表哥的婚事很着急。父亲对大姑的感情深厚，经常说："我是你大姑背大的，小时候你大姑个子小、身体弱，是你大姑背着我、看我长大的。"父亲不忘浓浓的手足之情。

　　父亲对母亲说："大姐家的国军再不张罗说个对象眼看着要打光棍了。从小大姐最疼我，咱们想想法帮大姐家国军张罗一个对象，也让大姐减轻点负担，你留心看看村里有合适的姑娘吗？"母亲说："是得帮帮大姐，四个儿子都大了真是要他大姑的命，我看看村里的姑娘有合适的托人问问。"

　　晚饭时，母亲对父亲说："我看咱家东院的凤儿就挺合适，虽模样不太出众，但人挺能干，托人问问看同意吧？"父亲沉思一会儿说："凤儿是咱们从小看着长大的，也挺能干。你找他云姨问问凤儿有意思吗？"

　　我家东院凤儿的父亲死得早，家里日子过得贫穷，凤儿母亲的腿有些残疾，走路一瘸一拐的，嘴里不停地唠叨，但也听不清在说什么，嘴总是在哼哼唧唧。有时在我家院子里会听到凤儿娘在叨叨说话，我会爬墙去看她在和谁说话，结果原来是她自己在唠叨，声很大。幼时我不到凤儿家去玩，她家有一股怪怪的气味，熏得人不舒服。凤儿家在院子边架起开绿色花的植物，绿叶绿花很特别。我问凤儿这是什么植物？凤儿说是啤酒花。啤酒花？啤酒花是干什么用的？凤儿说是做啤酒用的。幼时我不知道啤酒是什么，总觉得啤酒花绿得一团神秘、高贵，和凤儿家的贫穷有些不对称。

凤儿的母亲每天晚上到我家洋井压水往回挑。我家是最早打的洋井，西院邻居、东院邻居都到我家来挑水。西院家里种大棚，条件好了，自己打了洋井，不再来我家挑水。冬天水井上冻，凤儿的娘晚来，母亲会隔墙招呼凤儿娘赶紧来挑水，要卸井了，凤儿娘就小跑一瘸一拐地来挑水。那个年代虽然贫穷，但邻里关系处的融洽和睦，谁家有事都会帮忙的。

云姨到凤儿家提亲，凤儿娘又问凤儿，她们都说相亲再定。父亲捎信叫表哥过来相亲，表哥高兴地赶紧过来了。表哥身材魁梧，浓眉大眼，很能干，就有一个缺点，说话快时有点口吃。

母亲嘱咐表哥："国军，相亲的时候尽量少说话，说话时要慢慢说，不要让凤儿听出你口吃。"表哥红着脸点了点头。

在云姨家相亲，凤儿和表哥交谈一会儿，双方基本没意见。在农村找对象基本就是双方见见，谈一会儿，双方没意见就成了，由介绍人在中间周旋。

表哥回来，母亲着急地问他："怎么样，相中吗？凤儿没有听出你口吃吧。"表哥满脸高兴，"人挺好，她没有听出我口吃。""要成了，你和凤儿可真是缘分。"

表哥和凤儿结婚了，凤儿说："可别装了，相亲那天我就听出你口吃了，是看你人能干才嫁给你的。"表哥不好意思地挠挠头，说："凤儿你知道啊！我还以为你一直没有听出来呢？等生米煮成熟饭你后悔也就晚了。"俩人甜蜜地笑起来。

第二年春暖花开时，凤儿为表哥生了一个胖女儿，表哥为女儿取名春梅，女孩大眼睛，和表哥长得很像。

那时国家实行"计划生育"，汉族一对夫妻生一个孩，蒙古族一胎是女孩够间隔可以生第二胎。表哥得了女儿很高兴，有时抱着女儿自言自语："我这宝贝姑娘要是儿子多好。"凤儿一听会默不作声，因为没有生儿子而内疚。

在农村，妇女生了女儿会很内疚，觉得对不起丈夫，低人一等，一些封建思想严重的公婆会漠视儿媳。农村妇女不明白遗传学播什么种子，长什么苗，农村有句俗话"种高粱不会长谷子"，责任怎么会在女人？

没有儿子，表哥的心情不好，盼儿子盼得满面愁容，我们有时逗趣他说，他盼小子盼红了眼。表哥手里有一本老皇历，他算呀算，算计哪月怀孕可以生儿子。

母亲说表哥："村里又不是你一家是姑娘，丫头、小子都一样，女孩更知道疼爹妈。"但表哥听不进去。

在春梅三岁时，表哥把表嫂送到大姑家，我们感到很蹊跷，表哥神秘地说："你嫂子怀孕了，这回我算计好了，保准是小子，你们可不能出去说，'计生办'知道可麻烦了。"我们为表哥的做法感到不解，盼儿子盼到这份上？

表哥是现实版的《超生游击队》，那种盼儿子的渴望、焦虑的心态、鬼鬼祟祟的做法都和小品一模一样。

表嫂在大姑家生了，捎信来，表哥一听，惊得跌坐在地上，一看表情就知道表嫂生的是男孩还是女孩。表哥嘴里喃喃地说："我都算计好的，保准生小子，怎会又生个丫头，真是人算不如天算啊！我这辈子怎么就没有小子的命。"表哥眼里流出泪水。

表哥情绪不稳定，亲戚做他工作说："实行计划生育是国家政策。全国人民生女孩的多了，都什么年代了，你还有重男轻女、传宗接代的思想。再说你眼睛一闭，以后怎样你也不知道。这代有男孩，再下一代也许又没有男孩，还惦记什么香火延续。"

表哥说："我不是老思想，在乎什么传宗接代，你们知道，在乡下都是动力气的活儿，家里没有男孩，怎样支门过日子？"表哥说得我们无言，他的话也有些道理。可表哥没有想到，直到今日，他的孩子不管是儿子还是女儿都离开村庄，到城里去谋生，唯一的儿子也没有在家给他支门户。远游的孩子不再眷恋土地，他们更喜欢城市的喧哗。

表哥把出满月的表嫂接回家，把刚一个月的二丫头留在大姑家喂养。那时大姑困难，没有奶粉，孩子是吃小米汤长大的。

表哥想要儿子的愿望不减，表嫂又怀孕，这次没有"游击"，在家生的。这次表嫂真的生了个儿子，全家皆大欢喜。"计生办"对表哥进行了经济处罚。表哥心甘情愿受罚，得了儿子笑逐颜开。

过了两年，表哥到大姑家把二女儿接回来，这个从出生就没有吃过母乳的孩子面黄肌瘦，头发焦黄，和表嫂凤儿长得一模一样。小女孩怯生生地看着她的亲姐姐和白胖的小弟不言不语，表嫂抱着孩子痛哭，孩子用力挣脱了母亲的怀抱。

由于家庭人口多，表哥的生活压力大，他辛苦劳作为他家的三个孩子拼命挣钱。三个孩子的家庭和别人一个孩子的家庭相比，生活水平，差距太大了。表哥人厚道能干，李家大儿子叫他到矿山上班，让表哥负责安全，负责安全就是在矿区周边巡视。表哥顺着山转，背着篓筐在山上拾柴，下班背回家。

李家儿子搬到北京，矿山基本停产，表哥没了工作。孩子都在念书，着急用钱，表哥就买了几十只羊在家放，繁殖两三年也有百十只。

表哥的大女儿春梅在广东打工，二女儿——那个幼时营养不良的女孩学习刻苦，考上了大学，学的财会，在鄂尔多斯的企业工作，很出色。儿子学的"新能源"也在外地上班，人到中年的表哥也有了盼头。

去年夏天，表哥和往常一样赶着羊，由于老宋家后沟被污染，羊不能放，表哥到一个叫王八盖子的山上去放羊。下午，天空乌云密布，电闪雷鸣，似乎一场暴风雨要来临。可那天电闪雷鸣却只下了几个大雨点，暴雨没有来。

一位也在放羊的羊倌发现羊炸山，四处狂奔。羊倌感到奇怪，发现是表哥的羊群没人管，羊倌赶紧给表哥打电话，电话通了，但没人接，羊倌意识到可能出事了。他赶紧给表嫂凤儿打电话，凤儿招呼老叔老婶慌忙往山上赶，看到羊群四散，却没有看到表哥的影子。表嫂在山上喊"国军、国军"，也没有表哥的影子。

最后到王八盖子山的半山腰看到表哥匍匐在地上，雨衣被撕得一条条，手里握着羊叉，一身迷彩服有些焦。

老叔奔过去大声呼叫表哥，但他一点儿气息都没了，表嫂哭喊着："国军、国军，你醒醒。"老叔奇怪：既没有外伤，也没有血污，人怎么没了？翻过表哥的身体，才发现是雷击身亡，闪电从左胸穿进，从腿腋处穿过。

表哥的死，让每个亲人都无法接受。表哥一生勤劳、善良、忠厚，为孩子、为妻子拼命劳作。诘问老天，为什么给55岁的表哥这样一个让人肝肠寸断的死法？

亲情乐融融

　　北方的冬天夜长昼短，一到冬天，家家都吃两顿饭，早晨七八点吃饭，要到下午两点再吃饭。理由是冬天活少，都在猫冬，天短吃三顿饭吃不开，吃两顿饭也合乎养生之道。小孩子蹦蹦跳跳活动量大晚上饿，母亲会为我们准备点吃的。冬日的晚上是我家的快乐时光，全家围坐在炕上，屋里火炉生得暖暖的，享受母亲为我们准备的美味，看着电视，全家其乐融融，浓浓的亲情在屋里弥漫。

　　母亲哪年都种些糜子，糜子就是蒙古族做炒米的米。炒米，蒙语叫作"蒙古勒巴达"，就是"蒙古米"的意思。它是将糜子经过蒸、炒、碾三道工序加工而成。加上酸奶、白糖搅拌，解饿、解渴又清香，是别具一格的蒙古族传统食品。

　　炒米是用糜子米炒制而成的脆炒米。脆炒米的做法是把糜子浸泡，使米泡胀，用温火蒸到一定程度，之后拿出晾干，再倒入锅中翻炒。在铁锅里放入细沙，待沙子烧红后放入适量泡胀的糜子，待米迸出花且水分蒸发完毕，火速出锅并过筛子。这样炒制的米呈黄色，米粒看似硬，吃时却很干脆，色黄而不焦，带有一股特殊的香味。最后一道工序是，母亲将炒熟的糜子去皮处理，拿到碾道碾，簸箕去糠用箩筛，这样炒米才能吃。蒙古族有"暖穿皮子，饱吃糜子"的俗语。

　　家里没有牛奶砖茶，不能熬奶茶，母亲在碗里放把金黄的炒米，每人一碗，倒入开水，放一点盐，再用勺子放一点猪油，碗里飘着油珠，香气四溢，喝一口咸香，炒米吃到嘴里香脆，热乎乎的自制奶茶穿过胃肠暖暖的，喝过一碗额头有点微微冒汗。喝猪油现在想想都恶心，可在那个年代，肚子里油水少，对油有种渴望。一位亲戚家的孩子用勺子到油缸舀猪油吃，他的母亲看到说："二小子，你在干什么？"看到孩子嘴唇上沾满猪油，那位母亲流下泪来。

猪油就是猪肉肥膘放到锅里熬，为了防止猪油坏掉还要放些盐。熬出的油用勺子舀出放到坛子里，一年家里备用。熬完油的油脂拉，母亲剁碎放些酸菜包荞面皮水饺，油脂拉荞面皮水饺香而不腻，是北方一道特色美味。

冬天，我们几个早早地写完作业，期待家里的夜宴。有时母亲会拿出平时舍不得吃的罐头，有苹果罐头、梨罐头，那时的罐头真的好吃，全是糖水罐头，不像现在的罐头是用糖精水制的。

全家围坐炕上，我们三个眼巴巴地看母亲打开罐头，给小弟先吃一块，然后将罐头传给我，我吃一块，再递给大哥，父亲母亲也象征性地吃一点尝尝。剩下的一块自然属于最小的小弟，罐头的糖水再轮流喝掉，甜蜜的糖水喝一口甜到心里。有时母亲会拿出一包点心，点心就是大片酥，用纸包着，油已经把纸浸透，一人分一块。片酥吃到嘴里甜香酥脆，吃完再转圈一人一块分，到最后剩下的是小弟的。

我到现在仍怀念我家的夜宴，祥和温暖，其乐融融，让我们明白好的东西要一起分享。感受亲情，感受父慈母爱的温馨，感受兄弟姐妹的相互照应。儿女情、父母情、夫妻情、兄妹情，这些情都是人间浓浓的亲情。亲情犹如一棵大树，父母是亲情的树根，儿女、兄妹是亲情的树干和枝叶。亲情的大树血脉相连，枝根相系。亲情的大树要用心呵护才会枝繁叶茂。

父慈子孝、儿女情长、夫妻恩爱是人间最和美的亲情画面，亲情是惺惺相惜的情感。亲情需要包容，需要忍耐和理解，亲情要真心相待。亲情不同于朋友情、同事情，亲情是离我们最近的情，也是最容易被忽略的情感。在外面和朋友同事相处，我们会处处小心，怕伤和气，对身边的亲人反而言辞不敬。生活中多见父子反目，兄弟如同陌路，夫妻离异，这些都是不珍惜亲情的结果。亲情很脆弱，来不得半点戕害。来自亲人的伤害，往往是最心痛、最无奈的伤害。

生活中看到一些儿女对年迈的父母不尽孝道，对老人苛刻。他也许忘了，是父母给予了我们生命，哺育我们成人，忘了拉着幼年的我们蹒跚走过的岁月。父母是我们的根，是我们赖以生存的根系。人世间最幸福的事情，莫过于人到中年时双亲健在，心灵有一个归宿。什么是家？父母就是家。不管我们多大，不管我们路走多远，在父母眼里我们永远是他们的孩子。父母走了，失去亲情的根，心灵犹如一只风筝，漂移不定。

"百年修得同船渡，千年修得共枕眠。"当我们和牵手的人步入婚姻的殿堂，就要学会包容，在欣赏他的优点的同时，也要包容他的缺点。当你对伴侣不停地挑剔、抱怨和嘲弄，不珍惜夫妻之间的亲情，婚姻也就葬送在你的无知中。

年幼的孩子张开双臂扑向母亲的怀里，母亲的心甜蜜幸福，舐犊之情油然而生。随着孩子年龄的增长，儿女长大成人，有了自己的生活，有了自己的想法，也会有各种各样的毛病，作为母亲，你是否还会张开双臂包容自己的孩子？

生活中我也常见到这样的一些女性，只要和别人说话就是不停地抱怨，抱怨子女不孝，抱怨孩子不听话，抱怨亲戚付出太少。在她眼里，亲情成了抱怨的目标，成了挑剔的对象，抱怨挑剔让亲情变得平淡。爱挑剔爱抱怨的人，总希望别人孝悌忠信，贤良淑德，眼睛总是盯住别人的短处，看不到自己的不足，心地狭窄。亲戚如果过得好些，心里愤愤不平；过得不好，她会报以轻蔑的嘲笑。

我会问她一个最简单的问题：你最近的血缘关系是谁？是不是父母、孩子、兄妹？父母是我们的根，孩子姐妹是我们的枝叶，一脉相承的血肉亲情为什么不能包容、不能忍让？你爱孩子，那么为什么不能爱孩子的血肉？你既然爱自己的孩子，为什么不爱孩子的最爱？为什么总是伤害最近的亲人，最浓的血缘？亲情也很脆弱，它禁不起太深的伤害，伤害了亲情，心灵会筑起一座墙，这是最简单的道理。如果连这个道理都不懂，换句话说，连亲情都容忍不了的人，还能对别人怎样。"爱出者反爱，福往者福来。"亲情不是一味索取，亲情需要相互付出、相互理解，爱是相互的。

　　儿女情、父母情、夫妻情、兄妹情都是浓浓的亲情，亲情要真心呵护，要有感恩之心。不要认为亲情是自来水予用予取，当你伤害亲情时，你伤的不仅是情而是亲人的心，子女要对父母感恩，父母也要对孩子感恩，感恩之情是双向的。我们从小被浓浓的亲情浸润，成年后我们家族亲情乐融融。

进　城

离我居住的村庄最近的城市就是旗政府所在地，就是遥远的大辽国临潢府遗址，离村子有七八十里的路，坐班车需要一个小时左右。在幼年、少年能进城一趟一直是我的期盼。母亲说："我去城里是那年你三姑结婚时去的，坐的是大马车，晃晃荡荡地走了一上午。城里的街道真干净，人穿得齐整，吃得比咱们村里好。"

父亲多年的习惯是下班回来立好自行车，会大声咳嗽一声，然后跺脚抖落鞋上的土，不进屋便开始用铁锹锄院子里的鸡粪，看院子脏会拿扫帚扫院子。一听到咳嗽声，我们就知道父亲下班了。那天父亲下班回家却把自行车铃拨得"叮叮"响，我和小弟赶紧跑出去，以为父亲又买回什么好东西。父亲兴奋地说："明天你妈和爱民到城里去看看，我已经找好车了。"我兴奋地跳起来拍着手说："啊，我可以进城了。"小弟噘着嘴说："爸，为什么叫我姐去不叫我去？"父亲说："你还小，以后我带你去。"小弟甩手走进屋里。

母亲有些不相信似地问："我和爱民明天真能去城里吗？怎么去？"父亲接着说："就是老舅妈的妹夫老宋，明天他们局里有拉草的解放车。今天我在公社遇到他，说明天早上回旗里，我说了你们要到旗里的三妹子家看看，搭他们的车，老宋爽快地答应了。你们晚上准备准备，明天早早走。"

母亲和我都很兴奋，又是洗头又是准备衣服，兴奋得一宿没有睡好。

早晨早早起来吃完饭，我和母亲到公路边去等车。天气已经入冬有些冷，母亲和我包着厚厚的围巾，在路边翘首等着。

大概7点钟，装满羊草的解放牌大卡车晃晃悠悠地从公路开过来，停在我和母亲面前。驾驶室的车门打开，老宋跳下车——老宋是我们邻村的，母亲也认识他。母亲恭恭敬敬的叫声："老姨夫，给您添麻烦了。"又赶紧让我叫"姨姥爷"。我心里感到好笑，这位姨姥爷和母亲的年龄差不多。

我和母亲上车，一个驾驶室里连司机四个人是坐不开的，老宋对母亲说："你和外甥女在驾驶室里坐，我到后边坐。"司机忙说："坐到草上很危险的。"老宋摆摆手说："没事，我抓紧缆绳。"母亲和我坐在驾驶室里，母亲一路感到心里不安。

卡车慢慢地行驶着，第一次坐汽车的我很兴奋，左右不停地看，对于司机手握方向盘很羡慕。母亲悄悄地对我说："别乱动，影响司机开车。"

车子行驶一小时左右，从沙石路行驶到黑色的路面，司机说："我们到东石桥了。"我惊奇地望着这个被称为"旗里的地方"，也是我做梦都想来的地方，黑色光滑的路面上一些骑着自行车的人匆匆驶过。在道路两边有环抱粗的老榆树，枝干茂盛，树上挂着几片干枯发黄的叶片。道路两边是连脊的土房，家家的窗台上放满盆栽的花，绿油油的叶子上有的花朵盛开，在土屋的窗前有老人坐在小凳上晒太阳。

汽车把我们母女送到三姑家门前，老宋从汽车上爬下来，母亲歉疚地说："老姨夫，让您一道在外面冻着。"老宋摆摆手："没事没事的，你们进屋吧，我走了。"老宋坐到驾驶室里，车开走了。

我急急地问母亲："他和你年龄一般大，你怎么会叫他老姨夫呢？"母亲说："他是你爸舅妈的妹夫，我们得叫姨夫。"

老宋是我那个年龄见过的唯一一个大官，旗里的农业局副局长，朴实得如一位普通的农民。所谓官者身上的耀眼光环，都是自己罩上去的。

我和母亲到三姑家的那条街，走进胡同里全是腥臭气，在三姑家的门前有一条黑色的臭水河。到了三姑家我问三姑："三姑你们家门前的河怎么流着黑色的水?"三姑说："这是前面的皮毛厂流出的废水。"

姑父在粮油厂上班，家里四个孩子，还有公公婆婆，姑父自己挣钱养一家人，日子过得很拮据，常年吃返销粮。返销粮就是国家向农村缺粮地区，当年返销给农业生产单位的口粮。返销粮大多是黄玉米。因为三姑家除了姑父吃公粮外，家里人都是郊区户口。玉米是三姑家的主食，三姑做的发糕蓬松酸甜可口，做的玉米锅贴黄灿灿的筋道好吃。

三姑领着我和母亲到古城。古城位于旗里的南郊，就是大辽国的首都，也就是耶律阿保机、萧太后、韩德让当年的皇宫所在地，一个在北方驰骋几百年的大辽国。

矗立在我面前的是高高的已经废弃的城墙，风吹过枯黄的野草"沙沙"地响。站在城墙上，放眼瞭望辽阔悠远的古城，想象着那个曾经繁荣一时的大辽国，金戈铁马，金碧辉煌的宫殿被熊熊的大火焚烧，成了一片废墟，高高的城墙诠释着曾经的辉煌。

无头的石人矗立在萧萧的草丛里，显得格外苍凉，缺头残尾的石龟还默默地蹲伏在原处，记述着历史的沧桑。古城前是一条久远的河流，向前流淌着汇入乌尔吉木伦河。

三姑还领着我和母亲来到北塔。北塔位于旗里的西山冈上，塔高有10米，台座每面宽大概有两米，斗拱上砖雕椽檐，台座上有雕刻的佛像，佛像的头身斑驳不整。三姑告诉我们，在南山还有一座南塔，南塔和北塔遥相呼应。

三姑领着我和母亲逛了旗里的两个商场——联营商场和三八商店。这条主街叫临潢大街，也是旗里的主要商业街，饭店和商店都集中在这条街上。

三姑带我和母亲到东方红照相馆照了一张合影，也是我第二次照相。立在母亲和三姑身后，梳着"五号头"的我瞪着一双大大的眼睛，对城里的生活既羡慕又新奇。

年　少　时

　　我们都经过"少年不识愁滋味，为赋新词强说愁"的年龄，这段时光叫青春。青春是草的颜色，是青苹果的颜色，生机勃勃有一种冲劲。我最喜欢的一部影片的名字叫《青春万岁》，虽然我并没有看过这部影片，但影片的名字我喜欢，世人总想拽住青春的尾巴停留在这如花如梦的季节。青春期烦躁、冲动、幻想、性格孤僻、特立独行、自我标榜，是混沌不堪的年龄段。青春是闪着绿色的年纪，然而对于每个人来说，却又是一个烦恼季。

　　小孩子一到中学，那个单纯幼稚的小孩子不见了，那个整天牵着你的手腻在你身边的顽童突然间长大了，和父母之间有了一道墙。男孩脸上长了青春痘和青涩的胡须，女孩变得有了曲线，臀部翘翘的，随着年龄的增长，生理的发育，这个孩子变了，变得让人匪夷所思，变得不可理喻。

　　有一个家长曾经对我说：小孩子从儿童过渡到少年，生理的发育、心理的发育是一个痛苦的过程，这个过程和中年人的更年期一样痛苦。到了我这个年龄，无法接受孩子青春期的叛逆，细细想想我的青春期和孩子的青春期是一个版本，只是自己忘了曾经的自己是怎样的。每个人都经过烦躁、叛逆、认知的过程，这个过程就是成长的烦恼，这个过程对今后的人生起到关键的作用。

　　这个年纪的孩子如一棵树，迎着阳光肆虐、张扬、舒展地生长，父母要适度地修剪，不要让他偏离正轨。很简单，一棵树如果不打枝修剪由着长是成不了材的。这个过程要适度，有的家长在这个年龄给这棵树罩了一个玻璃罩，限制孩子自由的发展。到他长成一棵大树时，形成两极分化，那些个性张扬、强烈逆反的孩子成了社会精英，因为他们在努力做自己；那些从小循规蹈矩、凡事听父母指挥的小孩，却高分低能，很难适应社会，因为他们是父母的"复制品"。一般这样的父母都是自以为是的父母。孩子是一个个体，他既不是父亲也不是母亲，他是一个独立的个体，他要做他自己。

初二那年我十五六岁，在小学学习成绩很好的我，到初中时烦恼丛生，严重的偏科让我学习成绩下滑，数学不好使我又自卑，感到自己很笨。大多数时间，我都是沉默寡言，心情烦躁，我的点滴快乐就是看课外书。

那年暑假，我和母亲爆发了一场严重的矛盾，现在想想真是一件微不足道的小事。事情是这样的：父亲单位照顾老职工够年限可以安排子女到信用社上班，大哥毕业到信用社上班。一日，大哥买回一块电子表，小巧的表壳，精巧的表带，大哥说是给我买的，我爱不释手地戴在手腕上，心里那个美啊！在那个年代，能戴块电子表是很奢侈、很与众不同的。

母亲却说："上学的学生戴什么手表，能安心学习吗？不许戴。"母亲的话如一盆冷水把情绪热烈、心情激动的我从头浇到脚底，刹那间我怔住了，泪水在眼睛里打转。倔强的我没有让泪水掉下来。我沉默地把电子表摘下来，扔到桌子上，从此再也没有碰过那块电子表，也从此和母亲产生隔阂，不再和母亲说话，用沉默表示我的抗议。那时我认为母亲偏心，重男轻女，有意无意中总是重视儿子，我犯错时骂我的语言粗俗，这块电子表就是一把"导火索"，引爆了平时压抑的岩浆。

母亲没有想到一块小小的电子表让我产生如此强烈的对立情绪，不和母亲说话，和兄弟父亲也疏远了。突然之间我好似变成了哑巴，学习成绩落后，和家人不和让我痛苦不堪，那时我感觉我的世界一片黑暗，自己茫然地在黑暗中痛苦地孑然独行。其实现在想想，我那时正是处于青春期，孤独、迷茫、脆弱最需要亲情的抚慰，也是自我性格强烈形成的年龄，我犹如一只蚕在蚕茧里艰难地挣扎。

在家里，我冷如冰霜，母亲骂我不懂事；在学校，我冷如冰霜，同学说我孤傲。其实我是用冷漠的外表包裹我脆弱的心灵。自卑自傲是两极的，也是难以分辨的。有的人是自卑却装着自傲，自傲是怕别人看到自己脆弱的一面，我青春期时可能是属于自傲。这种清高自傲的情绪影响了我的一生。若干年后，一位男士对我说：去相信你周围的每个人，但要保持距离，别让别人觉得你过于清高。

和母亲的矛盾，使我在家里感到压抑。母亲气得流着泪和云姨诉苦："你说这孩子怎么这样的性格，一句话也不和我说，我是白把她拉扯大了。"云姨劝慰母亲："还小呢，大了就好了。"把在一边的我气得无言，心里想母亲就知道自己诉苦，怎么不检讨自己的做法。后来只要是亲戚来了，母亲就告诉人家我如何不好，如何不孝敬老人，以至于后来我的云姨对我意见很大。

我和父亲说我要到学校住宿，父亲很吃惊地说："家离学校也就10里地，骑自行车20分钟就到，怎么要去住宿？"我说为了学习我要住宿，其实最主要的原因是离开家里，我受不了母亲在亲戚面前的哭诉。也可能是青春期的孩子都这样，最受不了的就是母亲的唠叨。在这个年纪，我们会认为自己什么都对，错在别人，其实是自己的价值观不成熟。

我带上行李、衣物决然地离开了家里去学校住宿，有一种"壮士一去不复返"的豪气，看着倔强离去的我，母亲流下了眼泪。

那时在学校住宿是很艰苦的，一个房间七八个人，自己烧炕，我来得晚自然在炕梢，学校每晚分一簸箕牛粪烧炕，这么少的牛粪炕怎么会热呢？晚上的被窝刺骨的冰凉，我用皮手套套到脚上才没有生冻疮，晚上从不脱衣服睡觉。夜晚辗转难眠，这时的我心里、身体都在经受炼狱般的煎熬。漆黑的屋里，房顶竟然有些亮光，原来是房顶缺了一块瓦，是月光钻进来。老鼠"吱吱"地在地上流窜，我担心会不会钻到我的棉鞋里，会不会窜到我的头上，我用被子蒙着头，整个夜晚都在恐惧中度过。

学校吃的是小米饭，圆白菜咸菜。每个宿舍有一个大白瓷盆和一个小白瓷盆，以宿舍为单位，厨师用一个如小铁锹般大小的铲子往饭盆里铲饭菜，搬到宿舍大家分吃。

我们宿舍七个人，海燕和我是一个班，其他五个女孩是一个年级但不是一个班。我平时不爱说话，动作有些慢，盛饭时往往是最后一个，盆里的饭也已所剩无几了，好在那时我饭量不大也能果腹。这些我都默默忍受，忍耐不是在沉默中爆发就是在沉默中灭亡。有一个长辫子的女孩在宿舍里说一不二，我们都不敢惹她。一日吃晚饭时，那个女孩给其他几个女孩一使眼色，等我盛饭时一看盆里一点饭都没有了，我目瞪口呆，这盆饭是每个人都用自己的饭票买的，平时少点也没什么，但不能没有我的饭，没有饭我会整个晚上饿肚子的。同班的海燕看到没有饭了，赶紧说："我碗里多，我拨给你。"此时我愤怒到极点，那个女孩以为我平时沉默寡言好欺负的，我把碗往盆里一扔，"呼"地一下伸手就把那个梳长辫子的女孩薅着头发揪过来，大喊："把我的饭给我吐出来。"吓得那个女孩"呜呜"地哭，赶紧钻到被窝装睡。我不依不饶掀她的被子，同班海燕劝我："算了吧，人都不吱声了，你快停手吧。"我也感到没劲就钻到被窝睡觉。我饿着肚子在漫长的冬夜煎熬，偷偷地流下眼泪。多年以后，一次在旗里的商场，一位女士热情地和我打招呼，我一怔，不知她是谁时，女士笑着说："在中学，你可把我收拾得很惨。"我细细端详，是那位长辫子女生，我不好意思地笑了。

学校两周放一次假，离家太远的不回家，我离家近也不回家。父亲会在上班路过学校时给我带母亲为我烙的发面饼，吃着松软的发面饼我的心暖烘烘的。父亲问我放假怎么不回家，我会嘴硬说学校这星期没有放假。这种炼狱般的日子虽然艰苦，但也锻炼了我钢铁般的意志。漫漫人生，我福也享了，困难也能承受。艰苦对于青春期的孩子是一种磨炼，也让我形成了特立独行、什么事都自己做主的性格。

那时我学习一般，可写作让我很骄傲，作文经常当范文在班级念。我的青春期是在失意、骄傲、叛逆、暴躁、自我纠结中逐渐成熟的。

一日，叔叔骑自行车到学校接我回家，他表情严肃，我不知家里发生了什么。叔叔告诉我："你妈病了，到旗里去住院，你爸叫你们几个到旗里医院看你妈。"我心里着急地问叔叔："我妈怎么病了？"叔叔说："你妈大出血被救护车拉到旗里医院抢救了。"

　　我们三个坐班车到旗里医院，看到母亲躺在医院的病床上面无血色，虚弱无比，说话有气无力的。看父亲、叔叔的表情严肃，我们感觉母亲病得很严重，茫然地立在母亲的病床边。

　　那时王大夫是旗里医院的主治大夫，王大夫和父亲关系很好。王大夫说："我也不瞒你，看你家属的病情不乐观，止住血就马上转院到北京吧，我的同学在北京的医院，我给你联系。"王大夫怀疑母亲得了直肠癌，到北京去看，如果是早期癌症还能做手术，就是在腋下放个便袋，那是很痛苦的，如果晚期连手术都不能做了。父亲叫我们几个来见病重的母亲，父亲和四舅带母亲去北京治病。虚弱的母亲由父亲搀着，嘱咐我们几个好好看家，又从兜里掏出1元钱给弟弟。母亲流下了眼泪，这时我们三个也都哭了，不知母亲此去是否凶多吉少。

　　四舅叫表姐给我们几个做饭，秋天大表哥、叔叔帮我们收秋。那一段时间我们的心悬着，有种恐惧感怕失去母亲，淘气的小弟也安静多了，企盼母亲平安归来。过了一段时间，父亲打来电话说母亲的病不是癌症，是直肠毛细血管破裂，在北京住一段时间院就会好了。我们悬着的心才放下，耐心等待母亲回来。

　　过了一段时间，母亲回来，面色又恢复了以前的红润，只是每天上药膏。我们旗里没有这种药，由市里的一家远房亲戚定期给邮寄。这家热情的远房亲戚和我家在后来因我却形同路人。人不管什么时候、不管经历什么都不要忘了别人曾经的好。

　　母亲为我和哥哥、小弟买了衣服。为小弟和哥哥各买了一件，却为我买了两件衣服，一件是天蓝色的，另一件是枣红色的灯芯绒西服。母亲说："爱民快来试试衣服，合适吧?"我穿上母亲为我买的衣服，心里的坚冰瞬间融化，为自己青春期对母亲的伤害而忏悔。

多年以后的今天，我面对女儿青春期的叛逆，一幕幕曾经熟悉的场景呈现，我的青春期和女儿的青春期一样，只是发生的年代不同。我伤心流泪，我才深刻地体会到母亲当年是多么的心碎。

性格与命运

　　老叔和我家西院邻居羊倌的大女儿自由恋爱结婚，老叔脾气暴躁，婶子的脾气火爆，他俩的性格针尖儿对麦芒各不相让。对骂对决俩人对打一点都不手软，今天打得不可开交，第二天俩人笑呵呵地一起下地干活。世上的夫妻各有各的相处方法，有的夫妻相敬如宾，相濡以沫；有的夫妻吵吵闹闹，大打出手；有的夫妻，别人看似和谐，然而却暗流涌动，最后分道扬镳。千人千念，各有自己的活法，夫妻能够走到白发苍苍是最好的婚姻。母亲曾说过："你老叔这样的暴脾气娶你老婶就对了，你老婶不怵他，敢和他嚷，敢和他打，老实的女人会被你老叔气死，卤水点豆腐，一物降一物。"有一句箴言叫作"性格决定命运"，你有怎样的性格就会有怎样的人生，怎样的人生就是怎样的宿命。老叔的性格暴躁、不安分，得意忘形，失意颓废，这也是老叔性格的致命缺点。人应该在春风得意时不张扬、不轻狂、不目空一切，应该"吾日三省吾身，为人谋而不忠乎？与朋友交而不信乎？传不习乎"？时刻自省，做人谦卑。人和事物都是物极必反，得意时不忘形，失意时就不会颓废。

　　父亲求朋友把老叔安排到公社粮站上班，母亲把父亲平时舍不得穿的人民服拿出来，让老叔穿得体面些去上班。粮站主任看老叔年轻委以重任，叫老叔当粮站保管员，保管员在粮站可是一个举足轻重的岗位。在粮食紧缺的年代，粮站可是一个好地方，能在粮站上班确实体面，让人羡慕。村民一到秋天交公粮，对粮站的人毕恭毕敬，怕得罪了他们而影响粮食的等级。

老叔刚当上保管员时，认真负责，腿脚勤快，工作得到领导的认可，对人也一团和气。保管员在粮站也相当于"二主任"，领导不在就是保管员说了算。加之村民交公粮总要找熟人托关系，一些熟悉的村民会找老叔帮忙。这些都助长了老叔的骄纵，平时不吸烟的老叔也抽上了烟卷，走路头抬得高高的，大呼小叫，指手画脚乱发脾气，就连穿戴习惯都变了，时间一长，老叔原有的性格就暴露出来了。老叔的一切父亲都看在眼里，他对老叔一直很担心，和母亲说："他老叔我看老毛病又犯了，手一摆不知天高地厚了，不好好干，找个工作多不容易。"母亲说："你有时间说说他，他的性格就是不安分。"不光是父亲看不惯老叔，就连我们都感到老叔张扬得出了格，被得意冲昏头脑，忘了做人要谦虚。

　　父亲担心，老叔真的出事了。老叔是保管员，粮站的大小粮仓都由他管理，这时老叔头脑发热忘了责任，粮食局来检查，一大仓子粮食发霉了。一仓子粮食发霉在粮食紧缺的年代那是一个多么大的错误，一个不可饶恕的错误。旗粮食局下文开除老叔公职。

　　老叔从得意的高处跌入人生低谷，让人羡慕吃公粮的人又回到农村，村里的人议论纷纷，农村人表达直白："这小子是福享大劲儿了。"被开除的老叔在家里猫着，也不出屋，能想象出老叔是多么的难过。父亲很着急，但也没有办法，母亲说："你再托人看看再给他老叔找份工作，在家憋屈出病来，老婆孩子怎么过。"

　　过了一段时间，老叔来我家，人瘦了，胡子拉碴精神不振。父亲说他："事出了也没有办法，总在家待着也不是法，到地里干干活，活动活动。"老叔"呜呜"大哭，可能是对以前的做法也后悔了，哽咽着说："哥，你再找人给我找份工作，这样在村里我抬不起头，怎样做人。你再帮帮我，今后我要改改自己的脾气，这次就是因为我太张扬、太不负责任才这么惨。"父亲说："现在找工作太难了，我找找看，你也收拾收拾，这样邋遢怎么行。"看老叔的样子，母亲也哭了。老叔精神不振地离开我家。

父亲看老叔那样着急但又没有办法，爷爷奶奶走得早，长兄为父老嫂比母，父亲为兄弟姐妹最操心。父亲说："怎么办呢？要不我明天去一趟乌兰坝林场，找找咱村里的老崔家大儿子胜利，看看他能不能帮个忙。"

　　父亲坐班车到离村子百里地的乌兰坝林场，找胜利为老叔的工作帮忙。胜利虽然离开村子多年，父亲去求他帮忙还是很给面子，答应老叔到林场上班当林场工人，第一年是临时工，表现好了过一年转成合同制工人。

　　过了三月，父亲接到老叔一封长长的来信，信里说他在林场太累了，整天挖树坑，满手磨得是血泡，工资低，正式职工瞧不起临时工，所有的累活都是临时工干，自己不想再干了。父亲把信拿回家给母亲看，俩人也很着急，父亲给老叔回信叫他坚持一年，没有想到过了一个月老叔自己提着行李回来了，父亲气得什么也没有说。老叔此举是一个大错，不到半年林场的临时工都转成正式职工，后来凡是林场的职工都分到一大片树林。生活的好事都在于你的坚持、你的执着、你的耐力，往往离成功往往就差那么几步。

　　父亲对于这个小弟也是没有办法，看他受累心痛，可老叔的性格也是难以改变的，"江山易改，本性难移"，想改变人生除非改变性格，这很难。

　　四处碰壁的老叔不再出去，和老婶安心种自己那几亩地，从土地走出去转了一圈又回到土地，性格决定命运，这是老叔的宿命。

颓　废

　　到初二时，我的数学老师换了，由一位刚从师范毕业的年轻教师担任。这位数学老师一米七的个子，人长得很清秀，一脸书卷气。上班那天他的女友来送他。女孩长得娟秀，个子不高，一头自然卷发，身材小巧玲珑，嘴角有一颗小小的黑痣显得俏皮生动，她和清秀的老师珠联璧合，是很完美的一对。

　　后来听同学们议论，数学老师和他的女友是一个村子的，都是小学民办教师，一起考上师范，毕业后女友留在市里，数学老师分回我们公社中学，一对恋人因为工作要经受距离的煎熬。有些事很滑稽，班主任居然让我这个数学不好的人当了数学课代表。这个数学课代表成了我最头疼的事，也是我最不喜欢的事。数学课代表也就是收收作业、发发作业，很简单。数学不好，我就不写数学作业，我觉得自己不会做，与其抄上还不如不写。对数学我真是一窍不通，我感觉我的大脑发育不健全，缺少这根弦。我承认自己是个用功的孩子，可对数学我是一点办法都没有，阿拉伯数字对我来说是"天书"，我是真的不会。

　　学习不好的学生有两种情况：有的是聪明却不用心，把学习精力用在其他方面；有的是偏科学不进去。聪明却不用功的学生是自误前程，笨的学生不是不用功，而是不会，所以不能一概而论。世上最愚笨的孩子也有闪光点，抓住闪光点塑造孩子是最聪明的家长。

　　由于我不写数学作业怕老师发现，到办公室拿作业时，我总是拖拖拉拉的。一天新来的数学老师把我叫到办公室训我："你不及时把作业发下去，下一节课同学们拿什么写作业，课代表的任务就是收作业发作业要及时，你要认真负责。"老师说得我无言，可到办公室拿作业成了我的负担，就是不想去拿，我知道我在担心什么——我怕老师发现我没有写数学作业。

这一天还是来了，数学老师又把我叫到办公室。老师沉着脸说："我发现你经常不写数学作业，一个数学课代表不写数学作业，你说说理由吧。"我低下头急得眼泪流下来，年轻的老师显得措手不及，说："你这同学怎么了，我也没怎么训你，怎么哭了？"老师满脸疑惑地看着我说："你快回班吧！"老师哪里知道我的痛苦，我不是不想写作业，我是真的不会，数学就像一块大石头压得我要窒息了。我明白一个事实：因为理科不好，我的前程渺茫，所以我无法设计未来。

数学老师刚毕业很有激情，课讲得很好，好坏我是听不懂，只是听同学们说，上数学课时我一般都在看课外书。同桌的一句话让我紧张："你说咱们的数学老师怎么上课爱盯咱们这桌？"我说："不可能吧！"同桌说了这话，我上课就留心观察，老师真的是有时将目光停在我们这桌。我心慌意乱，原来我数学课上看课外书，老师早就看在眼里，只是没有训我，但我心里不安，在他的课上看课外书是对老师的极大不尊重。

怎么办？我就写了一页类似检讨的东西，大概意思是说：不是自己不学数学，而是不会。我把那封检讨放到衣服兜里居然忘了把它交给老师，母亲给我洗衣服时发现，满脸疑惑地问我："你这是什么？写给老师的吗？"我的脸"腾"地红了，赶紧搪塞说："是老师叫我写的。"我知道母亲在担心什么？母亲以为我和老师有什么关系。

到了我这个年龄，母亲担心也是可以理解的，可是母亲不知道，我们男女同学不说话，更谈不上沟通，没有交集，自然也就不会发生什么。至于我更是如此。我平时寡言少语，表情冷漠，别说男同学，女同学我交往的都不多。所以成年以后，一些人说和我是同学，我是一点印象都没有的。

随着生理的发育，心理也会起一些变化，内心波澜壮阔，可外表冷淡，青春的心理自己也感到莫名其妙。好在我的一切兴趣在如痴的阅读上，自娱自乐。

暑假过后开学，数学老师和前一个学期相比好像变了一个人，显得憔悴不堪。听同学说，老师和他的可爱女友分手了，爱情没有经受住距离的考验，一对青梅竹马的恋人就这样各奔东西，可见对数学老师的打击是多么的沉重。

中学毕业以后，关于数学老师的一切就不知道了。没有想到的是，我参加工作后和我一起住宿的女同事，竟然是数学老师的表妹。

老师的表妹讲，数学老师的父亲走得早，家里困难，母亲拉扯他们兄妹五人。老师和女友考上师范，家里皆大欢喜等着俩人毕业结婚，没有想到最后却分手了。

老师的表妹还讲，她终于知道了什么叫冤家路窄，什么叫难堪。那天她和表哥一起上车，正碰到他的前任女友和现在的男朋友也在车上，那个场面真尴尬。他的前任女友向他的男友介绍了表哥，两个男人礼貌地握握手，点点头。她表哥扭头望向窗外，随着车的颠簸，他的脸痉挛地颤动，泪水无声地流下来。下了车她表哥脚步踉跄，扶着路边的树站了一会儿。我听了心里也很替老师难受，老师和他的女友究竟因什么分手，其中的缘由只有当事人自己明白，别人都是看客。

同事的表姑来了，也就是老师的母亲，一个瘦小的老太太，老太太一直为丈夫落实政策的问题在找有关领导。一天晚上，老太太要去旗委书记家看看，因为书记和她的丈夫也是同学。同事不想去，老太太叫我陪她去，老师的母亲为书记拎了一捆粉条。

旗委书记的家住的是政府家属院的平房。我到了书记家一看，一个旗委书记的家和百姓的家也没有大的区别，唯一的亮点就是电视稍微大些。我难以相信：这就是一旗之长的家吗？那个年代的领导真是一身正气，两袖清风。老太太讲明来意，书记叫老太太回家等待，他会根据落实政策的要求尽力办。走时书记家属执意叫老太太拿回粉条，推让半天才留下。后来政策落实了。

再后来老师结婚了，姑娘年纪有些大，她的父亲是一个老干部，把老师调到旗里。老师有了一个女儿，女儿长得如父亲般清秀，经常看到老师送女儿上学。

老师和老姑娘感情不好，最后离婚了。

后来听说老师又结婚了。情感多磨难的老师，我想在她初恋女友离开他时，心已经沧桑。

几年后我回旗里，迎面走来一位衣冠不整、表情冷漠的中年人，一看是我的老师，我默默地走开了，当年那个英气勃勃的年轻教师，经历了太多的苦难后，变得颓废了。

火　鸡

　　最早读到"火鸡"是在教科书安徒生的童话《卖火柴的小女孩》中，可怜的小姑娘，她又冻又饿地向前走，简直是一幅愁苦的画面。"雪花落在她金黄色的长头发上——它卷曲地铺散在她的肩上，看上去非常美丽……所有的窗户都射出光来，街上飘着一股烤鹅肉的香味。啊！祖母请带我走吧！我知道这火柴一灭掉，你就会不见了，你就像那个温暖的火炉，那只美丽的烤鹅，那棵幸福的圣诞树一样地不见了！"那时我读这篇课文，看到小女孩凄苦地捏着火柴冻死在街头，我的心也在抽动啜泣，也在幻想烤鹅是一种天上的美味吧。

　　国外后来在感恩节、圣诞节把烤鹅变成了烤火鸡，因为烤火鸡比烤鹅更美味，也是国外感恩节必不可少的一道大餐。在北方只有笨鸡，火鸡从来没有见过。母亲身体恢复好了，又开始张罗干点什么。母亲就是劳累命，总是闲不住，伺弄家里的几十只羊已经够累了，再加上喂猪养鸡，还要侍弄庄稼，再要干什么？晚上母亲和父亲商量说："四哥家的大姑娘家养火鸡养得可好了，火鸡个头大、销路好，刚养两年就挣了不少钱。夏天羊出场了，家也不是太忙，我看在家养点火鸡行，火鸡在咱们这里是稀罕东西，说外国人过节才吃火鸡。"

　　母亲一说要养火鸡，我就想起了卖火柴的小女孩对烤鹅的向往，想象着飘着热气的烤鹅是多么的好吃。

　　父亲摇头说："你大病这场身子虚，地里的活就够忙的，你先养养身体吧！"

　　母亲接着说："我的身体没事了，再说用钱的地方多了，趁能干动攒点钱，老大马上要用钱了。我明天到丰水山她大姐家去看看养火鸡怎样？在那里学学，听说火鸡和咱家的笨鸡不一样，不好孵。"

第二天，母亲套着驴车到20里地外的大姐家去了。母亲要养火鸡，我心里高兴，放学后做饭、喂猪、喂鸡忙得我不亦乐乎，我对养火鸡有着浓厚的兴趣。

几天后，母亲笑逐颜开地回来了，母亲从大姐家拿回10枚火鸡蛋种蛋。我们好奇地拿起火鸡蛋看，大小和鹅蛋那么大，淡褐色，蛋上还有许多斑点。

母亲说："你大姐家那群火鸡可真精神，一年卖火鸡的收入就两三千元。这火鸡蛋用咱家的笨鸡孵就行，和平时孵小鸡一样，二十多天出壳。"

母亲在炕上腾出一块地方，把竹筐用草铺好，还放些棉絮，把火鸡蛋摆在草上，把老母鸡抱到火鸡蛋上，老母鸡开始孵化。看来这老母鸡是机械式的孵化小鸡，火鸡蛋也孵。

过了二十多天，母亲有些着急，这火鸡也该出壳了，怎么还没有动静。又过了几天，听到有啄壳的声响，一只灰色而丑陋的小鸡钻了出来。火鸡和笨鸡完全不一样，笨鸡的幼雏嫩黄，毛茸茸的很可爱。

陆续有五只火鸡钻出来，其余的五只却没有了动静。母亲很着急，过了几天就用手揭开蛋壳看，发现那五只蛋壳里的小火鸡已经死了。母亲不解，为什么那几只死在壳里，可能还是孵化出了问题。

小火鸡长得快，食量大，几个月就长到近两尺高，比笨鸡大三四倍，有五六斤重。这火鸡长得威风凛凛的，嘴长有些弯曲，头、脖子裸出，仅有稀疏的羽毛，脖子生有红珊瑚颜色的肉瘤，喉下有红珊瑚色的肉瓣，似鸡冠花般漂亮。在发情时扩翅展尾呈扇状，犹如孔雀开屏示爱，肉瘤和肉瓣在发情时由红色变成亮蓝色，不知道这是怎样的化学变化。雌火鸡比雄火鸡个头小，不如雄火鸡漂亮，雄火鸡发情展开尾羽，翅膀下垂，抖动羽翮作声，缩头阔步行走，并发出急促的"咯咯"的叫声。火鸡背部隆起，羽毛呈金属的褐色或绿色，散布绿色或黑色的横斑，两翅有白斑，尾羽褐色，尾末端稍圆。

火鸡和笨鸡的不同是火鸡会飞，低矮的飞翔，火鸡飞到院子的墙上站立，平时栖于地面发出"咯咯"的叫声。火鸡每产15~25枚蛋，开始抱窝孵化。

　　不知是孵化的方法有问题，还是其他什么原因，每次孵化总是死掉一些，这样火鸡的繁殖就慢。母亲有些着急，就到大姐家咨询，但也没有找到原因。

　　十几只火鸡在院子里"咯咯"地叫，一片热闹，母亲每天把火鸡赶到后山的草地放，火鸡可以在草地啄食草籽、蚂蚱和其他昆虫，由于母亲的精心喂养，火鸡个个高大体壮。

　　那年过年，母亲说："过年了，杀只火鸡让孩子们也尝尝火鸡大餐，外国人吃火鸡，咱们也吃火鸡，看是什么味道。"我们很高兴，不会烤火鸡，炖火鸡也很好。母亲杀鸡剁碎，放了姜葱在锅里慢火炖着，屋里弥漫着火鸡的香味。我好像闻到烤鹅的香味，深吸陶醉。火鸡炖好了，满满一大盆，盆里飘着油珠，香味随着升腾的热气四散，吃到嘴里肉质鲜嫩，余香绕口。全家五口人将一盆火鸡肉全部吃掉，大快朵颐。直到今天我再也没有吃过火鸡肉。在那个年代，能吃到国外感恩节的火鸡大餐，一生感恩母亲给我的美味。

失　独

　　20世纪80年代初实行"计划生育"后，大多数家庭都是三口之家——丈夫、妻子和孩子。表姑家的拴住属于第一代独生子女，取名"拴住"意义是"长命"。一个孩子在农村人心里缺乏安全感，往往在取名字的时候寄托内心的不安。在我们北方农村有句俗语叫作"独木难成林"，意思是一棵树如果不注意修剪成不了材，一片树林物竞天择相互挤压可以成材。用这来比喻孩子的成长也有些道理，独生子女只要不溺爱，像一棵小树一样修剪打理会长成大树的。拴住的父母就这么一个宝贝儿子，是父母的心尖肉。拴住在父母的千般呵护下健康成长，学习成绩不好，初中没有毕业就辍学在家无所事事，父母也不着急，就一个孩子健健康康就好。

　　母亲和表姑在一起会问起拴住："他大姑，拴住这么小就不念书在家闲逛，可别学坏了，也该找个活干。"表姑听了面带不悦之色，说："我们两个大活人养活一个孩子还是不难的。"母亲听了无言。一个孩子的成长和他父母的想法及其生长的环境有关，小孩子关键要自立，自己知道挣碗饭吃。

　　农村自从实行土地联产承包责任制以后，各家的生活条件逐渐好转，表姑家的地有表姑、姑父侍弄，拴住就在农忙时帮助干几天活，闲暇无事，溜溜达达。村里的年轻人都在李家儿子的矿山干活，一年的收入也可以，只是拴住不想干，他父母也管不了他。

　　到了2000年，村里的壮劳动力都去天津、北京打工赚钱，正月走，过年回来，一走就是一年。家里的地由老人、老婆、孩子种，作为留守人员。拴住二十几岁了，也想到外面闯闯，走时表姑泪水涟涟千叮咛万嘱咐："拴住，在外面要自己知道照顾自己，吃饱，多穿点。"拴住有些不耐烦："知道了，我又不是小孩子。"拴住出去打工，表姑在家受着煎熬，惦记、想念唯一的孩子，怕他在外面受苦。

拴住出去打工一走就是一年，有时在外面好了会挣回几千块钱，有时在外面不好也拿不回钱。一晃拴住已经25岁了，表姑有些着急，在农村25岁再不找对象就不好找了。这年表姑不让拴住出去打工，托亲戚给拴住介绍对象。后来四舅家的大姐给拴住介绍一个，年龄比拴住大三岁，姑娘长得结实能干，瓜子脸烫着卷发。表姑说："女大一不是妻，女大二黄金长，女大三抱金砖，好婚姻。"拴住欢喜地娶了媳妇，这时农村结婚也在饭店置办酒席，也请礼仪公司录像。拴住不再出去打工，在一个亲戚的砖厂打工，一个月挣两千多也可以。媳妇虽然比拴住大几岁，但勤快知道疼拴住，日子过得很顺畅，表姑脸上的皱纹都舒展开了，急等着抱孙子。

拴住媳妇怀孕九个多月就要临产，表姑忙着做小被子和衣服，快乐企盼的心等着做奶奶。

拴住打工回来，陪媳妇说说话、聊聊天。晚上，他把结婚典礼的录像拿出来看，自己看着乐。媳妇笑他："一遍一遍看，你也不厌烦。有什么好看的，我这大活人在跟前还看不够啊！"拴住媳妇长满妊娠斑的脸娇憨地抿着嘴笑。拴住拿起一本字典翻着郑重其事地对媳妇说："我给孩子取个名字吧，不管男孩女孩就叫刘畅，希望孩子一生顺顺利利。媳妇你记住了，可别忘了。"拴住媳妇说："你今天真是怪怪的，孩子还没有出生取什么名字，还叫我不要忘了，发神经了，快睡觉吧！明天还上班呢！"拴住媳妇睡了。

早晨，拴住正在吃饭手机响了，老板叫他早去，说单位有事。拴住说外边有点冷，正好他表弟的棉服在他家，拴住随手拿起衣服穿在身上，他骑上摩托车和媳妇摆摆手说"我走了"。拴住媳妇说："你慢点骑，骑太快危险。"拴住一加油门，摩托车"呜"地窜出好远，没影了。

拴住骑着摩托车"呜呜"地在公路跑着，在弯道处一辆大货车迎面驶来，拴住发现大车，但摩托车速度太快躲闪已经来不及，货车把拴住撞出几米远，重重地摔在地上，货车司机吓得腿都软了。村里人近前一看是拴住，赶紧去他家里送信，表姑吓得面如土色急急地问："我家拴住没事吧？"村里人把昏迷的拴住送公社卫生院抢救，医生无奈地摇摇头，说"准备后事吧！内伤太严重了。"表姑一听昏了过去，表姑父老泪纵横。独子的意外死亡，让表姑老无所依。白发人送黑发人，失去父母的孩子可以长大，但失去孩子的父母日子怎么过。一个农民活着的希望就是孩子，没有了孩子就什么都没有了，心随着孩子一起死了。养儿防老不仅是物质的，更是一种精神寄托。

拴住媳妇过度悲伤，孩子提前出生了，一个白白净净的小女孩。生的欢喜，死的别离，让拴住媳妇的心碎了。她抱着孩子喃喃地说："你爸给你取的名字叫刘畅，可你一出生，你的爸爸就走了。"

表姑失去了唯一的孩子，一夜之间头发变白了，浑浊的眼神满是恐慌，脸上的皱纹如刀刻般的一条条。孩子出生时取名"拴住"，期盼他永远地拴在身边，如今她老了，可是唯一的孩子却永远地走了，年老的心抽丝般地被一丝丝抽空了，失去了儿子也就失去了一切希望。

过了三年，表姑对拴住媳妇说："你还年轻，有合适的再找个吧，也有个伴儿。孩子不行就留在我身边，我拉扯她长大，也是拴住留在世间的唯一念想。"世间的人其实细细想想，人走了，除了孩子证明你来过这个世界上外，其他的一切都像风像云慢慢地散去了。

拴住媳妇说："妈，我不管走到哪里，我都带着孩子，我舍不得孩子，这是拴住唯一的血脉。"表姑哭了，她舍不得孩子走，可媳妇也离不开孩子啊！一个母亲怎会抛弃孩子寻找自己的幸福。

　　后来拴住媳妇结婚了，领着三岁的孩子离开家。表姑、姑父泪眼望着母女离去，唯一的念想也离开了，"执手相看泪眼，竟无语凝噎"。两位老人独自凄凉，孤独寂寞度过漫长的岁月。

你梦想成为什么样的人

多年以后在市里和一位从领导岗位退下来的亲戚吃饭，他说："我们都是农村人的骄傲，从土坷垃里扒拉出来，从农村扒拉到旗里，从旗里扒拉到市里，我们的后代扒拉到大城市，不容易啊！"我细细体会"扒拉"这个词真是太形象了。不过，还不能说是"扒拉"，应该是灰头土脸从土里一步一步地爬出来，凭着一股韧劲，凭着一股执着爬到城里成为城里的一分子，改变了面朝黄土背朝天的命运。有这样机遇的人，在山沟里不多。

我年幼时，母亲总对我说："你要好好学习，从咱们这个山沟走出去，不要再刷锅点灶围着锅台转，一辈子没出息，和我们这样活着都白活了。"在农村，父母最大的期望就是让孩子走出农村，不再如他们一样活着。

从农村爬出去是很艰难的事，千千万万寒门子弟考学是唯一的出路，知识改变命运。在我们那个年代，考上中专、考上大学和中状元一样风光，村里人会羡慕得啧啧赞叹："这孩子有出息，捧上金饭碗了。"

为了走出农村，我们在这条路上艰难地跋涉，梦想自己成为城里人，活得有尊严，让人尊敬。

我们这里以乌尔吉木伦河为界，河岸的东面称为河东，河东的人叫我们村子北梁，几个自然村统称窝吉大队。我家的本家在河东，三爷爷家和我家不一样，是地主。以前地主生活得很好。我爷爷是地道的贫下中农，一富一贫也就来往很少。后来三爷爷经历了从富有到赤贫的人生起伏，在那个时代走了。

国家给三爷爷落实政策，安排一个子女上班，五叔高中毕业被安排到沙那水库工作，成了一名吃公粮的水库工人。他娶了一位农村姑娘，五婶身材苗条，性格开朗、健谈。母亲说："有你五婶在，没有别人说话的份儿，你五叔不爱说，话都叫媳妇说了。"

我和母亲到河东去看三奶奶，我怀着好奇心想：看看当年的地主婆什么样？三奶奶穿着黑色的大襟袄，花白的头发盘着疙瘩鬏，说话柔声细语，是一个慈祥的老太太，是和姥姥、奶奶一样的老太太。

五叔家生了一个女孩，长得可爱，一双丹凤眼黑汪汪忽闪忽闪的，小巧的嘴，角微微上翘，可爱得如一只燕子。五婶说："这孩子如一只小燕子，小名就叫'燕燕'吧！盼望我丫头飞得高、飞得远。"

燕燕四五岁时，五婶带她来我家，这小女孩长得秀气、甜美、有灵气，真如一只灵巧的燕子。母亲说："燕燕你姐俩长得有点像，一对倔丫头。"在我和燕燕的眉宇间有一股倔劲儿、一股执拗。五婶说："燕燕这孩子你说随谁，就是喜欢画画儿，我一个庄稼人什么也不会，她五叔也不会画画儿，这孩子着了魔似的就是喜欢画画儿。家里的毛主席像，她照着画了一遍又一遍，见着什么画什么，只要有一张纸，她就在上面描。别人家的孩子在外面跑啊跳啊，燕燕就在家里画画儿，家里的墙上贴满她画的画儿，这孩子长大不知干什么？"

我相信人是有天赋的，它不是技巧，不是模仿，它是天生的。五叔一个工人，五婶一个农民，他们别说画画儿，连画笔都没有拿过。燕燕从小就喜欢画，燕燕小时对五婶说："妈，我就是喜欢画画儿，画不成，我誓不为人。"这就是一个孩子对生命的呐喊，对爱好义无反顾的一股倔强劲。

燕燕从小生活在沙那水库，依山傍水，在北方有山有水的地方很少见，也许是山水的灵性塑造了她独特的个性。看到孩子对画画儿的热情，她的父母给了她极大的支持和鼓励。在既没有老师的指点，也没有参加任何美术班的情况下，凭着自己对艺术的执着和顽强的自信心，燕燕考取了鲁迅美术学院国画系，在艺术的殿堂里实现自我的人生价值。她选择了为艺术而生，她的童年在孤独地画画儿，有如我的童年在孤独地阅读，我选择了为人妻、为人母，同时也选择了平庸。童年的执着自封，沉浸在自我的爱好中，也形成我们姐妹自傲与孤独的性格。人选择的路没有对和错，有的只是无悔，但我欣赏燕燕，她如凌空飞翔的燕子追寻着自己的梦想。毕业后，她继续在鲁迅美术学院读研究生，为自己笃定的梦想奋斗。

世界上有两种女人：一种女人拼命地炫耀美丽，是为了人们看到她的外表。而另一种女人掩饰美丽，是为了人们看到她的内涵。燕燕的美是具有内涵的美，她的睿智，她的善良，她的成熟和淡定，她的秀外慧中，美自身心，是美到极致的自然。如果用画儿比喻，她属于中国水墨画。燕燕高挑的身材，白净的面孔，长长的黑发，一双大眼睛深邃而悠远，有一种飘逸脱俗的味道。

记得在她念大学时放假回来，穿一身白色的连衣裙，秀发用散淡的人造珍珠束着，简单的白色穿在她的身上别有风韵，我由衷地赞叹："好一朵高山的雪莲，纤尘不染，亭亭玉立。"女人的气质如火之有焰，灯之有光，金银之宝气。女性的气质是集女性的智慧、才华、性格、言谈举止、仪表的综合反映，是内在才华的自然流露，是任何高档化妆品都无法缔造的自然美。生活中漂亮好看的女人很多，但美丽优雅、有才华的女人却很少，燕燕的身上有一种磁石般吸引人的魅力，这种气质是高贵典雅的艺术气质和深厚的文化底蕴。

那年我上沈阳办事去看她，也谈到她的个人问题。追求她的人很多，有钱的，有权的，还有官宦子弟，但没有一个符合她的理想标准。我也曾想在熟识的人中为她介绍一个男友，但想想确实没有一个与她匹配的。燕燕追求的是一种精神，我身边的人太物质了。几年过去了，燕燕仍然孤孤单单，独自一人承受生活的喜怒哀乐，居无定所，为艺术、为生活艰难地跋涉。

燕燕自幼喜欢画画儿，我自幼喜欢文学，我和燕燕为自己的爱好，凭着一股韧劲儿、一股执着从乡村的泥土中跋涉出来，其中的艰辛和痛苦一言难尽。在这浮躁的时代，我们保持农村人固有的道德和操守，自己一步步奋斗出来。我们追寻梦想的心充实而饱满，在艺术与文学的艺海里有一滴水属于我们。

　　燕燕后来到清华深造，北京浓烈的艺术氛围让燕燕的艺术梦想凌空飞跃，她的作品在第六届国际纤维艺术节获奖。燕燕在北京找到爱情的归宿，华丽转身，完美蜕变。你梦想成为什么样的人，你就会成为什么样的人。

民 间 匠 人

　　这个老匠人是三姑的婆婆，一个地地道道的山东老太太，说着让人听不懂的山东话。个子矮小，裤腰和身高一个尺寸，胖乎乎的，穿着自己手工缝制的大襟上衣，肥腿裤子，用黑色的腿带捆着裤脚，小脚穿着自制的布鞋，这身打扮，加上小脚，胖胖的身材，走路有些摇摆，给人圆得头重脚轻的感觉。

　　这个老人聪明有智慧，说话富有哲理，心灵手巧，喜欢做衣服、剪纸，小时候我认为老太太是一个真正的民间艺人。

　　有些朋友处得如亲戚，有些亲戚不如朋友。亲戚朋友来往才是亲戚，亲戚也应该是近君子远小人，有些亲戚是不能聚的，聚到一起是非多，话题不是搬弄是非就是议论人，抱怨挑剔，世间唯我是圣人，别人都是糊涂蛋，这些亲戚最好老死不相往来。也有的亲戚聚到一起很快乐，学到一些智慧懂得一些哲理。

　　父亲去旗里开会，三姑的婆婆随父亲坐班车来我家住一段时间。老太太收拾得一尘不染，踮着脚挎着小包有点旧时代富家范儿，我总爱缠着老人讲过去的事情。

　　老人说她出生在山东，小时候家里是商人，有很大一个铺子，日子过得殷实，家里就她一个女孩，爹妈很宠她，她也享了几天大小姐的福。后来她嫁了人，一个性格倔强的皮匠，也是一个手艺人，整天不说话就知道干活，吃饭时叫他，要不连吃饭都忘了。在山东他们日子过得很好，可这倔老头和他的一个哥们发疯要去闯关东，到东北去，她没有办法就一起千里迢迢来到北方落脚。初来时不习惯，好在在老家山东时有点积蓄，也开了一个小铺子，后来孩子一大帮，日子一天不如一天啊！现在是吃返销粮，整天吃玉米面。

家里养羊，每年父亲都会杀两只羊犒劳我们，这样就会有几张羊皮。父亲对母亲说："把她三姑的公公请家里来，把羊皮熟熟做几件羊皮袄，冬天穿着暖和。"

父亲到旗里把三姑的公公请来在我家里熟皮子。熟皮子是一种古老的工艺，就是将硬邦邦的羊皮鞣制。老皮匠一言不发干起活来。老人首先将羊皮用大缸浸泡一天泡软，用一些原料让生皮子发酵，发酵的皮子发出腥臭味。皮子发酵好开始揉皮子，老人穿着一个大胶皮围裙戴着老花镜，他将皮子顶在膝盖上，用熟皮子的工具反复揉。皮子柔软后脱脂，这是个技术活，既要脱掉脂肪，又不能损伤皮子。皮子熟好了，摸上去羊皮柔软光滑，毛色洁白。母亲为父亲和哥哥量好尺寸，老皮匠用皮刀子裁剪出一片片缝制，母亲用缝纫机为皮袄挂了一个藏蓝的面，一件暖和的皮衣就做好了。用剩下的边角料母亲为每人做了一副手套，挂上手套面，羊皮手套戴在手上，整个冬天暖暖和和的。

熟皮子的传统工艺已经近于失传，还有一些传统工艺如皮影戏也几乎失传。在仲夏的农村，如果干旱，村里人会请一些唱驴皮影的，祈求老天降甘露，缓解旱情。竖起一块幕布，把灯光移到幕布后，有两个人在幕布后摆弄影人子，随着剧情不停地调换影人子，变换声音唱戏，伴着胡琴锣鼓声，影人子上下翻飞。看着那些用手摆动自如的影人子，我一下就迷上了。还有它的剧情，一部皮影戏是一个完整的故事。唱皮影戏在村子的东头，我的家在村子西头，我拿着小板凳一看就沉进去，没有了时间观念。夜深了，左右一看就剩我和几位老年人在看，我开始害怕，这么晚，路黑我不敢回家。急得我无心再看影戏了，这时妈妈打着手电来找我，一路把我骂了一顿。我是大气不敢喘，心里倒很高兴，妈不去找我，我连家都不敢回的。小时候我胆小，天一黑我就怕，怕什么呢？怕鬼，其实鬼是什么样我也不知道，有些东西是自己想象的。

老太太来我家，发现母亲管哥哥太严，因为哥哥笨经常挨揍，老人语重心长地对母亲说："她大嫂子，孩子有开心晚的，有开心早的，慢慢地都会长大，不要把孩子管窝囊了，小孩子要慢慢地教。"听了老人的话母亲也在反思，后来母亲不再打哥哥。

老人走亲戚拎着她的小包，里面有针线盒、老花镜、剪纸的大小剪刀。老人手工做的衣服真好，密密的针脚，缝隙缝的结实，几天就手工缝一件衣服。老人对母亲说："她嫂子有什么针线活拿来我做。"母亲说："你岁数大了歇歇吧！""我在家也是不闲着，几个小孩子的衣服都是我缝的。"母亲找出我的衣服，老人在我的衣服领子上用丝线绣上一朵朵同色的雏菊花或梅花，老人手工刺绣的花朵有活力，美观好看。穿着绣花的衣服在学校我也有点鹤立鸡群的感觉，人的骄傲心都是一点点树立的。从小母亲爱打扮我，我也从此养成骄傲的心，脖子扬得高高的。自卑也是一点点形成的，童年时父母过多的责备打骂让孩子失去锐气，这样的孩子在逆境中一点点颓废，不知道怎样起跳，更多的是怨恨生不逢时、环境不顺。其实人的坏运气是坏习气、坏性格造成的，世界不会因你而改变，适者生存，你只能适应社会。

虽然老人后来日子过得贫穷，但她衣冠整洁，发迹一丝不乱，仪表的庄重整洁，诠释出老人内在的高贵气质。

老人最绝的活是剪纸。剪纸是一种民间艺术品，是一种镂空艺术，视觉上给人以透空的感觉。剪纸就是用剪刀将纸剪成各种图案，在过春节喜庆的日子贴在窗户上、墙壁上，贴上剪纸喜庆的气氛更浓。在北方会剪纸的人不多，老人告诉父亲从供销社买回红色、橘色的亮光纸，老人说："剪纸最好用红色和橘色，显得喜庆，剪出来活泛。"

老人拿出老花镜戴上，在她的小包里拿出大小剪刀。一张纸叠好，老人开始剪纸。剪纸是一个慢功夫活，老人戴着老花镜坐在炕上一点点地剪，从一头剪起，细碎的纸屑随着剪刀上下翻动，老人剪一会儿思索一会儿，凭着灵性任意取舍自由发挥。这时的剪纸什么也看不出来，一幅优美的画卷在老人的心里，在老人的剪刀上勾画出来。我觉得剪纸是另一种绘画，剪纸是用剪子把作者内心的图画剪出来，和画出来异曲同工，只是表现的艺术手法不同。

用了三天的时间老人的剪纸完成了，一幅红色剪纸长接近一米，宽二尺。老人叫母亲："他嫂子，你展开一张白纸，我把剪纸誊到纸上，慢慢展开，这活要慢，拉断一丝就白费功夫了。"母亲把白纸铺好，老人展开剪纸。我们眼盯着剪纸看，瞬间眼前一亮，这幅剪纸太漂亮了：剪纸的底部是一个大花盆，里面有石榴花、牡丹花、有翻飞的蝴蝶，在剪纸的上部竟然是两只飘飘欲飞的凤凰，质朴生动，动感很强的镂空画卷，有独特的艺术魅力，寓意彩凤双飞。父亲将剪纸用玻璃镜框镶嵌好挂在墙上，屋里立刻显得亮堂很多。老人又剪了一些窗花，有喜鹊登梅、彩蝶双飞，贴在窗户上把窗户点缀的漂亮有生气。这幅剪纸一直挂在家里，后来搬迁不知哪里去了，想起剪纸就想起这位民间艺人。

老人走了，她的剪纸手艺也失传了，她的后辈没有一个学这门艺术，民间工艺有深厚的文化理念，因为不重视有些慢慢失传了。

演　员

　　我年少时最仰慕的人，是四舅家的邻居云霞。云霞在我眼里如一朵带露珠的野百合，美得自然美得脱俗，清水出芙蓉，天然去雕饰。

　　云霞是天生的好看，风姿绰约，有点像民国时的美女。我认为云霞的美用一个字比喻最恰当，那就是"淡"。光洁的额头，眉毛淡得如轻烟，一双杏眼顾盼生情，如葱白一样细腻的肌肤，笔直的鼻子，小巧的嘴，一米七二挺拔的身材。头发用皮筋紧紧梳成马尾辫，竖起的马尾辫把脸拉得紧，很精神，头高高地扬起，很有气质。那时的美女才是真正的美女，不化妆，不整容。云霞夏天穿一件雪白的衬衫，一条白色的裤子，那身材凹凸有致，曲线优美。一看到云霞我的目光就不愿离开。年少的我满腔倾慕之情，世上美的东西总是让人流连忘返，我一个同性都被深深吸引，更何况异性。

　　云霞不但漂亮，还有银铃般的歌喉。艺术有时来自遗传。云霞的父亲是一个地地道道的农民，吹、拉、弹、唱什么都会，农村演评剧时云霞的父亲去拉二胡，受父亲的影响云霞从小就喜欢唱歌。那时我就想云霞是仙女，是天上一朵洁白的云，她不适合在土地里滚爬，她属于更广阔的天地。

　　漂亮的云霞和老红军的二儿子恋爱。老红军的二儿子长得身材魁梧，浓眉大眼，不像老红军的大儿子那样羸弱。漂亮的云霞和老红军的二儿子站到一起，一个漂亮一个英武，天生的一对眷侣。但老红军对于他俩的恋爱持反对意见，说云霞喜欢演戏，人太漂亮有些浮。后来老红军全家搬到旗里，条件的差异，云霞和他的恋情也就搁浅了。从此笑声朗朗的云霞，淡如轻烟的眉宇间有了一丝清愁，她没有抱怨，没有怨恨，一双杏眼望着远方，更加刻苦地练习唱歌。

那时我上中学对什么都喜欢幻想，对云霞的美既倾慕又有些嫉妒。母亲对我说："你四舅家的邻居，那个好看的云霞去旗里的乌兰牧骑当演员了，成了城里人吃商品粮了。你要好好学习，将来也到城里去生活。"母亲对于走出农村的人打从心里羡慕，她希望自己的孩子能如他们一样走出去。

我高兴地说："是吗？太好了，这才是云霞的生活。"母亲用奇怪的眼光看着我，纳闷云霞去城里我怎么这么高兴。我高兴因为我认为云霞天生就是演员。

乌兰牧骑蒙语原意"红色的嫩芽"，寓意为红色文化工作队，是活跃在农村和蒙古包之间的文艺团队。乌兰牧骑从人民群众和火热的现实生活中寻找创作源泉与灵感，从民族民间丰厚的文化传统中汲取营养，创作演出很多文艺节目。这种精悍的文化工作队，演出不受场地、舞台、布景等限制，随时随地可演，节目都是自行创作，主要取材于农牧民的生活，以农牧民喜爱的歌舞为主。演出之外，乌兰牧骑还是农牧民的宣传工作队、文艺辅导队、生活服务队，演员个个吹、拉、弹、唱什么都会。

旗里的乌兰牧骑下乡选演员，云霞凭着漂亮的外表、嘹亮的歌喉被选上了，成了旗里乌兰牧骑的一名演员。我想这才是一尘不染、空灵绝美云霞的人生，她属于舞台属于观众，她属于城市。

云霞到旗里乌兰牧骑成了一名歌唱演员，有时乌兰牧骑到乡下慰问演出，在舞台下我们会看到云霞。化了妆的云霞在耀眼的霓虹灯下更是漂亮，歌声嘹亮激情四溢，银铃般的歌声在家乡的天空回荡。村里人羡慕，也感到骄傲，云霞是山沟飞出的金凤凰。

后来听村里人说，云霞和城里一个长相一般的青年结婚生了一个男孩，男孩长得如云霞一般漂亮。

那时云霞在乌兰牧骑是台柱子，经常演出，经常下乡。云霞成了一位真正的演员，漂亮的衣服，浓烈的妆容，经常出去应酬，其实演员的生活就是这样的。演员在众多倾慕的目光下，会慢慢地失去自我，在光怪陆离的霓虹灯下会慢慢变得虚荣。

云霞漂亮的儿子三四岁了，云霞发现自己漂亮的儿子和别人的孩子不一样，目光呆滞，反应缓慢，三四岁还不会说话。到北京儿童医院去看病，诊断结果如惊雷把云霞打倒：孩子确诊为弱智。云霞抱着孩子号啕大哭，孩子用小手摸云霞的脸，呆滞的目光看着母亲。有些好心人劝慰云霞：把孩子送福利院去吧！你的演艺事业刚开始，现在剧团你的位置很重要。事业稳定了再生个正常的孩子一样。云霞擦干眼泪坚定地说："不，这是我唯一的儿子。"

后来听村里人议论：说云霞在单位经常演出，经常出去应酬跳舞，家里没人看孩子，她就给孩子喂一点安眠药，让孩子睡觉。云霞孩子就这样睡傻了。村里人愤愤地说：世上哪有这样的疯妈，为了自己出去疯给孩子吃安眠药，把一个好好的孩子毁了。

这些都是村里人的议论，事实上孩子是天生的弱智，还是云霞给孩子吃安眠药造成的，只有云霞这个做母亲的自己心里最清楚。孩子如果是天生的弱智，那是天意，不是人力能改变的。如果是云霞给孩子喂安眠药造成的，那悔恨会像一把刀剐心滴滴带血。

从此云霞从乌兰牧骑退下告别舞台，在自己的平房小院，一心在家照顾弱智的孩子，永远地淡出人们的视线。

云霞后来在旗里偶遇老红军的二儿子，俩人泪眼相对。云霞哭诉："你当年不该一言不发就将我抛弃，为了这，我去了乌兰牧骑，是让你看看我也能去城里的。"

多年后在旗里的公园，我看到人到中年的云霞领着漂亮的儿子，孩子穿的干净整洁，个子到云霞的肩胛，母子在说着话溜达。云霞还是和当年一样，身材凹凸有致，淡如云烟的眉毛，眉宇间是淡淡的平静，有些灰白的头发挽成一个好看的发髻。

演员在演别人，有时也是在演自己，人生如戏戏如人生，喧嚣中懂得平淡，繁华后要懂得宁静，戏里戏外都是一场忧伤的戏。

果丹皮厂

　　农村实行家庭联产承包责任制，一些村里人解决了温饱以后，不再安心种那几亩地，有经济头脑的人开始琢磨干点什么。村子东头孙志国高中毕业，有文化，脑子活络，他中等身材，走路弯着腰，脚步匆匆。和村里刘家的姑娘结婚，日子也算安稳，可孙志国有一颗不安分的心，总想折腾干点什么，在村里村外寻找商机。

　　秋天到了，北方的沙果树结满红通通的沙果。在北方，沙果是一种常见的水果，家家都有几棵沙果树。孙志国看到满园的沙果，一个红通通的想法酝酿在心头。他想，我何不就地取材利用本地资源，用上好的沙果做原料开个果丹皮厂呢？孙志国的想法很好，但办厂子需要资金。

　　孙志国有了这个想法，找到父亲把自己要办厂子的想法跟父亲说了，要父亲在贷款上扶持他。父亲听了孙志国的想法不错，给他讲了一些贷款扶持政策，国家为了鼓励人们从事个体经营，在贷款上有一些优惠政策。父亲叫孙志国写贷款申请，还有果丹皮厂的规划，资料全了送到营业所集体审批。孙志国自筹一些资金加上银行的贷款，果丹皮厂办起来了，把厂子安在他家的三间厢房，买了制作果丹皮的设备，雇用了几个工人开始生产果丹皮。孙志国和媳妇喜笑颜开，眼睛乐得眯成了一条缝。村里人感到新奇，都到他的果丹皮厂参观，他拿出做好的果丹皮叫大家品尝，吃着酸甜的果丹皮："你们别说这普通的沙果，做成果丹皮还真是好吃。"

果丹皮就是将沙果中的杂质、病、虫及烂果剔除，冲洗干净去核。将处理好的果实放在双层锅中，加入约为果实等量重的水，煮20分钟左右。待果实软化后，取出倒在打浆机打浆，除去果渣再将果浆倒入双层锅中，在果浆里加入白砂糖及少量柠檬酸，出锅再用文火加热浓缩，注意搅拌，防止焦煳，浓缩至稠糊状刮片烘干：将浓缩的果浆倒在钢化玻璃板上，刮成厚0.5厘米的薄片。刮刀力求平展、光滑、均匀，以提高产品的质量。刮好后将钢化玻璃板送入烘房，温度60多摄氏度，注意通风排潮，使各处受热均匀，烘至手触不黏，具有韧性皮状时取出。将烘好的果丹皮趁热揭起，再放到烤盘上烘干表面水分，用刀切成片卷起，在成品上再撒上一层白砂糖。

孙志国将新生产出来的果丹皮为我们拿来一些，对母亲说："嫂子，这是我新出厂的果丹皮，给孩子们拿来尝尝鲜。我这个厂子多亏你家大哥的帮忙才开起来。现在的销路很好，附近的批发部都在卖我的果丹皮。"母亲说："志国你就是有头脑，会琢磨，你说咱们这里的沙果才几分钱一斤，你做成果丹皮一根就五分钱，多挣钱啊！"望着红通通的果丹皮，我和弟弟嘴里流口水。母亲平时要求我们懂规矩，在家里只要来了客人，小孩子不许上桌，即使一桌吃饭也要有规矩。客人拿了礼物，客人在时绝不许动礼物。我们是很懂规矩的小孩子。客人走后我们就蜂拥而上，母亲总是笑着说："家里客人一走就不是你们了，一副馋相就出来了。"红通通的果丹皮真是好吃，酸甜可口，酸得嘴里流口水。我感到很奇妙，想孙志国可真聪明，普通的沙果做成果丹皮就是这样美味。

父亲下班回来，母亲把果丹皮拿给父亲吃。母亲说："这沙果做成果丹皮还真好吃。孙志国有文化就是有头脑，他这聪明劲，遗传了冯桂珍的脑子。"父亲吃着果丹皮说："这小子是随他妈，有些经济头脑。"

一个孩子在成长的过程中，母亲的思维想法对孩子的影响很大。庸俗的母亲会教育出一群庸俗的孩子，有思想的母亲会教育出睿智的孩子，所以说家庭教育很关键。孙志国的母亲在我们这个小山村就很不一般，他的母亲冯桂珍年轻时是大队妇联主任，在村里也算风云人物。

孙志国的果丹皮厂子开得很好，本小利大，原料是本地的，省去一些长途运输费用，就地取材就地销售。他联系好附近小批发部零售商店，主动上门送货，一年下来小小的果丹皮厂利润可观，他不仅还清了银行的贷款，还有了一些结余。

随着市场的放开，外地的一些果丹皮进入本地，特别是河北承德的山楂果丹皮进入后，孙志国的厂子就不占优势了。在销售上，他不注重宣传、不注重广告效应，本地的市场有限外地的市场打不开，产品严重滞销，大量的果丹皮卖不出去。身边有不少这样的乡镇企业，不懂科学管理，不会产品宣传，在外地打不开市场本地市场有限，最后都夭折了。

孙志国的果丹皮厂由于销路的问题，产品滞销，最后无奈关门。后来孙志国又开了肠衣厂，也因销路问题被迫停产。在农村，这些另辟蹊径的想法很好，却因缺乏经营管理经验最后都做不起来。

假 小 子

　　杨家营子中学在半拉山东边，也就是有老鹞子洞的那座山，西面是机器隆隆的矿山，这边是书声琅琅的校园，两种事物以一种不太协调的方式存在着，也只能说凡是存在的都是合理的。依山是一条人工大渠，渠堤边树木葳蕤，全乡肥沃的土地全靠这条渠浇灌，学校依山傍水。前面是一条贯穿整个公社，由马尾沙铺砌的乡村国道，大前边是一大片涝地，这在北方很少见，北方的农作物不适合在涝地种植，所以这块地一直荒芜。水汪汪、嫩绿肥硕的野草疯长，如此肥嫩的野草牲畜都无法饱餐一顿，因为类似沼泽的涝地拔不出腿。一眼圆圆的人工机井似镶嵌在绿毡上的银盘，夏天成了勇敢的野小子嬉戏的乐园，说勇敢不如说是在冒险，"扑通"跳下去，那可是深不见底的机井。

　　校园里的操场布满大大小小的沙砾，走在上面有些硌脚。学校的广播在高耸的山峰间传回婉转的回音，两排简陋的教室坐落在校园。

　　初二时班里来了一个假小子，我说她假小子，其实她是一个女孩，从外貌看她就是一个男生，梳着比男生略长点的板寸，细高清瘦的个子，苍白俊朗的面容，哈哈一笑会露出一对洁白的虎牙，上身穿夹克衫，下身穿男士长裤。

　　班主任介绍道："这是来自东方红村的于兵同学。""嘿嘿"一笑，她大大咧咧毫不拘束的挥挥手，咧嘴露出一对漂亮的虎牙，显得俏皮开朗，一个军用书包随意搭在肩上。"大家好，我叫于兵，不是冰块的冰，是当兵的兵，哈哈！"班里顿时嗡嗡地议论，这是男生还是女生。听声音像女生，看外貌是绝对的男生。老师也笑了，补充说："这位于兵同学是位女生。"班里哄然大笑。大大咧咧的于兵有些不好意思，伸手挠挠头发向座位走去，一步三晃躬着腰走路，姿势有些像蒙古族的摔跤手。

她坐在我的后桌，这于兵天生的静不下来，走路晃着身子，说话大嗓门，笑声朗朗，一刻也不安静。不爱学习，上课左顾右盼如坐针毡，实在没事就"哗啦哗啦"地翻书包。

前后座很长时间我们都没有交集，因为我性格本来内向不爱沟通，下课我总是静静地在座位坐着。一天我的肩头被人重重拍了一下，吓得我一激灵，于兵哈哈大笑"嘿！嘿！看把你吓的，你说你下课不出去跑跑，班里闷着多没劲"。说着拉起我的手："走到外面散散风去。"于兵的手苍白细长，我心想这是一双女孩的手吗？却如此冰冷，不过这样的开头我还是很不习惯。她把我拉到外面，我在窗下晒太阳，于兵逗几个男生追着、跑着、笑着。我用欣赏的眼光看她，这是一个多么开朗活泼的女孩，有男孩的随意奔放，不拘小节的性格，嘻哈的笑声真的是很另类。

我和于兵慢慢地熟了，知道她是东方红村的，父亲在公社上班，家里有四个哥哥，她是老么。四个哥哥一个女孩，她是哥哥父母的掌上明珠，从小就跟在几个哥哥的屁股后跑，无拘无束，父母也是把她当男孩一样养。她从小就穿哥哥的剩衣服，在男孩堆里耍，性格、穿着都很男孩化，不知道的人都以为她是男孩。

我对于兵说："于兵你为什么不穿鲜艳一点的衣服？不把头发留起来？"于兵说："花里胡哨的衣服我不喜欢。"她也说："小时候我妈也给我编辫子，我是一刻也梳不了，头皮薅得疼，一会儿我就把辫子散开像个小疯子，后来我妈再也不为我梳辫子，用推子给我推头发。"

一个女孩在男孩堆长大，父母又把她当男孩养，在性别角色形成的时期混淆不清，慢慢地自己以为自己是男孩，最终形成性别误区。生活中不少家长在孩子幼时不注重孩子性别的区分，男孩穿女孩衣服，长期由母亲带，成人后男孩就有些"娘"气，忸怩内向，缺少阳刚之气。女孩当男孩养，女孩子男孩打扮，性格大大咧咧，缺乏女性的柔美漂亮，这样的女孩子慢慢变成了假小子。在性别角色认知过程中，父母对性别角色的认同，就是给孩子锻造一个模式，孩子一旦成型再去扭转，一辈子都难以做到，这是父母培育的结果。于兵就属于女孩当男孩养，家里哥哥多，是一个标准的男性化环境，对于兵也产生潜移默化的影响，父母又给她取一个特别男性化的名字。这是于兵形成假小子、无法辨别性别角色的形成过程。

放学我和于兵顺路一起骑自行车走。于兵躬着腰撅着屁股一阵狂飙，跑一段路到前边等我，嘴里嚷嚷"你快点骑不行吗？就像一个老太太"。看她急躁的样子我气喘吁吁地笑了。她神神秘秘地告诉我："今天我看到我同桌流血了，可真恶心。"我心里马上明白那位女生是来月经了，一个初二的女生来月经是很正常的事。我说："她是来月经了。"于兵满脸疑惑，"月经是什么东西？"说完摇摇头。她是真的不明白。

我俩熟了也会聊天，她说："我大哥二哥都结婚了，我三哥在旗里的食品厂上班。我小哥没事在家画画，我小哥画的画可好了。"于兵说完满脸自豪。在那个年代一个人会画画是很了不起的一件事，一个标准的文艺小青年。我问于兵："你小哥画什么画？""画油画。""于兵，能不能把你小哥的画送给我一张？""好啊！"于兵爽快地答应了。

周六放假，于兵到我家里去玩，我和于兵骑自行车到家里。母亲用吃惊的眼光看我，满脸疑虑。母亲把于兵当成了男生。于兵大大咧咧笑着说："姨，我是女生。"母亲半信半疑说："我以为是一位男孩，你这孩子长得和小小子一模一样。"于兵听完哈哈笑了："别人都叫我假小子。"

于兵打开书包高兴地说："看看，我带来我小哥的油画啦！"于兵展开这幅大概有八开纸大小的油画叫我看。画上是一位女孩站在海边的礁石上，海风吹起裙摆，头发飞扬，面前是蓝色波涛的海水，整个画面有一种动感。我用手摸摸，画面有凸凹感，"于兵，这就是油画吗?""是，我小哥整天蹲在我家小屋画油画，他不爱说话，他的画可多了。"我心里在想，这是一个怎样的农村青年，是否也如于兵一样苍白细瘦，一双苍白的手握着画笔沉浸在艺术的创作中。我很喜欢这幅动感的油画，把它贴在书桌边，有时欣赏看看。母亲看到问我这是什么？我说是油画。我不懂油画是什么，母亲当然更不懂。

毕业后我到旗里上班，听说于兵到旗里的食品厂上班了。后来在街里偶遇于兵，远望她长高了，人英俊豪气，干净清爽，还是那样大大咧咧，穿着白色衬衫、牛仔裤，梳着板寸。一次于兵飙车，在我们单位门前摔倒昏了过去。路人议论"这不是食品厂的那个假小子吗"？我听了很着急，心里期盼于兵平安无事，后来救护车把于兵拉走，是轻微脑震荡。

假小子、女汉子终是违背性别的角色，人应该遵守造物主造人的规律，男人勇敢、坚强、似铁如钢，有男性的阳刚之气，女性漂亮、柔美、细腻，有女人的阴柔之美。

女 同 学

初三时班里来了一位补习生，高高的个子，面孔有些黑，厚厚的嘴唇，梳着齐耳短发，故意修剪的齐刘海，有些像靳羽西的头型。这是一个爱美时尚的女生，年龄比我们大两岁。听同学们说她是从高中回来返读的，要考中专。

初三我的成绩更糟了，同一年级不在一班的丽苗，学习成绩好主动给我补课，我这生锈的脑袋对于理科一辈子都不会开窍了。

新来的补习生叫亚杰，别看她从高中返读，我看她的心思不在学习上，一双黑眼睛滴溜溜左顾右盼的。她的家在头道井子，她上学路过我家房后。

我学习不好，她心思不在学校，放学我俩一起走，自然也就熟络起来。她父亲在我们乡是一个很出名的语文教师，她在书香氛围浓郁的家庭熏陶下，懂得多见识广，文化的浸润是个缓慢的过程，不是一朝一夕能完成的。文化的内涵太广泛了，不是看几本书就叫有文化。

亚杰爱说话，一路滔滔不绝，我就洗耳恭听。她说："我爸文采好，写的文章在教育系统很出名，旗里的小学一直要调他去那边工作。"这个我知道，因为他父亲语文教得好被调到总校工作，我听父亲说过。

"我姐初中时就考上师范学校了，现在要考大专，我几个妹妹也学习好，就是我小弟被我妈惯的不听话。"在赞美兄弟姐妹时，亚杰忘了自己并不爱学习。她到初中返读也是他爸没有办法的办法。

亚杰问我："你都看过什么书？""我爱看书，具体看过什么书我说不上来。"

"你看过《简·爱》吗？""没有，什么是简爱？""那你看过《雾都孤儿》吗？"我还是摇头。"你怎么什么书都没有看过，那你怎么会写作文的？"我很羡慕谁家有像砖头一样的书，可我家一本也没有，称得上砖头的书，就是父亲花8块钱给我买的《现代汉语词典》。亚杰说："这些外国名著我家都有，我爸给我们买的，我们几个都喜欢看。"这叫外国名著，我才知道外国的好书叫外国名著。《简·爱》大概是10年以后我到中专才读到，我一下子沉进去，惊叹这是一本好书。我喜欢娇小穿着珍珠灰裙子坚强勇敢的简，没有想到我和亚杰读这本书相差十几年，这就是文化氛围的不同，这就是文化的浸润，这就是品位，在你没有见过的时候别人已经读过、体会过。所以说文化是润物细无声的过程，是一个慢慢升华的过程，文化影响人的价值观。

亚杰和我在学校大课间拿本书到树林子，我俩怎会看书，都是闲聊。亚杰兴奋地说："你看咱们这里多落后，南方现在可有钱了，深圳人都有工作，都到工厂上班。不像咱们整天种地，面朝黄土背朝天，北方人去深圳的多了，现在都有钱了。唉，咱俩不如去深圳，还可以找到工作，怎么样？"我摇摇头："那可不行，这么远，我爸我妈不会让我去的。""那我们考不上中专就得回家种地，你说上班好还是种地好？"一想到在烈日下薅草，皮肤晒得发痒，我就心悸得喘不过气来。我有些心动："那么远，我们怎么去？又没有认识的人？""坐火车啊！几天就到，不用认识人，那里工厂自愿招工。深圳一年四季春暖花开，女孩子都穿裙子，爱听台湾邓丽君的歌。"我心里明白亚杰也没去过，她是听别人说加上自己想象的，不过一听她这么说我有些心动。人往往在受挫时总想一些逃避的方法，我是考学无望也想逃避现实，逃到南方未免有些冒险。

回家后我和母亲说："我们班亚杰说南方深圳可好了，都到工厂上班，一年四季温暖如春。"母亲问："深圳是哪里？""深圳离广州不远，就是建华叔生活的那个地方。"我继续说："亚杰说，我俩考不上中专，就到深圳去找工作，那里的工厂都在招工。"母亲急忙说："那可不行，南方远在天边，人生地不熟，别听你那同学瞎撺掇，安心好好念书吧！"

1989年我到信用社上班，亚杰也没有去深圳，她父亲教学突出被调到旗里小学教课，全家搬到一小家属院，亚杰被分到教育系统的商店做待业青年。亚杰穿着红色西服，身高一米七几，高挑身材如模特。商店离部队近，一些士兵爱到她的柜台前闲聊，亚杰还是厚嘟嘟的小嘴说个不停。

亚杰爸在一小上班，她母亲在三道街开个缝纫棚做衣服。她的二妹考上了大学，小妹梳着短发性格如男孩，考上了地质大学，这个专业很适合她的性格。亚杰的父亲教育孩子是成功的，五个孩子三个考上学。

亚杰待业等待安排工作，后来分配到油漆厂当工人，她不喜欢下车间，在家待着心情郁闷。有时到单位找我，没事就为我织毛衣。我是慢性子可细致活做不了，那时女孩都会织毛衣，我是一窍不通也不喜欢。亚杰为我织了一件鸡心领的小白毛衣，配黑色呢子喇叭裙真漂亮，琼瑶剧看的多我也喜欢梳披肩长发。她看编织书为我织了一件豆沙色立体毛衣，修身而且好看，我单位的人都模仿着织。亚杰性格外向，心灵手巧做活细致。

活到二十几岁我从没有离开过旗里，亚杰对我说："你请几天假，我带你到市里逛逛，你从没有去过吧？""没有，那我请假咱俩去逛逛。"我和亚杰坐上班车到市里，市里可比我们的小镇繁华多了。亚杰带着我逛商场、逛公园，她哪里都找得到，那时我就想市里真是个好地方，也许我将来也会来这里。

我和亚杰还去了母亲的远房亲戚家。我是为自己的工作问题想找这位亲戚帮忙，农村户口没有转正我一直受歧视，因为这位亲戚在市行下属公司当经理，我有时感觉自己在关键时刻很勇敢，但这件事我有些鲁莽。我称为姨夫的经理热情地叫我到他家，说：你姨一直想见你。高大胖乎乎的老太太亲切地拉着我的手，问我母亲的身体如何，母亲那年生病一直是这位亲戚从市里给邮寄药品。不停地上下打量我，准备了一桌丰盛的晚餐。

晚上下班时，一位高大黝黑有一双大眼睛穿绿色警察服装的男青年回来，老太太高兴地对他说："快来，见见你姐。"我可能比他大一岁。男青年礼貌地朝我点点头，坐了一会儿走了，我心里想这个人不太礼貌。我要走时老太太拉住我的手说："咱们一位亲戚说，咱们两家不结缘一辈子都后悔，你妈和你说了吗？"我有些愣住了："我妈没有和我说。"老太太很吃惊地说："你妈也真是的，这大事没有和你说，你的照片我们都看过。"我脸"刷"的红了，到市里我不应鲁莽到亲戚家，有些事是因果效应，没有想到一次拜访，却让两家因我而结怨。亚杰开玩笑说："那个警察长得很精神，就是有点不懂礼貌。"

朱 家 小 铺

朱家的老爷子在村里有些威望，村里人都叫他老朱头。一身黑色哔叽衣服干净合体，花白的胡须银光闪闪，头戴一顶狐狸皮帽子，显得高贵奢华，老人有仙风道骨的气质，手拄着拐棍，哪家有婚丧嫁娶都会将老人请到场说几句。一个人在村里受到如此尊敬，是因为这个人有高尚的品质和令人折服的为人。

朱家老爷子有两个儿子，一个在粮站上班，娶了本村崔家的女儿。一个在村子的东头路边开了一个副食品小铺，村里人习惯叫朱家小铺。20世纪80年代村里干什么的都有，有一些年轻人到外地打工，有些头脑活络的人在村里开厂子、开商店、开矿山、搞运输，乡村企业迅速成长。这些企业有的经营得很好，如李家的矿山；有的经营失败，如孙家的果丹皮厂。

朱家的大儿子朱贵和他父亲一样精明，口才好，在村里威信高。朱家老爷子走了，村里一些婚丧嫁娶的事就由朱贵主持。

朱贵在村子东头靠公路的一边盖了两间土房，开了间副食品商店，村民平时买油盐酱醋都到供销社去买。供销社离村子十几里地很不方便，村里有个小商店会方便些。

小商店放了两节玻璃柜台，里面放了文具、日用百货一些小商品，还有油盐酱醋。醋酱油装在缸里，去买时用漏斗往瓶子里打。红糖白糖是在袋子里，要多少用秤称，用纸一包。一瓶瓶糖球在玻璃瓶里，闪着诱人的光泽。

我们放学路过朱家小铺，喜欢到里边逛逛。瘦弱的有些驼背的朱贵老婆，笑眯眯的问买什么？我们有时会买个本子，有时会买几块糖球。单干以后农村的生活有些改善，但还达不到富裕，粮食充足肚子吃饱了，农民的手里还是没有过多的余钱，一些地里不产的日用消费品还是紧缺的，例如，对糖果、糕点我们还是心存渴望。苦透的心需要甜蜜，对于甜的渴望，就像熊见到蜂蜜一样会全身心地扑过去。用舌头舔食甜品，整个味蕾都舒张，心里甜蜜蜜。

朱家小铺满足了附近村民的日常消费，一斤醋一斤酱油再也不用到十几里以外的供销社去买。

朱贵是肯下辛苦的人，为了多赚些钱，他起早赶着骡子车，到70里地的旗里批发部去进货，因为进价便宜，这样他就能多加点钱。早晨起早走，晚上回来，满满一车货物。朱贵脸上笑呵呵的，有一句话叫"和气生财"，一个满脸一团和气的人财运会很好的。朱贵老伴躬着腰帮他卸下货物，朱贵和老伴平时住在商店，商店什么时候去都开着门。

我家因为父亲和哥哥都上班，生活条件有些好转，家里有点余钱，父亲就喜欢置办家业。父亲的思想很先进，我们那里流行什么他就买什么，也算是提前消费，提前享受。

父亲和母亲商量说："我看公社有些人骑上了摩托车，老大也上班了，咱们也买一辆摩托车骑着方便又快。"母亲问："一辆摩托车得需要多少钱？"父亲说："得七八千呢！"母亲说："可是够贵的，那就买吧，老大也20多了，也该说人了。"父亲和二叔到旗里买回一辆崭新的八零红色摩托车。

这可把弟弟乐坏了。弟弟本来就胆子大，不用半天的功夫就学会了，骑着摩托车在公路上跑。哥哥上下班骑着摩托车，父亲不骑，我胆子小从不敢骑。这摩托车就成了哥哥和弟弟的专属，上班哥哥骑，下班弟弟骑着跑。

弟弟平时总撺掇我骑摩托车，我对于机械的东西有些恐惧。放假了，夏天母亲炒两个菜，叫弟弟去朱家小铺买几瓶啤酒全家人喝。弟弟说："大姐你骑摩托带着我，我教你怎样操作。"我骑着摩托车弟弟坐在后座指挥，在后面说："拐弯时要减速，不要加油门，记住了吗?"我答应着，到金兰家门口处拐弯，我记住要减速，可我却鬼使神差，把减速踩成了加油门，摩托车"忽"地一下向金兰家的墙撞去。弟弟使劲在后面拽摩托车，摩托车强大的惯性重重地撞在墙上，把我掀翻在地，膝盖摔破。弟弟也摔倒在地上，鼻子出血。弟弟吓得喊:"我叫你减速，你怎么加油门，我不拼命拽车今天咱俩就惨了。"我惊魂未定地说:"我是减速，怎么就加油门了呢? 以后我再也不骑摩托车了。"我对于机械的东西总是糊涂，所以什么摩托车、汽车我是一点儿兴趣都没有。

我和弟弟狼狈地推着摩托车回去，母亲看到问:"这是怎么了?"弟弟满脸怨气:"我大姐可真是笨，我叫她减速她却加油门，要不是我在后面死死地拽住车，今天我俩就惨了，你看把我摔的。"母亲说:"你姐骑不了摩托车你就别叫她学了，看这摔的，快去洗洗脸。叫你俩去朱家小铺买酒，酒没有买回来人却摔坏了。"其实人生就是一个尝试的过程。

由于朱贵敢于尝试，经营有方，朱家小铺生意一直很好，几年以后朱贵扩大经营，把原来两间土屋改成五间红色瓦房，生意越来越红火。后来生意越做越大，变成了百货批发部，附近的商店都到他这里进货。生活就是尝试，在改革的浪潮中，有智慧者成为佼佼者。

沼　气

　　我们公社团结村的一位村民发明了沼气，这个有些科技含量的发明，让沿袭了多少年土灶生火的山村人浮想联翩，人们翘首期盼不用生火就能做饭的沼气。这样的好事迅速在我们那个方圆百里的乡镇传开，也给这个发明沼气的村民罩上一层神秘的面纱，这是一个怎样的村民干了这样的大事？

　　沼气首先在团结村铺开，听说那个村大多数村民夏天都用沼气做饭，不再用柴火在灶间点火。没有见过沼气的村民想象着沼气如何的方便，新的事物如一股清风吹进村里。在落后的山村，人们渴望新事物，渴望改变原有的生活方式。

　　这时母亲已经40多岁，整日劳作日晒让她原来红润的面容有些粗糙，自己用削发器削剪的头发，头型干净利落，细碎的短发间增添了几根白发。

　　母亲喜欢新生事物，使用沼气可以不用扒灰捅灶，做了二三十年饭的母亲听了尤其高兴。母亲很兴奋地问父亲："我听村里人说，上游团结村烧上沼气了，家家不用再点灶子，想啥时用一开阀门划根火柴一点就能做饭。啥时候咱家也安个沼气，夏天天热不点灶子多省事。"

　　父亲说："我在公社听说了，团结村是示范点，过一段时间在全乡推广，不用着急耐心等着吧！"

　　沼气就是把人畜粪便、秸秆、污水、各种有机物装载在一个密闭的沼气池内，在没有氧气的条件下发酵。这些有机物在沼气池里发酵，微生物分解转化，从而产生沼气——一种混合气体，可以燃烧。这种气体就是甲烷，可用管子接到沼气灶点燃做饭。

发酵后排出的料液和沉渣，含有丰富的营养物质，可用作肥料和饲料。沼气在农村真是一件好事，单干以后农村过剩的秸秆、粪便会被废物利用，产生气体做饭，发酵后废渣当肥料。这种循环利用真的很环保，这样就不会因灶间燃烧秸秆产生烟而污染环境。

那年夏天乡里成立了沼气办，由团结村那位发明沼气的周姓青年任技术员。其实他不是最早发明沼气的，在南方沼气早就有，在我们这个贫瘠的北方山村，是由这个男青年率先发明的。乡里重视迅速在乡里铺开，做饭不用点火，这是每个农村人的向往。

乡里投一部分钱，家家户户自筹一部分钱。一说自己要拿钱，村里人的劲头就不高了。统计一下全村修沼气池的也就二十几户，我家的左右邻居也没有修建。

我家在园子的西南角建沼气池，父亲下班和母亲开始挖沼气池，一个圆圆的四米宽两米深的沼气池挖好了。沼气池用石头转圈砌好，用水泥抹好，等乡里的周技术员来指导。

周技术员来了，30多岁，身体有些往前倾，人有些瘦弱。这技术员和我想象的技术员相差甚远。我想象的技术员应该是戴着眼镜，有些儒雅之气的文弱书生。周技术员远看就像一个驼背的老人，一个地地道道的庄稼人，叫技术员有些牵强。

周技术员其实就是一个地地道道的农民，高中毕业，平时喜欢钻研，看介绍沼气方面的书，他就在自己家里实验安装。村里人知道后慢慢传开，在全乡推广。

周技术员在我家指导安装沼气池子，邻居羊倌的三女儿没事也来看热闹。邻居羊倌的三女儿梳着两条枯黄的辫子，小时候她母亲总爱叫她黄毛丫头，皮肤白嫩，黄色的眼睛。她这样的肌肤我认为是缺少黑色素，这种皮肤在阳光下晒也晒不黑的。羊倌的三姑娘20岁左右，周技术员干活，她在一边看慢慢也就熟了，和周技术员柔声细语地聊天。

母亲对父亲说："我看西院的老三对周技术员有点意思，没事总爱往咱家跑，和小周聊得可开心了，俩人眉来眼去的。"

父亲说："老三才20多岁，小周都30多岁了，年龄相差十多岁，哪能成？"

周技术员在村里哪家安装沼气，老三都去，村里就有人议论"这羊倌的三丫头是不是相中这安沼气的了"？

在周技术员的指导下，一些秸秆、粪便，还有一些杂物，一股脑地推入沼气池，密封进行发酵。从沼气池接一根塑料管，在厨房里放一个沼气灶，等待沼气发酵，用沼气做饭。

过了一段时间沼气发酵好了，周技术员在厨房把沼气的阀门打开，用火柴一点"吱吱"的蓝色火苗燃起。母亲那个高兴，不用点灶子就可以做饭的梦想终于实现了。

周技术员在我们村里安装完沼气，羊倌的三丫头欢喜地嫁给了周技术员。

周技术员走时说："沼气池里的沼气用完了，把沼气池的那些废料清净，再重新装原料，要把甲烷放完，要不会中毒。"

沼气这个项目没有在企乡推广开，乡里的沼气办也撤了。周技术员又回到团结村种地，也没了工资。羊倌的三丫头心里有些失落，无奈孩子已经呱呱落地。

我家里的沼气用尽，由于没有技术人员做指导，沼气只用了一夏天就成了一个废池子。母亲望着空池子心里很失落，后来母亲生气把沼气池用土填上，在上面种上了绿油油的蔬菜。

在农村这样虎头蛇尾的烂尾工程多的是，风一样地来风一样地去，例如，什么养殖小区，什么项目工程，最后就剩下一些空房子、空围栏，一些羊、鸡、牛的雕塑孤零零地矗立在养殖小区的村头。在农村，村民的文化水平低，不管搞什么项目都要因地制宜符合当地环境，除非有长期的技术人员做指导，否则都是烂尾工程。

就说沼气本来是一个环保适合农村使用的好技术，却因没有长期的技术人员做指导，最后村民的期盼落空。

多年的媳妇熬成婆

多年的媳妇熬成婆，四十几岁的母亲煎熬期盼劳作要当婆婆了。年轻时隐忍奉献，奶奶盘坐在炕上，那悠长的召唤好似在昨日"学生媳妇该做饭了，学生媳妇该喂猪了……"母亲应答着，一样一样地干，没有一点抱怨，晚上在昏暗的煤油灯下为一家大人孩子做针线。就这样蹒跚艰难地走过来，腰有些弯了，发际有了根根白发，常年劳作的双手粗糙龟裂。儿子娶妻生子，母亲的脸上洋溢着幸福的微笑。

哥毕业了，农行为了照顾老职工，安排子女到信用社上班。那时的信用社隶属农行管辖，信用社属于农行的一个科室，机构分布在农村基层信用社，队伍庞大，服务农村建设。农行营业所和信用社合署办公在一个院子一个营业室里。

哥被安排在离家40多里的三山乡信用社上班，称为费用工。费用工顾名思义就是从费用列支工资的员工，月工资40多块钱，也叫"三不"职工：不转正、不转户口、不吃商品粮。这三项可是硬指标。这三项是当年每个人最大的梦想，也是一个农村人不敢想的事，如天边的彩霞可望而不可即。

哥老实，这是母亲一直担心的事情，后悔自己在哥小时候管得太严厉，弱一点的孩子做父母的总是偏爱些，母亲也是如此。

家里有一张奶奶唯一的照片，这张照片是当年父亲把摄影师请到家里照的一张黑白照片。奶奶穿一身黑色大襟上衣，黑色裤子绑着腿带，戴一顶黑色的灯芯绒老太太帽子，小脚穿着花鞋。哥大概3岁，怯生生地倚在奶奶身边，穿着圆乎乎的棉袄棉裤，长得很精神。这是奶奶留在世上唯一的一张照片，爷爷连照片都没有留下，我们根本不知道爷爷长得什么样。

母亲看到这张奶奶和哥的照片，就想起往事总念叨说："你哥小时候长得可好看了，白白净净，黑亮的眼睛小嘴巴。那年快过年了，你老叔和他在炕上追着玩，你哥一个跟头脑瓜子冲下栽到缝纫机空去，当时就背过气去。我是连捶背拍胸总算上来这口气，哇的一声哭出声，哭了一阵就睡着了。等睡醒觉脸肿得和馒头似的，眼睛都肿的封住了。等消肿后细看一只眼睛有点斜，你哥保住一条命就不错了，我那时担心把脑子摔坏了。"这件事母亲经常提起，对哥哥摔伤眼睛心里满是愧疚，所以她一直对哥哥不放心。

哥到信用社上班，他的性格和父亲一样，钻研业务，做事踏实认真，不长时间就当上了信用社会计。在银行工作会计是基础，会计工作是银行工作的核心，只有精通会计工作，才能学到银行工作的精髓。哥老实肯干话语少，领导也信任他，会计工作做得很出色。

那年哥已经二十几岁，我经常听母亲和父亲说："老大也不小了，也该找个对象了，我看老李的大姑娘就挺好，有工作，干净，长相也很好。"

老李家和我们同村，老李是当兵的，复员后在供销社上班，老伴去世，自己带四个孩子生活。母亲经常和我们说起："小平她妈人可好了，干活利索，个子高，人长得好，大辫子，和我对心情，有什么心里话都给我说，就是脾气不好，性格泼辣厉害。老李在外面当兵，一年回来一趟也打架。就因为这个性格造一身病，40岁就走了，扔下四个没妈的孩子。小平她妈活着她也不至于耳聋。那年小平妈走了，小平高烧不退，小平爸就知道扛着孩子溜，结果把好好的孩子烧聋了耳朵。"小平是嫂子的妹妹，和我同岁，8岁时高烧把耳朵烧聋了。母亲和嫂子的母亲对心情，走了的人没有想到，她的女儿成了母亲的儿媳妇，这也是姻缘。

嫂子在供销社上班，人白净个子高，也是两条粗辫子，在供销社针织组上班。那时的供销社是个好单位，谁能当上售货员那是很了不起的工作。

嫂子和哥哥中学是一个班，生活在一个村子，却没有说过话。由介绍人介绍后订婚，过了半年就结婚了，第二年母亲就有了大孙子。哥哥的婚姻是标准的父母之命媒妁之言，农村的婚姻基本就是这个样子。那个年代自由恋爱的很少，爱情本身应该自由，是符合人性的一种高尚情感，是环境制约了情感的发展。

嫂子后来说："我和你哥在结婚前没有拉过手，订婚了一次在路上碰到，我骑自行车，你哥骑摩托车在公路遇到，我俩都脸通红，推着车走到我单位。"

社会进步了，爱情也解放了，我的父辈是先结婚后恋爱，我的兄长也是先结婚后恋爱，这样媒妁之言的婚姻却很稳定。现代的婚姻是空前的自由，空前的解放，可是婚姻却不稳定了。

盖 新 房

自从联产承包以后，家里粮食够吃了，在母亲的操持下日子也富裕多了。父亲上班，哥哥嫂子上班，家里的经济状况好转。父亲很开明，哥哥嫂子的工资自己支配从不往家交，我和弟弟工作后也是。但我们都自觉地往家买东西，后来就形成习惯，家里的日用消费由我们几个买。

冬日的夜晚全家围坐在炕上，吃着炒米点心逗小侄子开心，一家人温馨融洽。父亲说："我有个打算，咱家的土房子已经17年了，后墙都有点堆了，这几年你妈养羊再加上地里的收入，加上我的工资，我想盖几间平房，人口越来越多住着宽敞些。你妈和我也40几岁的人了，能干动就干，改善一下家里的居住环境。找七家村你大表叔盖房，自己备料就付个工钱，你们几个看看怎样？"我们几个举双手赞成父亲的决定。

母亲说："要把老房子推倒还真有些舍不得，那年和你奶奶分家，你爸和我就一个锅三个碗三双筷子，白手起家，借钱盖了这三间土房。转眼已经17年了，我大孙子都满地跑了。"

老房子的一砖一木母亲都有着深厚的感情，父母亲手建起的家园凝结着他们辛勤的汗水，小时候母亲爱给我们讲老房子的事："咱家这个院子，原来是老韩家的房子，光棍老韩住着三间茅草房，有上顿没下顿的日子很难，被子破的开花。老韩在村里说他住的房子风水不好，经常闹鬼。夜里门框'嘎嘎'地响，没有风门会自己开，半夜屋里有说话声，睡到半夜就有人用手摸头。村里的人听了害怕，从不到光棍老韩家去，院子里野草齐腰深，看着也让人头皮发炸。老韩说这房子不能住了，我要到大队部去当五保户。你爸是天生的大胆，不信神不信鬼，把老韩的院子买下，盖了咱们这三间土房。

"开始我住进新房害怕，晚上睡不好觉半夜就醒，害怕有人摸我的头。住了这么多年我也没有听到任何动静，你爸说的对，什么神什么鬼，人都是自己吓唬自己，那些全没用，人自己有胆能镇住一切。搬到新家你爸找木匠打了三节红堂柜，买了一件大件，就是咱家的那座老座钟，这老座钟'当当'陪我们17年了。村里人说福气大的人会压住宅的，日子会越过越好的。"

"后来我明白关于房子闹鬼的事，是老韩自己杜撰的，因为他是孤寡老人，想到大队当五保户，不想住自己的房子想到大队去住。"

母亲提到的老座钟，和我同龄。"当当"，我的人生就是在这美妙的钟声伴随下穿过时光隧道，钟声贯穿我的幼年与少年。钟声伴随父母半个世纪，老年的父母仍在用着，老座钟也老了。

前年回家听到"当当"，大座钟敲了两下，我一看时间是九点，座钟却报了两声。父亲是时间观念很强的人，卧室客厅都有石英钟，可这座钟父亲一直用着，用心呵护，耐心调试。我对父亲说，快把大座钟扔掉吧，报点不准，你还得戴着老花镜帮助它调点。父亲说，哪能扔呢？这个大座钟是你出生那年买的。我惊叹，哦，40多年了，日月星辰，时光荏苒，座钟老了，转不动了。老的不仅是座钟，还有步履蹒跚、白发苍苍的父母，一如我告别了青春年少，步入中年，发际间也突生白发，眼角也有了细碎的皱纹，这是时间的印证。

表叔来了，黑黑的脸膛，阔嘴，个子不高，常年在外施工风吹日晒，皮肤黑亮，说话声音高亢。表叔原先就是一个农村泥瓦匠，单干后修房盖屋的多，他就组织几个亲戚组建一个基建队，农村人叫他包工头。其实那时的包工头就是现在的开发商，开发商是文雅的称呼，意义一样，都是盖房子的。一说包工头就会想到灰头土脸，一提到开发商就会想到趾高气扬，拎着名牌包踱着方步，颐指气使。都是搞建筑的目的却不一样，农村的包工头真是为农民解决难处，一瓦一木真心修筑，开发商是以赚钱为目的。

表叔带着他的基建队来了，把原来的老房子扒掉。老房子扒倒母亲流泪了，住了17年有着割舍不断的感情，瞬间在眼前变成废墟那是很难受的。

父亲和表叔商量图纸准备盖四间平房，三间卧室，包括餐厅、厨房，一间大储物间。我对父亲说："爸，咱家也建个浴池吧？在家里可以洗洗澡。"父亲和表叔商量后真的在后屋厨房边建了浴池，图纸设计好房子开始动工，我们期待着新房建好。

表叔黑白加班，两个多月新房建好了。四间宽敞明亮的平房建好，门前用水泥铺砌，院墙用红色的砖砌成镂空的花墙。父亲把黑白电视机换成了彩色电视机，还买了台当时最好的双缸洗衣机。

母亲高兴得合不拢嘴说："今年咱家住进新房了，过年我每人给你们做件套面绸面棉袄，喜庆喜庆。"入冬母亲就开始做棉袄，一直忙到过年。

那年过年父亲买了两个大红灯笼，挂在门前，喜气洋洋。母亲为我做了一件银粉色缎面棉袄，为哥弟做了咖啡色棉袄，嫂子的棉袄是水红色，父亲是一件黑色带花的绸面棉袄，母亲为自己做了一件墨绿色的，3岁的小侄子是一身红色碎点棉衣，小家伙穿上那个精神。哥哥借了相机，过年我家照了唯一一张全家福，父母壮年，我们年轻，脸上透着稚嫩和希望。

薄　情

　　村里街头巷尾都在兴致勃勃地谈论一件事：万全的儿子万辉升官了，到旗里当局长了。

　　万辉是金兰母亲万花的侄子，高小毕业在村里的小学当民办教师。万辉身材魁梧，浓重的眉毛，下巴有些微微上翘。他教学认真，兢兢业业，一人教三个班级的课。

　　学校还有一位女民办教师，是外乡来的叫兰香。兰香圆圆的白皙的脸蛋，一双杏核眼睛闪着柔柔的光，黑亮的瞳孔如镜片能照人，说话轻声细语，身材娇小。

　　万辉和兰香都是年轻人，自然而然走到一起，一个高大魁梧一个娇小玲珑。在河边总会看到身穿绿色仿军装的万辉腋下夹一本书，兰香穿着碎花上衣，齐耳短发烘托着红润的笑脸，笑得如五月的鲜花那样迷人，依偎在万辉身边。周末俩人手挽手到学校后面的小山丘，并排坐在石崖上，暖烘烘的阳光照在他们的身上，轻声细语说着绵绵的情话，盛开的野百合也在祝福他们，燕子在他们身边低飞呢喃。

　　孩子们爱起哄说：万辉恋兰香，分也分不开。

　　万辉写得一手好钢笔字，行云流水般流畅，文章也写得好。后来公社的王书记相中了万辉的才华，把万辉借调到公社给王书记当秘书。

　　万辉下班快速骑自行车，到小学校去看在异乡孤独的兰香，俩人在灯下给学生批作业，一起读文学作品。万辉也会给兰香讲公社的一些趣事，兰香静静地听着，脸上笑意浓浓，为万辉被重用感到骄傲，内心更是钦佩万辉。爱情似馥郁的兰花，盛开在两颗年轻的心房，他们在一起畅想未来，一起勾画美好人生。

王书记是个老革命，办事认真，性格雷厉风行，发火也如在战争年代那样，噼里啪啦充满火药味。王书记对谁都发火，唯独对万辉和颜悦色，用一种亲切的目光看着他。万辉被看得发怵，以为自己做错了什么事，心里忐忑不安。

万辉眉头紧锁对兰香说："王书记看我的眼神有些奇怪，吓得我有些发怵。"兰香安慰万辉："这是领导器重你，你要好好干，别辜负了领导的器重。"万辉心事重重地点点头。

王书记的独生女儿在公社的医院当护士，人开朗活泼，一张瓜子脸，两条俏丽的发辫，说话和她父亲一样，嗓门高，快言快语。自从万辉到公社给王书记当秘书，王书记的女儿来王书记的办公室特别勤。有事没事问万辉一些问题，要和万辉学练字，弄得万辉有些拘谨不好意思，王护士的开朗热情让万辉有些坐立不安。

万辉和兰香在一起时会无声地叹息。兰香问他发生了什么事，万辉摇摇头"没什么事，工作压力大"。兰香说："感觉压力大就回学校教书，你现在也是借调到公社。"万辉心事重重地摇摇头。万辉很喜欢秘书工作，感觉自己的能力得到释放。

王书记托人找万辉正式给女儿提亲，万辉无奈地对介绍人说："我回家和老人商量商量再定。"

回到家里万辉头冲里蒙着被子躺在炕上，万辉娘问万辉："你怎么了？病了吗？"万辉也不应声，万辉娘赶紧出去招呼万辉爸。

万辉爸回来，拿开被子，看到万辉在哭泣。万辉爸急了："你这是怎么了？谁欺负你了？"万辉哭着说："没人欺负我，今天王书记托人介绍他女儿给我。"

万辉爸一听也不知道怎么办，他知道万辉喜欢兰香，俩人的感情深。万辉父母也喜欢性格善良的兰香，在心里早就把兰香当儿媳妇了。

万辉在哭泣，万辉爸说："儿子别着急，我知道你心里有兰香，不同意就回绝王书记的女儿，人这辈子活着别委屈自己的心。"

万辉哭着说："爸你不明白，事实摆在面前，我不同意这门亲事会失去现在的工作，会失去前程的。"万辉爸叹气，一袋一袋地抽旱烟，也发愁了。

万辉自己挣扎了几天，脸色蜡黄，人好似瘦了一圈。兰香见到他吃惊地问："你生病了吗？"万辉摇头。欲言又止，兰香问他："万辉，你有事吧？"

万辉搓着手吞吞吐吐地说："兰香，我俩的婚事我父母不同意，我也没有办法。"兰香惊得睁大眼睛："你父母一直对我挺好，怎么会不同意呢？"万辉低着头说："因为你成分不好。"兰香急得哭了："成分是我出生就那样地，我也没有办法的。"兰香哭了很长时间，万辉也哭了。兰香说："你不要为难，就尊重老人的想法吧！"万辉步履踉跄地离开兰香往家走去，兰香扑在被子上号啕大哭，锥心的痛楚，远在异乡的孤独，一起砸向这个弱女子。

万辉和王书记的女儿结婚，王护士喜笑颜开，满脸幸福地挽着万辉的手，万辉的表情有些僵硬。婚后万辉正式调到公社，由秘书提升为行政助理。

兰香听到万辉和王书记的女儿结婚，自己到学校的后山他们一起坐过的地方坐了一天。望着一望无垠的绿色田野，蔚蓝的天空，一次次追问自己"我怎么活？我怎么活？万辉你不应该欺骗我"。千百次的追问只是山谷回音。兰香望着弯弯曲曲的乡村公路向远方延伸，心里一股力量在鼓励自己，我要从这条路走出去。兰香沉默了，不停地学习，那年兰香考到师范学校，从伤心地永远地走了。后来兰香毕业留在旗里的小学校上班，也有了幸福的家庭。

后来听村里人说，万辉和护士生活的不幸福，王护士从小条件优越，任性，语言犀利，经常吵架。

一年兰香去参加乡邻孩子的婚事，不巧万辉和王护士也去参加。二十几年，兰香和万辉第一次见面，兰香很坦然，笑着和万辉、王护士握手说："一晃20多年了，我们都老了。"万辉表情僵硬："是啊！是啊！我们都老了！"

生活就是这样，有一失就有一得，万辉为了仕途失去了爱情，兰香失去爱情人格得到了升华，这里的细微感受别人无法体会。

上　　班

　　作为孩子，没有给父母争光，却让老父亲为我的工作去求人，我心里真的很愧疚。可我生在农村没有别的路可走，让我一生种地，在炙热的阳光下劳作我想了就心颤。当年割麦子被阳光晒得头皮发痒，皮肤红肿如蚂蚁在爬，想起我就心有余悸。

　　我从心里羡慕上班的人，坐办公室的人风吹不到，雨淋不到，阳光晒不到，人生哪种选择都以一生为代价的。我心里明白父亲为难，但我没有勇气阻止父亲。

　　好在我自身也较努力，能写东西，被安排到了旗里的储蓄所上班。

　　上班那年我18岁，要到旗里去上班激动得我一宿没有睡觉。母亲为我拆洗了行李，怕我冷把褥子棉被添些棉花做得厚墩墩的。

　　母亲破天荒到供销社给我买了一双军绿色条绒塑料底鞋，可能感觉我上班了再穿母亲做的布鞋不好看，这是我第一次穿买的鞋。从没有离开家，18岁的我心里惴惴不安，对于城里既遐想又有些恐惧陌生，心里好似有一只小兔子在上蹿下跳，十分惶恐。

　　母亲早早起来到园子里割了一大把韭菜，为我包韭菜鸡蛋馅饺子，一再叮咛我要注意安全，一个女孩子在外面要知道照顾自己、保护自己。在母亲眼里我还是一个孩子，可在我的内心我感觉自己已经长大。一个孩子在她离开母亲、离开家时就已经长大，像一只鸟飞向属于自己的天空。

早晨我挎着布包，父亲背着我的行李，走在铺满马尾沙的乡间公路上，父亲送从没有独自出过远门的我到旗里上班。

　　温暖的阳光洒在身上暖洋洋的，路边五颜六色的扫帚梅开得正盛，五片单薄的花瓣衬托着黄色的花蕊，在早晨的阳光下舒展，一只只早起的蜜蜂在花蕊间嬉戏，滚了一身金粉。在渠沟边、田埂边、路边的草丛里，黄色的蒲公英花朵点缀其间，犹如一张张孩子的笑脸。

　　田野里早起的村民在自己的地里忙碌，"这么早你们爷俩上哪儿去？"父亲满脸喜悦："去等班车，我家爱民到旗里上班了。"村民啧啧赞叹："到城里上班，真好！你家姑娘真有福气。"父亲笑呵呵地点头。

　　班车拖着长长的烟雾，尾巴像一条长龙，在崎岖的乡间公路"吱吱呀呀"驶来，我和父亲挤到班车上，车里人挨人脚挨脚空气混浊得令人喘不过气来。颠簸了近一个小时，到了旗里的汽车站。

　　父亲带我到农行人事股报道。矮个的人事股股长告诉我和父亲：我被安排在上京路储蓄所上班，临时工，月工资30元，外加10元岗位津贴。

　　旗里农行就是顺着慢坡建造的几排平房，靠街一排是营业室，对面是清真饭店。我和另外两个女孩，一个就是数学老师的表妹，安排在临街的一间宿舍。行里有食堂，但那时我正长身体，在食堂根本吃不饱，半夜会饥肠辘辘，街对面就是清真饭店，饭店的香味飘过来我感到更饿，可我的兜里没有钱。

　　秋天农行的大车给职工拉大葱，数学老师的表妹和另一个女孩说："外面车上有大葱，我们拿两棵回来用饭盒在炉子上煮着吃。"她俩到外面拿了两棵葱剥了，放在炉子上煮，瑟瑟北方的深秋喝着热乎乎的葱水，暖暖的。

　　新建的储蓄所在上京路东段，一排平房，商店的一角，放开两张桌子，一个简易柜台，一个储蓄所就建成了。数学老师的表妹小王记账，我当出纳员，外加一个怀孕的所长。现在想想当时社会比较安定，根本就没有想安全问题。上班时从行里拎上钱兜子，下班再拎到行里入库，从没有想过在路上遇到抢劫的事。社会环境单纯，人的思想也单纯，我们这些刚出茅庐的小孩思想更单纯，只会想生活得好，不会想生活的坏。

发工资了，30元钱的基本工资，外加10元钱岗位津贴。手里攥着这四张钞票，我激动得手心都在冒汗，高兴的是自己终于成为自食其力的人，生活赋予我的只是平平常常的工作，但我相信，在生活的五线谱上，绝不会少我这个音符。

这是我的第一个月工资，也是我长这么大手里第一次有这么多钱，晚上激动的觉也睡不好，心里盘算怎样花这40元钱。

兜里揣着40元钱我感觉自己是富翁，到联营商场转转，望着那件心仪的衣服发呆。干净的水蓝色，柔软的纱料标价是28元，如果我买了这件上衣，我兜里的40元工资就所剩无几了，伙食费都有些紧张。最后我狠狠心把这件衣服买下，水蓝的色调衬托我18岁粉白的圆脸，售货员赞美说："这件衣服很适合你。"我听了心里像灌了蜜。

关于服装古人有最精辟的描述：妇人之衣，不贵精而贵洁，不贵丽而贵雅，不贵于与家相称，而贵于与貌相宜。我穿上水蓝色的乔其纱，那近似娃娃服的上衣让我粉白的圆脸有种洁净的甜美，散发着水灵灵的青春朝气，一头飘逸柔软的长发随风摆动，清亮的眼睛闪着清纯的光，悄悄发育的肢体凸凹有致，那时我正处于一个女人人生最美好的季节。

青春转瞬即逝，看今日18岁的女儿，齐腰的长发，宽宽的额头，就像看到年轻时的自己，一晃30年过去了。当年那青涩的女孩腰身日渐臃肿，眉宇间有了细碎的皱纹，发际间白发缕缕，时光无情。

我上班那年是1985年，从那时起我作为城里人开始了艰难的人生跋涉。

断 肠 草

在北方有一种植物叫狼毒花，别名"大猫眼花根"，俗名叫断肠草。小时候大人告诉小孩子这种草有毒，人吃了肠子会断掉死去。北方的山间林地遍布这种植物，一簇簇一丛丛，像一大把火柴帽。这是一种令人肝肠寸断的植物，凄凄婉婉诠释生离死别的故事。

上班进城的狂喜过后，异地生活的孤独寂寞，生活的艰辛让我开始想家，想念在母亲呵护下的衣食无忧。

储蓄所的负责人是一个怀孕的孕妇，也是一个善解人意的女人，一个月或两个月给我和小王放几天假回家去看看。

休假我就迫不及待地拎着布包，到汽车站坐上班车回家，心情是急切的、渴望的。颠簸一个多小时到村口，脚步匆匆回家，像一只归巢的燕子。

回到家，母亲在院子里哄着三四岁的小侄子，母亲看到我笑着招呼小侄子："磊啊，看谁回来了？"小侄子踉跄地张开小手奔向我，嘴里喃喃喊着："大姑，大姑抱。"我从包里拿出好吃的给侄子，侄子小嘴塞得满满的，"呵呵"地笑着。母亲接过包，开始到厨房做饭，每次休假回家母亲都做我最喜欢吃的。

母亲做饭，我坐在灶前烧火，和母亲聊着一些外面的事。母亲表情凝重地说："丽苗走了。"我吃惊地站起来"丽苗走了？去哪里了？"我以为丽苗去了外地。母亲说："走了能去哪里？就是死了。"

我睁大双眼："啊！妈，丽苗好好的怎么会死了，她不是毕业在市里的郊区中学教书吗?"母亲接着说:"丽茁在市里出了车祸走了,她妈想丽茁都要想疯了。"我伤心的眼泪流下来,怎么也无法接受丽茁走了,那样健康聪明的一个女孩子走了。丽茁是我真正的发小,童年的玩伴。

丽茁为了考学吃了不少苦,我上班那年丽茁在中学考中专没有考上,第二年学校不准复习生考中专,丽茁改了姓名到别的公社复习考试,终于考上了市里的师范学校。那个年代对于一个农村孩子,不管是什么学校只要考上学,就脱胎换骨有了新的人生。

丽茁在市里师专毕业后,在她堂哥的帮助下,留在市郊区的一所中学教学,一幅美妙的生活画卷在丽茁面前展开。

丽茁在学校和一位同事恋爱了,丽茁母亲和村里人讲大概暑假结婚。幸福和不幸往往是双生子,当一个人沉浸在幸福的时候,不幸正慢慢地走来,把人打入人生的低谷。

沉浸在幸福中的丽茁,开始筹办暑假的婚礼,准新郎已经来家里拜见了准岳母,丽茁胖乎乎的母亲乐得眼睛眯成一条缝,在家里为丽茁准备嫁妆。

临近暑假时,学校派丽茁的男友到南方学习。时间紧,丽茁乘公交车急匆匆地往车站赶去送男友,公交车还没有停稳就往下跳摔倒,头部摔在马路牙子上,昏迷不醒。

这一跤丽茁再也没有醒来,丽茁的骨灰运回村里,丽茁的男友扑倒在丽茁的坟前失声痛哭。

人生最大的痛苦是白发人送黑发人,丽茁妈在丽茁走后,整日以泪洗面,不再做娶亲婆,不再打扑克牌,过度悲伤,以前肥胖的身材现在骨瘦如柴,皮肤黑黄,头发全白了,看我的目光怔怔地没有一点表情。

丽茁和我同岁,我们都是9岁上学,上学一起走,放学一起回来,蹦蹦跳跳天真烂漫。在小学,丽茁的学习成绩总是比我好些,在班里她总是考第一,我总是以几分之差屈居第二。有时我幼小的心里有些嫉妒丽茁,可我们又是分不开的玩伴，玩石子、打口袋、跳皮筋丽苗样样精通，对于玩我是出奇的笨，我自愧不如丽苗。

那时学校生炉子学生自己准备烧柴，班里组织到河东的山上薅骆驼蒿，由刘老师带队，每人背着花篓，一人拿一把斧头，浩浩荡荡地往河东的山上去，跨过乌尔吉木伦河。这时正值冬季，河里结了厚厚的冰，走在冰上男生开始不安分起来，顺势打起了冰出溜，有的摔得四脚朝天，引起哄堂大笑。我们感觉不是去打柴，好像去旅游。

那时只有十几岁的我们走了二十几里路，背着花篓爬到半山腰。山上冷风飕飕像刀割脸颊，手拿着斧头在山上寻找柴火。往远处一望，乌尔吉木伦河似一条洁白的玉带，在阳光下熠熠放光，蜿蜒地飘向远方。山上零星的几棵树木，几只喜鹊在枝头飞来飞去，喳喳的叫个不停。丽苗惊叫："爱民，快看！那是一只小松鼠。"顺着丽苗手指的方向我看到一只小松鼠"嗖"的蹿到另一棵树上。

我们以为河东的山上骆驼蒿柴火很多，其实那时柴火紧缺，哪里的山上都是光秃秃的。每个同学砍了半花篓，中午在山上吃饭，我和其他同学拿的小米饭配咸菜，丽苗拿的是白面饼。我们一声不响地吃着饭，丽苗吃的白面饼，我馋的嘴里直流口水，那时我的梦想是将来放开肚皮吃上一顿白面饼。

小学毕业我俩升中学，同年级不一个班，在一起机会就少了。初三那年我的学习成绩不好，丽苗叫我周日到她家和她一起写作业，给我补理科。

后来我离家参加工作，丽苗到别的学校更名改姓考上了师范学校。可没有想到丽苗一朵花刚开就凋谢了，人生真的让人想不明白。

后来听村里人说，丽苗的坟前长满了断肠草，红得如血，红得如泪。她母亲葬在她家老坟，丽苗在对过的小山包，母女遥遥相望如坟前的断肠草令人肝肠寸断。

福　报

在旗里我唯一的亲戚就是住在郊区的三姑。三姑家住在城里，成了南来北往亲戚的中转站。

三姑有四个孩子，还有公公婆婆，姑父一人在粮油厂上班，是面粉加工车间的工人，没黑夜没白天地加班，为了多挣些加班费。三姑人开朗爱说爱笑，嗓门高，心地善良，孝敬公婆，和邻居处得融洽，哪里有三姑气氛就热闹。

郊区大队的地少，一家几垄菜地，三姑自己种，人多地少生活是很艰难的。一年里三姑都是在菜地劳作。三姑的菜地不挣钱，当季的新鲜蔬菜下来，别人家都是推着推车到早市卖，三姑送给东家一捆西家一捆尝尝鲜，邻居们都会吃到新鲜蔬菜。那时我和小王自己做饭吃，只要我去三姑家，三姑就会给我拿上一捆新下来的蔬菜，剩下的蔬菜自己吃，所以我说三姑的菜地不挣钱。

三姑腌的咸菜好吃，每年秋天都会腌两缸咸菜，长长的盘丝萝卜，芥菜疙瘩，腌好分给亲戚邻居吃。别人赞美她咸菜腌得好吃，三姑从心里高兴。姑父在粮油厂分些糠皮的东西，三姑哪年都喂两头肥猪卖，这样也能缓解一下家里的开销。

我到旗里上班就成了三姑家的常客，这也是我唯一能去的地方。三姑的公公老皮匠已经过世，三姑的山东婆婆是令我尊敬的剪纸艺人。胖胖的老太太得了病，卧床不起，三姑端饭送水，悉心照顾老人。老人临终时拉着三姑的手对众人说："我这辈子就得三儿媳妇济了，我生病这两年一直伺候我。"老人安详地走了。三姑家里的墙上留下几幅老人的剪纸镶在镜框里，一个民间艺人的手艺也从此失传了。

三姑年轻时长得俊美，人开朗活泼。那时李家兄弟的父亲在城里针织厂上班，由他介绍给在粮油厂当工人的姑父认识。一个农村姑娘能嫁到城里，找个国家正式工人，在那个年代是幸运的。

结婚后，姑父能干，三姑勤劳，日子过得很好，生了两个白胖的女儿。在那个年代，重男轻女的思想严重，没有儿子一直是姑父的心病，三姑也很烦恼，因自己没有给姑父生个儿子内疚，有时偷偷地哭。文化不高的三姑不明白，生男生女不是她的过错，种瓜得瓜，种豆得豆。

三姑胖胖的山东婆婆也埋怨三姑："别人家都有个儿子接替香火，我家老三是完了，这辈子要绝孙了。"没有儿子成了三姑的心病，开朗爱说的三姑话也少了，感觉自己做错什么。

这时国家实行计划生育政策，这个政策一出，把本来就脆弱内疚的三姑打垮了。

三姑盼望生个儿子的想法强烈，不顾国家政策，不顾姑父开除公职的危险，偷偷地又怀孕了，整天猫在家里不出门，在家里躲着怕被人发现。

在怀孕7个多月时，不知道是别人告密还是什么原因，被计生办发现。三姑由于恐惧悲伤，孩子早产了，是个女孩，孩子枯瘦皮肤蜡黄，哭声断断续续，像一只小猫在呻吟。过度惊吓使三姑没有了奶水，三姑的胖婆婆只好用米汤喂孩子，孩子竟然奇迹般地活了下来，只是身体不太好。

三姑在小女儿三岁时，发现自己又怀孕了，起初不相信，到医院检查证明是怀孕了，三姑简直不相信大夫的话，不是结扎了吗？怎么会怀孕呢？

三姑真的怀孕了。过了几个月三姑生了一个健康的胖儿子，三姑的婆婆跪在地上磕头，千恩万谢老天赐福。

三姑的儿子健康，小女儿时常发病，喜悦痛苦交织在三姑的心头。

三姑天赐的儿子学习好，考上大学当了建筑师，孝敬三姑，老了的三姑过上了安逸的晚年生活。有一句佛语："爱出者反爱，福往者福来。"三姑善良乐于助人，老天给了三姑最好的福报。

合 同 工

1989年9月那年秋天，经过考试我和小王被分到信用社，我分配到镇信用社，小王分配到郊区信用社。我和小王一起上班一起做饭感情处得很好，分开有些恋恋不舍。

镇信用社是几间平房，主任个子矮小嗓门高，性格开朗，说话幽默。在20世纪80年代，银行工作在社会上并不是一个好的职业，作为信用社的一名合同工，也叫"三不"职工：不转正、不转城市户口、不转商品粮。这"三不"在当时可是硬杠，为了这三项有多少人绞尽脑汁想门路托关系去解决。对于我一个农村来的小姑娘，这是想都不敢想的事。能成为正式职工、转城市户口、吃商品粮是我那时最大的梦想。转正我就能多挣些钱，工作有保障，转成城市户口我就能找个好对象，吃商品粮我就不用回家拿粮食，现在想想那时的理想有些可笑。

镇信用社的人都是城里人，都是银行老干部子女，多数都是"三不"职工，他们家都在旗里。一排平房下班以后就剩下孤零零的我。镇信用社下面有三个储蓄所，保险柜在总社，晚上下班，下面的储蓄所将钱兜子入总社的库。下班以后就我一个人。我把前后门锁上，自己在屋里用炉子做饭吃，晚上等另一个女孩和我一起守库。两个女孩守金库现在想想都后怕，无知者无畏，那时根本没有想过有人会抢银行，社会还是比较稳定的。

1989年12月，湖北信用社发生了一起轰动全国的抢劫事件，单位组织学习文件内容。

学习完这个文件我吓坏了，我不知道世界上还有这么血腥的事。夜晚常常担心，睡觉之前把门窗检查一遍又一遍，那时的门都是木制的带插销，其实要是来了歹徒是防不住的。

放假回家母亲也听父亲讲了"二兰"的事迹，很担心我。

害怕加上孤独，一个20多岁的女孩备尝生活的艰难：下班回家的同事，和家人热乎乎地吃晚餐，我一人孤苦伶仃，生炉子做饭，伏在窗口望着下班的人流，羡慕别人都有家回，泪水不觉中溢出眼眶。

住单身宿舍一晃几年，人们总是善意地对我说："一个女孩子，生活在外地，赶紧找个归宿吧！"我笑了，是啊！家庭是我们每个人永恒的归宿，可家与家却有很大的差异，我不会为了一栋可栖息的房子，一张吃饭的嘴而委屈自己的心。我宁缺毋滥，对于爱情我可以等。

在孤独与寂寞中我学会了思考，学会了冷静淡定地看待一切，在孤独寂寞中我用书滋养我的灵魂，让我的思想得到升华。没事我就买一本字帖用废旧的凭证簿练字，看书练字一切都没有方向，只是为了排遣无边的孤独寂寞。

一个女人能守住孤独和寂寞，不管前面的路多曲折，都不会迷失方向。我在跌跌打打中猛然醒悟，在生活的海洋中，何必随浪花而飞舞，何必人云亦云，一个人永远是一个独立的个体，做好自己就够了。生活的艰辛是难免的，只要坚定人生信念，就会战胜一切。

那年在单位翻阅信用社刊物《中国农村信用合作》，看着看着我那模糊的内心有了一点亮光，这样的文章我也能写，童年那粒爱好文学的种子在心中发芽，自己问自己为什么不动笔写写。拿起笔把这几年压抑在心中的感慨来个倾诉，文章的名字叫"人生絮语"。

春天来临，也给我带来希望，我要用女孩子细腻的心灵去谱写生活，用手中的键盘为牧民记录收获。告别了琅琅的校园，带着父母的殷殷嘱托，从弯弯曲曲的乡间小路，踏上了社会生活的旅途。

"1，2，3，4……"成了我生活的主旋律，小小的算盘成了我生命的交响曲。储户成了我的朋友，对工作我倾注满腔热情，看到储户带着盈盈的笑意离去，我愉快的心情往外涌溢，这就是生活……

写完这篇稿子我怀着忐忑的心情把稿子寄出，没想到有生以来第一次投稿竟然在《中国农村信用合作》发表了。手拿着刊物，看着自己的名字有些不相信自己的眼睛，心里在颤抖地问自己这是真的吗？这篇文章的发表对于我如溺海的人抓着了一根稻草，像一座灯塔，让我在痛苦迷茫中看到了希望，改写了我以后的人生。

到邮电局取稿费，15元8角钱。拿着钱我喜极而泣，让我明白除了工作外我还有一个生存的目标，一个在幼年就埋下的种子，终于破土而出。

我坚信，一个信用社的合同工，不管环境多么恶劣，不管经历多大的风雨，也要开出属于自己的花朵。

鑫鑫饭店

　　自从单干，农村都解决了吃的问题，家家粮食都有结余，白面大米这些在几年前想都不敢想的粮食，已成了家常便饭。如果说农村还有哪家粮食不够吃，那这家一定是不务正业的人家，只要精心耕作没有粮食不够吃的。农村人也按季节添置新衣服，结束了以前缝缝补补又三年的穿衣历史。住宅也有了改善，条件好的盖了平房，如我家就盖了宽敞的平房，稍差些也住上红瓦房，原先的茅草屋已经看不到了。家家有自行车，有的买了摩托车、三轮车，全村除了开矿的李家有汽车外别人家都没有。

　　母亲少年时念到三年级，后来又参加扫盲班学习，基础的字都认识，照着字也能歪歪扭扭写。农闲时在家里做家务，拿本唐诗教孙子背唐诗，侄子摇着头用稚嫩的童音也能背几首唐诗："少小离家老大回，乡音无改鬓毛衰"……村里人问侄子："小小子，谁教你背的诗啊？"小侄子用小手指着母亲骄傲地说："我奶奶教我背的。"

　　过年单位放假，母亲整个腊月都在忙年，晚上一家人坐在炕上喝着奶茶炒米，逗着小侄子闲聊。父亲在家里最具有话语权，母亲、我们哥仨，包括嫂子什么事都和父亲商量，父亲性格和蔼，一生没有打过骂过我们。父亲喝着奶茶说："你看咱们村子自从单干以后，有经济头脑的，脑子活络的日子过得都发达了。你看咱们后院李家，几年前看那几个小子日子都过不了，现在李家的儿子别说是咱们村里人没法和他们比，全公社的人也没法比，在旗里都出名。再看孙家的果丹皮厂、肠衣厂也可以，连咱家西院种大棚都发财了，咱家就指望工资也富不了，我琢磨着咱家也干点什么，不能总指望那几亩地。现在养羊的太多，羊也不挣钱了，不能安于现状，总得想个办法干点什么。你们几个想想招看咱家干点什么？"

听了父亲的话，我们几个情绪高涨，都赞成父亲干点什么的想法，七嘴八舌地出谋划策。

哥哥说："要不咱家也开个批发部？我看批发部很挣钱。"父亲摇摇头说："公社那条街已经有两家批发部，还有供销社，再开就不挣钱了。"

"我看开个加油站行，我去给摩托车加油，看加油站可真挣钱，现在也允许个人开加油站，我同学家开的加油站可发了。"弟弟说。

父亲接过弟弟的话题说："开加油站在石油公司得有熟人，一般人是不批的。依我看在公社附近做什么都不如韩家的饭店挣钱，菜品一般，价格贵，饭店的条件不好，人都排队，因为没有其他饭店。我每次下班路过韩家小馆都人满。我单位附近有几间平房空着，和公社对门，开饭店是好地势。"

听父亲一说我们一致赞同。开饭店？这我们怎么没有想到呢？小侄子在炕上蹦跳喊着："开饭店我可以吃好吃的了！"嫂子喊侄子不要闹，听爷爷说话。父亲接着说："开饭店上灶最关键，饭店的好坏关键在菜做得好坏，请个好上灶是关键，上哪里去找呢？"

母亲说："我看她二姑家的二丫就行，她不是在右旗学过上灶吗？结婚后在家里待着呢，问问她干不？"

父亲说："二丫是个合适人选，又是自己人放心。找服务员最好也是自己家人。"哥哥说："我三嫂子干净利落人好，还有在家待着的四舅。"父亲说："这几个人都行。"父亲担心地说："现在有政策，上班不许经商的，再说我单位忙没有时间。"我急忙说："可以把饭店让表嫂经营，再说三嫂子也是一个负责任的人，有四舅一边照应，再说四舅可是在大队干了一辈子，有管理经验。"开饭店的事全家定好了，父亲吩咐每个人分头干什么各负其责。

我最信服我家里的民主作风，大家小家都需要民主，民主利于和谐，一个家庭"和"字最关键。"家和万事兴""和气生财""和睦相处，和谐社会""和为贵"，国家和谐了欣欣向荣，家庭和睦了其乐融融。一个"和"字是美好的象征。生活中一些家庭缺少的就是一个"和"字，夫妻不和争吵怨恨，兄弟姐妹之间挑剔排斥妒忌，亲人之间斤斤计较搬弄是非，致使亲情荡然无存，让人的心变成了冰。佛说人性的三大弱点是贪、嗔、痴。人不改掉这三个弱点无法成为一个道德高尚的人。为别人祈福是为自己纳福，见到别人好要真诚地祝福别人。你的心胸有多大你的世界就有多宽。你的心里装着一个"和"字你就会赢得一切。我家过得好关键在于"和"。孩子和父母和气，婆婆媳妇和气，整个家庭气氛和谐。

父亲母亲什么事都和孩子一起商量，一起拿主意，让大家各抒己见，把每人的意见拿到一起商议。有一句俗话："人心齐泰山移。"我家里的和谐就在于从小父母教育我们要学会担当，学会付出，和父母说话和颜悦色。孩子自私是怎样形成的，是父母本身就自私，言传身教，一点点在孩子的身上就体现出来，在一个孩子的身上你总能看到他父母的影子。自私的人从小没有学会付出，没有学会承担责任，履行义务。

过了年全家开始着手张罗开饭店，这是我家第一次办属于自己的企业，全家心情亢奋。父亲说："饭店装修，置办餐桌餐椅前期得投入一大部分资金。爱民有点文采给饭店取个响亮的名字，吉祥些。"

我想了想说："就叫鑫鑫饭店，'鑫'字是金子垒起发财的意思。"父亲问我："是哪个鑫字？"我在纸上把"鑫"字写好，全家都认为这个名字好，就叫"鑫鑫饭店"。父亲说："你们几个都安心上班，不要耽误工作，工作是大事。饭店有你三嫂子经营，我在一边照应着就行了。"

经过一个月的装修置办，我家的"鑫鑫饭店"开业了，放了一挂鞭炮，在房顶正式挂牌开张，白板红字"鑫鑫饭店"很耀眼，招牌用彩灯装饰，晚上很远都能看到。那时公社书记到饭店祝贺："这饭店的名字取得好，六开金，一定会生意兴隆，找哪个高人取的吧？"我听了窃笑得意，高人就是我。

饭店餐室装修得干净整洁，白色的餐桌白色的餐椅，各餐室的墙壁装帧了大幅风景图，一块大黑板写满了菜谱，都是一些家常菜：笨鸡炖山磨、糖醋里脊、红烧鲤鱼、锅包肉、炸猪肉干……把我家小红写字桌抬来做收银台。三嫂子是老板，表妹是上灶，四舅负责进货，在村里找了一位女孩做服务员，一律白帽子白大褂看着就干净清爽，饭店正式营业了。

表妹在右旗掏学费学的上灶，手艺精湛，到农村当上灶就是高手，开业那天满堂红，生意兴隆。三嫂子是个认真负责的人，四舅是老革命，多年一直在大队工作责任心强。有一句话就是联合别人成就自己的事业，一个人想做事，首先得联合别人，惠利于人，才会成就自己。

我家的发财设想真的就实现了，凭着菜品，凭着诚信，凭着货真价实，公社附近的大小单位全到饭店来，饭店做得风生水起，生意兴隆。

一到集市，四舅三嫂子就到集市采购，农村的小笨鸡、笨鸡蛋、笨猪肉、农家的蔬菜，原汁原味的农村地里出产。那个年代还没有大量使用化肥农药，吃什么都放心。父亲再三叮嘱三嫂子千万不要贪便宜进死牲畜，闹出人命会砸了生意招牌。

表妹的拿手好菜山蘑菇炖笨鸡、炸猪肉干、糖醋鲤鱼做得最好，慢慢地公社一些其他单位都到饭店吃饭。一个饭店经营的好坏，关键在于菜品好坏，在于讲诚信，表妹、三嫂、四舅都是老实本分的农村人，老实人做生意讲究诚信。后来看到饭店的剩饭剩菜太多，四舅建议父亲在饭店边的空地建个猪圈养几头猪，用泔水养猪解决饭店的猪肉问题，这样连锁经营确实是个好主意。父亲在饭店边建起猪栏，十几头小猪如拔高的庄稼节节长，猪肥了杀了肉冷冻，血肠也是一道好菜。

父亲晚上下班把小桌子往炕上一放，算盘拨的"啪啦"响，算三嫂子报上的一天饭店收入，脸上笑呵呵的就会给母亲说："这饭店是开好了，收入真不错。"母亲心地善良就会说父亲："饭店经营得好，也是几位亲戚做得好，你不要亏待他们。"

我放假就到饭店帮忙收款记账，几年下来饭店的收入可观，可我们几个从没有问过父亲饭店的收入，这是我们从小就养成的习惯。因为我们觉得父亲的钱是父亲的，和我们无关，我们要靠自己双手去挣钱。

世界上的事想时难，其实真正做起来也不难，就看你敢不敢想，有没有信心做。我现在想想父亲开饭店的想法真的很正确，第一给我们传授一种理念，人怎样利用自己的智慧去赚钱；第二怎样顺应形势发展自己，敢想敢做不能老守田园。我从农村一步步走出来，感受最深的就是，一些有智慧、有头脑的农村人，敢想敢干的农村人，不完全把希望寄托在几亩土地上。思路开阔，发展其他产业，那部分人都富了起来。一些观念保守，不敢想不敢做的人，还在土地上摔打。

户口情结

我上班那个年代能拥有一个红本，也就是城市户口，一个能到国营粮店领粮吃的粮本，就足可以让人骄傲地自诩"我是城里人"。好像红本贴到脸上，拥有红本的人倍感身价不凡。农村户口的人，就似下里巴人，不管你如何有才能，工作如何出色，只要没有红本你就低人一等。

二十几岁的我，已经到了谈婚论嫁的年龄，别人为我介绍对象，第一句话就问我"你是城市户口吗"？就好似提醒你，没有城市户口，你选择的权利就得打折。一听这话我就满腔愤怒，戏还没有开头，在我这头就该落幕了。我会一脸严肃地告诉介绍人："我是农村户口。"介绍人会摇着头很无奈地说："小姑娘长得像朝鲜族人，挺好看，可惜啊！是农村户口。你说结婚后，孩子的户口随女方不随男方，以后找工作都困难，农村户口那可不行。"我心里愤愤不平地想：你在乎我的户口，我还在乎你的素质呢！我没有必要为了一个红本而降低自己的择偶标准，没有合适的人我可以等。

那时我已经二十三四岁，不管是在城里还是在农村都已到了待嫁的年龄。我自己倒无所谓，住单身宿舍是有些艰苦，但也自由自在。有句名句：孤独是一种贵族化的情绪。我喜欢孤独这种情绪，静思让思想任意驰骋。

那时储蓄所两班倒，我上班时间尽职尽责，下班就足足地睡一大觉，没事描字帖，时间长了字也有些变化，人做有意义的事总会以好的方式呈现出来。和同事一起看租的最流行的琼瑶小说，沉浸在琼瑶小说千篇一律唯美的爱情故事里，看得天昏地暗心潮澎湃。其实小说是美化了的生活，真正的生活是现实而庸俗的。如我一样虽然年轻但也不会遇到超凡的白马王子，男人还是注重现实的。想想也是，谁不为了将来着想，找个农村户口的媳妇，孩子也是农村户口那压力有多大。

我知道父亲母亲比我着急，待嫁的女儿嫁不出去心急如焚，着急也没有办法，就这一个农村户口就是我无法跨越的鸿沟。回家休假，母亲总是轻描淡写地问我有人给我介绍对象吗？从不给我任何心理压力。

我们这代人在信用社上班的基本都是"三不"职工，合同工农村户口。我身边的女孩为了红本，为了能在城里扎根，有些以婚姻为跳板，攀附权贵。其实细细想想，世界上的事有些事是变数，如金钱、仕途，有些不是变数，如亲情、爱情，有些事选择了会付出一生的代价。为了一些条件委屈了自己的心，是件很残忍的事情，为了户口和不爱的人结婚，最终会以一生的委屈痛苦在漫长的岁月里煎熬。

我不知自己当时在那样的环境里，是以怎样的心态在抗衡，为了尊严为了不委屈自己的心，到了谈婚论嫁的年龄不是不想，是刻意回避。人为了逃避现实往往选择回避，像一只蜗牛自己缩在壳里，用一副坚硬的外壳保护自己脆弱的心。我什么都没有，唯一支撑我的是一颗骄傲的心，也许是潜意识的自卑，表面我就清高倨傲，以此来维护自己的那点自尊。

走过来回想，女孩子当你的条件不好时，唯一可以改变自己的只有通过不懈的努力，去改变自己的命运，任何委曲求全，屈身低就都是自毁一生，为了一个红本，为了进城牺牲自己的情感实在是愚蠢的选择。

那时单位有热心的人为我介绍对象，满脸救世主的模样："一个女孩子在外地不容易，赶紧找个对象也有个吃饭的地方，心不要太高了"。言外之意就看你那条件，合同工，农村户口还挑啥？

别人给我介绍一位部队的，说是志愿兵司务长。当时在一中附近驻扎部队，那个年代对于军人，年轻的姑娘有些盲目崇拜，能嫁给军人是很荣耀的事，军官待遇高，当上部队家属让人高看一眼。我心里对军人有好感，心生敬意。

听说部队有连长、营长，志愿兵是什么长？我有些不明白。介绍人告诉我志愿兵就是农村兵，在部队提干了，不用复员回农村了。原来这就叫志愿兵，我笑着婉拒了。我心中的军人应该是另一种伟岸。

父亲的同事要把他的外甥介绍给我，一个粮油厂的工人。父亲的同事说：他家不在乎我农村户口，因为都比较了解底细。你不在乎我的户口，我在乎的是你的素质。慢慢同事议论我，这个小聂都二十四五了还挑呢？快成老姑娘了，真是心比天高，命比纸薄啊！我感到愤愤不平，我不是心高，我只是遵循自己的内心。

后来我上学、毕业，真是时过境迁，那个重要的红本，那个衡量地位高低的红本身价却下降了。你不用托关系走后门，到户籍部门交几十元的手续费，你可以堂堂正正地拿到红本，户籍部门还一再放宽政策，扩大城市人口。多年前渴望得到红本的农村人，看红本也不眼红心热了，竟然舍不得扔掉自己的蓝本，因为有蓝本就会有一份养家糊口的土地。

当年因为没有红本，出嫁困难的我在和丈夫结婚时，问丈夫："你怎么没有问我是不是城市户口？"丈夫说："难道你不是城市户口吗？"是啊！今天的人，是不是红本真的不重要。

物换星移，多年前重要的东西，现在却变得不重要了。更让我瞠目结舌的是，现在红本不重要了，农村的蓝本却身价倍增：拥有一个蓝本你就会拥有属于自己的可以支配的土地，拥有一个蓝本你就可以得到国家给的所有补贴，现在是入蓝本难，难的和当年入红本一样困难。

其实昨天的红本和今天的蓝本，本质没有区别，只是人的观念在作怪而已。

乌兰达坝

1992年夏天，弟弟放暑假，我请假回家休息。年龄越大越依恋家，基本每周我都会乘班车回家，在单位住单身宿舍那无边的孤独让我害怕，心里空落落的。自己又固守孤独不想游戏人生，那寂寞无时不在吞噬我的心，没有亲人没有朋友，回到家里我会忘掉不如意，让孤寂的心浸润在亲情里。

早晨吃饭时，父亲高兴地对全家说："咱们的饭店收入挺好，咱们也和城里人一样时髦一回，今天带你们到乌兰达坝去旅游一次，我租个面包车，全家都去。"母亲听了高兴，可也心疼钱："你们真是钱没有地方花了，去旅游多费钱？"这是母亲50多年第一次旅游。母亲早早起来做早饭，拿出平时压箱底的衣服，穿戴一新，好似要去赶集。

乌兰达坝蒙语的意思是"红色的山梁"。据史料记载，阿鲁科尔沁旗北至乌兰岭西北有乌桓山，即乌丸山。这个乌丸山就是今天的"乌兰达坝"，辽代称"赤山"，位于乌兰达坝林场西8千米浩尔吐乡境内，是天然次生林区。

乌兰达坝素有"草原森林公园"之称，林场有林面积52万亩，有山杨、桦、柞、榆、樟子松、油松、落叶松等20多个树种。森林茂密，盛产木耳、蕨菜、蘑菇、金针菇等山野菜，还有野鹿、狍子、野猪、獾子、山兔、狼、狐、野鸡、沙鸡、斑鸡等十几种野生动物和200余种药材。对于去乌兰达坝我一直心生向往。

乌兰达坝林场离我家有80里地，沿着乡村公路坐面包车一个多小时就到。

到了林场场部，一栋两层仿古建筑掩映在一片翠绿的树林里，红砖绿树相映，好似空中楼阁。

母亲显得很兴奋，这么多年一直在家里地里劳作，出来旅游对母亲来说是一件新鲜事。母亲手里牵着跳来跳去也同样兴奋的小侄子，"爱民你看那楼房，从远处看像仙境，红色的楼房配绿树真是好看。"

我们全家来到养鹿场，这里是一流的开放式天然放牧型马鹿繁育基地——乌兰达坝鹿场。乌兰达坝阳光温和、雨量适度，生长着近百种野生植物，自古以来就是马鹿的栖息地。人只有因势利导利用好身边的环境，发展适合本地特色的企业，广袤的大自然才会回馈给你无穷的财富。在乌兰达坝养鹿可谓天时地利，林场环境适合养鹿，后来这个鹿场成为私人企业，发展成国内有名的鹿业企业。

鹿圈里高大的马鹿，头上长着像树枝一样的鹿角，因为体形似马而得名，身体呈深褐色，背部及两侧有一些白色斑点。雄性有角，一般分为6叉，最多8个叉，茸角的第二叉紧靠于眉叉。头与面部较长，有眶下腺，耳大，呈圆锥形。鼻端裸露，其两侧和唇部为纯褐色。额部和头为深褐色，颊部为浅褐色。颈部较长，四肢也长。蹄子很大，尾巴较短。高大的马鹿威风凛凛，让人不敢接近。

小马鹿羔可爱机警，一双机灵的鹿眼左顾右盼，全身浅褐色的皮毛上满是白色的斑点，两只耳朵直立，小马鹿羔灵敏活跃，在母鹿身边跳跃。小侄子伸出小手叫："嘟嘟，过来！"小鹿怯生生地过来，用舌头舔侄子的小手，痒的侄子"咯咯"地笑。母亲说："小磊，别叫小鹿咬着手。"小侄子用双手捧住小鹿头只顾"咯咯"地笑。

马鹿有很高的饲养价值，鹿茸是名贵的中药材，鹿胎、鹿鞭、鹿尾、鹿筋也是名贵的滋补品，马鹿全身都是宝。

我问饲养员什么叫鹿茸？怎样取鹿茸？饲养员讲，鹿茸就是雄鹿未骨化而带茸毛的幼角，嫩角没有长成硬骨时，带茸毛含血液就是鹿茸。鹿茸每年可采两茬。头茬茸包括"二杠锯茸"和"三杈锯茸"。采鹿茸要及时，采晚了就硬化变成鹿角了。

听了饲养员的讲解，母亲羡慕地对我说："你看养鹿多挣钱，收一茬鹿茸就能挣很多钱，比咱们家养羊挣钱多了，人家比咱们有经济头脑。"我最佩服母亲的头脑，走到哪里都会发现新事物，对比找到自己的不足。

顺着林场的小路，我们全家往林区去，小路两边野花开得正盛，鸽子花、扫帚梅、蒲公英、玉簪花。小侄子拉着母亲的手，在草丛中蹦来蹦去。走到一处宽阔的草场，蝴蝶骤然增多。这是我有生以来第一次看到这么多蝴蝶，白色的蝴蝶，黄色的蝴蝶，黑色的蝴蝶在阳光下的花朵上扇动翼翅，闪着光泽。走进花丛，蝴蝶扇动羽翅翩翩飞起，落到远处的草丛里。蝴蝶翻飞，草木清新浸润心扉，我们好似置身仙境，这个蝴蝶翻飞的地方在北方很少见，可称为蝴蝶谷。

顺着蝴蝶谷往上走，一条汩汩的溪流从山上流下，清凉，带着森林的翠绿，远观好似一条银带从云端飘下。小溪边的石头长满绿色青苔，毛茸茸的挂着水珠。一棵枯树成了过河的小桥，跨过小桥，小溪边是各种树木，仰望树木直耸云天，好像和天上的白云连在一起。

走在小溪边，身处茂密的树林中，听到野鸡"咕咕"的叫声。野鸡学名叫"雉"。有五色斑斓羽毛的是公野鸡，拖着漂亮的长尾巴；个头矮些的是母野鸡，羽毛呈褐色，短尾巴。听到有人走近，"呼"地飞了好几只，野鸡飞不高，它们迅速地钻进草丛树林。树林里不时传出鸟儿婉转的叫声，众多鸟声合在一起，好似一个合唱团。野兔在草间跳来跳去，闪着一双红眼睛，好似在和你捉迷藏。

20世纪90年代初的乌兰达坝林场，在我的记忆里好似人间仙境，小溪缠绕，芳草萋萋，树木直耸云天，鸟儿唱着婉转的歌。走到山上，可以采到野生木耳，黑木耳状如小孩的耳朵，是寄生于枯木上的一种菌类。在一些枯树上长着一堆堆黑色的木耳，用手摘下，回家用水泡胀，炒着吃炖着吃都很好吃，木耳有很高的营养价值。

　　临近下午，我们全家兴致勃勃地下山，我随手采了一大把淡紫色的鸽子花，散发着淡淡的幽香，母亲拎着在山上采的木耳，小侄子用手指捏着一只蝴蝶"咯咯"地笑着。这是我家第一次旅游，也是母亲第一次旅游，也是今生我们全家唯一的一次旅游。

意　外

在一种没有激情的环境里生活久了，就会形成惰性，像一只青蛙在温水里失去起跳的能力，在温水中被困住，慢慢地直至死去。

我在单位上班就恰似这种环境，死气沉沉毫无生气。一方水土养一方人，小镇人世故狭隘的性格，在单位这个小天地表现得淋漓尽致。整日面对这些，连当看客都觉得累，索性自我营造内心世界，拥有自己心灵的净土。我和同事间如两条平行线永不交心，我在他们眼里是个怪异、另类、不正常、心比天高命比纸薄的人，他们在我眼里是庸俗世故的缩影。他们接受不了我，我也不想融入他们的世界，只能承受那种喘不过气的感觉，仿佛要令人窒息。

在总社储蓄专柜上班，上下午倒班，总有半天的时间闲着。我不是睡觉，就是陪单位和我年龄相仿的女孩去逛街。小小的县城就一条主街，几家商铺怎么逛也是那个样子。小镇封闭落后，街头巷尾发生的一些琐事，特别是桃色新闻，像发酵的面团迅速膨胀，这头发生的事情，不到一刻钟满城皆知。

那时我和单位的女孩开始迷恋琼瑶的小说。在那个年代，港台的一些歌曲、书籍风靡大陆，这阵风也吹到我们这闭塞的小镇。比如，邓丽君的甜美歌曲，尽管被称为靡靡之音，但大街小巷都在播放《月亮代表我的心》《甜蜜蜜》。甜腻柔美的歌声飘过心头，柔情荡漾。后来又有一些强劲热烈的歌曲，像火辣辣的太阳烧灼着你的心灵，比如《热情的沙漠》《冬天里的一把火》。可能那时人们的精神极度贫瘠，很需要慰藉，亦如在沙漠行走的人经历干渴，需要雨露，不管是视觉、听觉、心灵都需要慰藉。不知道什么时候，琼瑶写的书铺天盖地地排满各种书亭，连新华书店都有琼瑶专柜。我和同事每天到租书厅去租琼瑶小说，由于是租的书，所以得赶紧看，一本小说必须连夜看完。

这些畅销书籍好似速食面，只能果腹但毫无营养价值。第一本是琼瑶的自传体小说《窗外》，竟把我看得泪流满面，后来看了《却上心头》《婉君》《在水一方》《月朦胧鸟朦胧》。看过琼瑶连续剧，我竟然还会哼唱一些主题歌。

琼瑶小说都是一些唯美的爱情故事、公主和白马王子一波三折的情感故事，让人随着情节而投入。可能那时正是我们几个女孩情感没有依托时，通过看琼瑶小说慰藉情感的空白、精神的贫瘠，对生活对爱情充满美好的遐想，停留在一种如白云一样闲适、如水般纯净的、美好爱情的憧憬里。

琼瑶小说作为一种消遣读读可以，唯美的书名，唯美的爱情。最唯美的当属她在书中引用了大量的宋词，特别是李清照的词，这些都增加了书的美感。可对于提升精神境界毫无用处，回头想想，看这些书都是我对自己最大的荒废。如果那时我读一些名著，一些有价值的书，我会有很大的提升，可那时的我不知道什么是文学名著。

从书中回到现实，现实是残酷的，像我们这种没有城市户口的合同工，永远会被框在世俗的牢笼里，从书中唯美的境界里回到现实中，感到冰冷冷的。生活不像琼瑶小说那般唯美，阳光照不到的地方充满黑暗。

好事接二连三，坏事也祸不单行。单位的条件得到改善，在原址上盖起了三层楼房，我的宿舍也搬到三楼，单位为了照顾我，在三楼的一角间开，安装了电炉子，我可以自己做饭。

那天休班我自己在电炉子上烙饼。电炉子的温度无法控制，锅里放的油多

"吱吱"地冒着烟，我手忙脚乱地把面饼放到锅里，"呼"一下油花四溅溅到我的脸上，火烧火燎般的疼痛。吓得我"啊"的一声用双手捂住脸，跑到宿舍照镜子，一看，镜子里的我变得面目全非，整个面颊是一个个油亮的大水疱。

女同事带我到医院去，医生为我开了一只"京万红"烫伤膏。我担心地问大夫："大夫，我的脸会不会留下伤疤？"大夫回答："这不好说，你回去按时涂药膏，看恢复的怎样？如果是表皮伤不会留疤，如果烫得深会做疤的。"

胖主任看我满脸涂着药膏，也不能临柜，就对我说："小聂，给你放几天假，回去把伤疤养好。"

父亲去市里，到单位来看我，一看我的脸吓了一跳，热心的胖主任说："小聂这几天也不能上班，天快黑了，我给你们爷俩找个车，送你们回去吧！"

司机那天可能家里有事，车开得超速有些飘，父亲和我坐在车上心里惴惴不安，因为那是主任找的车，所以也不好言语。

这时正是农民收工回家的时候，远处夕阳西坠，灿烂的火烧云在燃烧，太阳像个大火球，又红又亮。农民扛着锄头招呼自家的牲畜往家赶，家家的房顶一缕缕炊烟冉冉升起，整个村庄笼罩在一片雾茫茫里。

听到车外"嘭"的一声闷响，接着是沉重倒地的声音，我和父亲惊叫一声："怎么了？"车子剧烈地摇晃几下停了下来，司机吓得趴在方向盘上，我心里害怕，难道撞到人了？

司机和我们下车一看，由于车速太快，把两头毛驴推出一丈多远，两头毛驴口吐白沫、伸直了腿、痉挛几下，死了。毛驴的主人走过来："你这车是怎么开的，速度这么快！没有看到牲畜在过横道吗？"司机嘴唇哆嗦说不出话。

正在我、父亲和司机束手无策时，父亲的行长到乡下检查工作回来路过，看到在路边的我们，下了车。开朗的行长开玩笑对父亲说："老聂，这得多大的劲，把两头驴推出这么远！"问司机车上保险了吗？司机说上了。行长给保险公司打了电话，派车把我和父亲送回了家。

在家里我忧心忡忡，整天照镜子，顾影自怜，盼望脸上的伤疤快些好，期盼不要留下疤痕。过了一周左右，我脸上的水疱结痂，有些翘皮。我小心翼翼把翘皮揭下，细看镜中的自己，我高兴地跳起来："妈，你看，我的脸没有做疤！"母亲笑了，我的心瞬间豁然开朗。

接二连三发生的意外，让人又明白了好多。

天伦之乐

经历一些大大小小的意外，恰恰在我麻木的心里激起一层层涟漪。我开始绞尽脑汁思考我的人生走向，是这样浑浑噩噩过这种既饿不死也不会发达的日子，还是有一种凤凰涅槃般的重生。

我认为物质的富有、精神的充实是人生的最高境界，我向往一种全新生活，摆脱这种现状唯一的方法就是提升自己，靠婚姻靠其他方式都是自我戕害，何必用一生的委屈痛苦做代价。

我想改变自己，哪怕微小的改变我也要尝试，像蝉一样完成一次痛苦的蜕变，重新活一次，只要我远离现在的生活环境。

时光荏苒，到了1992年的春天，偶然，一颗梦想的种子不经意掉进我麻木的心田生根发芽，我混沌的心豁然开朗。

一位乡下信用社的女同事来单位，她在市里的一所银行学校念书。女同事梳着短发，开朗善谈，和我们说学校的一些趣事。还拿出在学校的一些照片给大家看。这时我才知道在我们银行系统，有一所这样的职工干校，手里拿着同事的照片，看到一幅幅生动的画面，我很羡慕。我心里想：也许有一天我也会到这个学校去念书。

有了去念书的想法，我开始关注这个学校。我咨询了一些关于学校的事情，这是全区农行信用社在职职工继续深造的学校，参加成人考试，全区统一招生，校址在市里英金河岸边。我计算时间离考试还有半年，我得赶紧复习。我到新华书店买了两大本成人高考书籍开始复习，心里有了希望有了目标，我的生活也变得生动起来。所以说人活的是一种精神。

父亲带一位市里的朋友来单位看我。那位我称为陈叔的人四十几岁，态度和蔼，上下打量我，陈叔询问了一些我的工作情况，和父亲走了。看陈叔的表情，我感到有些蹊跷。

想去市里念书，对市里产生无限的遐想，心里一直想去市里逛逛。那时去一趟市里很不容易，坐班车也得一天。我打算去城里找亚杰。

经过一天的颠簸，临近傍晚我们到了市里，这时华灯璀璨，街道上人群熙熙攘攘。我从心里喜欢这座草原名城，我和亚杰在盐业招待所住下，兴奋的我和亚杰喃喃地说了一宿，天亮迷迷糊糊睡了一小觉。

亚杰带我逛同济商城、钟楼、百货大楼，我买了几件新衣服，心里暗暗告诫自己，我要好好复习到这个城市来念书，也许我将来会生活在这个城市。

来市里为了工作的事，我还贸然去了母亲的远房亲戚家。身体肥胖的表姨用温热的双手拉着我的手，上下不停地打量我，看得我都有些不好意思了，表姨还问了母亲的身体怎样。

"你姨夫在你小时候看过你，那时回来就说她姨家的小姑娘长得挺好看，看现在你都长成大姑娘了！"

表姨还说了一句让我莫名其妙的话："你陈叔回来说'你们两家不结这门亲事，这辈子会后悔'。"我听了一头雾水，才想起父亲陪陈叔去看我的用意，心里怪母亲不提前和我说这事。这算什么？我感到自己很被动，不知道怎样回答表姨，我说："姨，我不知道这事。"其实我是真的不知道。表姨听了很不高兴地嗔怪说："你妈可真是的，这么大的事没有和你说吗？"看来父亲、母亲、表姨全家都知道这件事，那个警察也知道，只有我一人不知道，我还贸然去了他家。我的脸"唰"的红了，感到有些局促不安。

表姨家的表姐、表哥进屋和我打过招呼，意味深长地看我几眼，笑呵呵的出去了，我更感到窘迫。

这时一个穿着一身橄榄绿警察服的年轻人挑帘进屋，一米八几的个子，一双大眼睛。表姨对年轻人说："快来见见，这是你姨家的姐姐。"警察冲我点点头没有言语，坐片刻转身出去了。

这事想想也有些荒谬，怎么有些父母包办媒妁之言的味道，我心里有些抵触，我想那个警察也和我的心里一样，对于这件事我们表现得很淡。

从表姨家吃完饭出来，亚杰就"咯咯"地笑起来，我顺手推了她一下："唉！笑什么？""我感觉你是来相亲的，老太太对你真好，他们家的人轮番进来看你。那个警察长得不错，就是有些不懂礼貌。"我心里也有同感，怎么连声招呼都不打。

从市里回来我回家去，我在灶前添火，红通通的火焰映红我的面颊，母亲在锅里忙着烙我爱吃的豆馅年糕饼，母亲做的年糕饼真是好吃。把发酵的黄米包好豆馅放在锅里烙，随烙随用炊帚压，烙出的黏米饼可谓一绝，薄薄的金黄色的黏米饼糯而香甜，吃到嘴里余香满口。

母亲做饭，我和母亲闲聊，我把我去市里，又怎么到表姨家的一切说了。"妈你真是的，我和她家二儿子的事，怎么事先不和我说呢？我贸然到表姨家，表姨问起我，让我很尴尬的，我说不知道这事她很不高兴的。"

"我没有顾上和你说呢！上次你陈叔来，到单位看到你，说你表姨家的二儿子参加工作在公安上班，人很好，说你俩年龄相仿挺般配，你们两家不结这门亲事会一辈子后悔的，把你的照片带去了。"

"啊！怎么你们连我的照片都拿去了？"

母亲接着说："拿照片也没什么，我们两家认识这么多年了，他家二儿子我那年去治病看过，那时他在念书，个子高，浓眉大眼，皮肤有些黑，小伙子挺精神呢！就是不爱说话。我看那个孩子很好，家庭我们知根知底，那年我去治病，人家可真热情，后来一直是他们给我邮药的，我看挺好的。"

"这次我去表姨家看到了，他也没有说话，我也没有印象，就感觉个子很高眼睛很大。"我悻悻地说。

"我和你爸感觉人、家庭都很好，他家姨夫建议你考学去市里，你俩可以处处，毕业留在市里。"

这个想法和我的想法不谋而合，我一心要去上学，我喜欢那座城市。世上的事也有些因果，该来的会来，该发生的也会发生。

临近考试20多天，我在单位请假回家复习，这也是我和母亲待的最长的一段光阴。

二十几岁待嫁的女儿未嫁，是母亲最大的心事，我的婚事有了眉目，母亲的心也敞亮了。母亲认为我家和市里的远房亲戚多年世交，彼此知根知底，我和她家儿子的婚事也顺理成章。

这时母亲的宝贝孙子上了小学，哥家又生了一个白胖漂亮大眼睛的女儿。母亲的小孙女生在10月25日，母亲曾经和我忧虑地说过："这孩子的生日是龙凤日，生在这个日子的人有些浮，人生辰八字造就的没有办法。"后来母亲的话真有些应验。

母亲在家料理家务，看护孩子，那时村里家家户户都养羊，养的多了就不挣钱，家里的羊都卖了。家里养了两头猪和一些生蛋的鸡，饭店的生意也很好，儿孙绕膝一家八口其乐融融。这是母亲最快乐的年纪，是母亲，一个普通中国劳动妇女人生的黄金时代。

第三篇

梦想飞扬的校园

我顺利通过成人考试，在金秋九月到市里上学。父亲为我买了一只红色的大檀木皮箱，我把该拿的东西都拿上，有些壮士一去不复返的劲头。心情真的是用语言无法形容，高兴得想唱歌想快乐地旋转。上学是为了换一种心境，排遣沉闷的环境带来的忧郁心绪。为了心中那一点火星想作一次尝试，也为寻找情感的归宿，离开这个让我窒息的生活环境，去追求自己想要的生活。

离开家时母亲千叮咛万嘱咐："要自己知道照看自己，和同学和睦相处，不要要个性，你的脾气不好自己改着点。放假要上你表姨家去，你爸和我都希望你和她家儿子有个好结果。"我心情愉快频频点头："我知道了。"

我终于踏上梦想的旅途，坐班车经过近一天的颠簸，来到红山脚下，英金河岸边。

学校就坐落在英金河岸边，建在一片棚户区中间。走一段水泥路来到校园大门口，五层外观古钱币造型的高楼掩映在柳树中。一阵阵秋风吹过，柳树枝条婀娜地飞扬，犹如我飞扬快乐的心。学校的附近全是村民，这个营子叫贾家营子，学校离市区有五六里的路程。

我们班的教室在三楼靠北面，往窗外一望就是一条河，银亮的河水好似从西天倾泻而出，迎着早晨升起的太阳流向东方。傍晚，绚丽的晚霞把河水染成金红色，波光粼粼，我爱这条河，朝也喜欢暮也爱。

我喜欢早晨早早起来，独自到英金河边走走，河水清澈湍急，荡起一层层涟漪，流向远方，一些五颜六色的鹅卵石在河底发着诱人的光泽。迎着喷薄欲出的阳光，走在软软的河滩上。徐徐微风轻轻吹起长发，任风鼓满身上的裙裾呼啦啦地响，沙滩留下一行茕茕孑立的脚印。我忍不住伸开双臂，张开嘴深深地呼吸，湿润的空气沁人心脾，顿时感到神清气爽一扫沉闷的心情，人和自然融在一起才会超脱。

河的对面柳树婆娑，深秋的柳叶黄绿相间，风轻轻扰动树梢，恰似少女在曼舞。远处的民房笼罩在一片雾气中，隔岸能听到几声犬吠。我走的这面，土坝边有一排排石笼子，偌大的石笼子是用粗铁丝把一垛石头捆绑在一起，用水泥浇注而成，这石笼子是为防洪兴建的。

清澈的河水汩汩地穿过笔直的大桥流向远方，远望宛如一条银带与天际连成一体，晨光在水中反射出熠熠的光泽。眺望远处红山，那赭红色的山峰笼罩在薄薄的雾霭中，在阳光下雾气慢慢地越来越淡，露出红山秀美的山峰，和一碧千里的天空遥相呼应。

偶尔看到叶片似的鸟儿在水面上下翻飞，一只只蜻蜓轻盈地飞在水面。浅水处几尾小鱼自在游弋，我伸手搅搅水，小鱼仓皇地游去。

对于河的热爱我发自心底，来到河边我心情舒展，走在河岸我感觉思绪飞扬，心旷神怡，好像又回到我童年的乌尔吉木伦河边。

傍晚没有自习时，有时和同学结伴，有时一人独自走在河岸，坐在石笼子上长久地注视夕阳中的英金河。金橙色的夕阳慢慢地越变越浓，太阳也由小变大，大得好像近在眼前，明晃晃的刺眼。火烧云在肆意地燃烧变幻莫测，有如一缕红色的轻纱在飘逸，有如一只火凤凰在飞舞。河水被这热烈的夕阳染成了绚丽的金红色，波光粼粼缓缓地流向远方。坐在石笼子上的我，被晚霞染上一层金光。

太阳西坠是为了明天升起，河水义无反顾向东流去，是投入海的归宿，这是一条希望之河，此时，我仿佛明白生命中的苦难、风雨、考验是无可逃遁的。河的汹涌澎湃给了我力量和自信，河是我梦的起点。我眷恋的河，有一个美丽的名字叫英金河。

学校的学生来自内蒙古各地信用社，有遥远的西部沙漠地带阿拉善的，有来自和苏联接壤的满洲里的，有来自锡林郭勒大草原的，同学们操着浓重的地方口音。我和同学们在英金河岸边是最美年华的遇见，也是留在记忆里最亮丽的风景。我们这些同学在社会走一遭再回到校园，思想不同于学生时代那样清纯，社会一些糟粕的东西或多或少在每个人的身上沉淀。在学校你会发现真是一方水土养一方人：草原人粗犷豪放，酒量惊人，西部人谨小慎微，赤峰人精明圆滑。

学校开设专业金融知识《会计学》《统计学》《经济法》，众多金融课程，对我来说有些枯燥而乏味。

我最喜欢学校的文学氛围，在我雏形的文学心里，打开两扇窗户，文学光泽摄入我心。

迎接新生的晚会上，上届的一位学长伴着钢琴曲深情朗诵徐志摩的《再别康桥》，声音婉转，激情四射："轻轻的我走了，正如我轻轻的来；我轻轻的招手，作别西天的云彩……悄悄的我走了，正如我悄悄的来，我挥一挥衣袖，不带走一片云彩。"我听呆了听痴了，这是什么样的诗这样优美动人，我长这么大从没有听过。我这才知道什么叫诗歌，像歌声那么好听。朗诵徐志摩诗的上届学长，是一位狂热的文学发烧友，爱好文学的人都有些痴狂。后来我和同学借阅徐志摩的诗集，徐志摩的诗如一阵风，一股轻烟飘逸潇洒。

北方的冬天风沙肆虐，大风刮起来天昏地暗。这位学长迎着风到河岸行走，风衣被风吹得如一面旗，我们站在教室窗前看他，笑他痴狂。他写了一首关于风的诗，读起来真的很美。后来知道他是《星星诗刊》会员。文学需要痴狂，写出的作品才会有意境。

校园里文学种子在发酵，同学之间各种文学名著互相借阅，如《简·爱》《巴黎圣母院》《呼啸山庄》《红与黑》。我自己还买了一本当时流行的《曼哈顿的中国女人》，林语堂的《风声鹤唳》，我至今记得老彭对博雅说：你的太太也许是块瑰宝，也许是块垃圾。我读这些名著，才感悟到我从前的阅读，多么肤浅没有价值，学校浓烈的文学氛围在我的眼前打开了一扇窗。

那时学校学生会办了一份校园小报，一些爱好文学的学生可以在小报自由投稿。小报内容丰富，有诗歌、散文、小说，这份校园小报也是学校文学发烧友的园地。我也写了一些文章在小报发表，慢慢地一些校友认识我，和我交流文学，我的文章在学校元旦征文中获了一等奖。有一篇散文还被学校推荐到中等职业技术学校《学生优秀作文选》里。那篇散文叫《二十五岁》。

有人说二十五岁的女孩，烦恼最多，既步入大龄，又想守住青春；有人说二十五岁的女孩，不再踟蹰于幼稚的边缘，而趋于成熟。二十五岁，只不过是岁月增加了筹码，何须为岁月的流逝而伤感；二十五岁，既是生命的又一起点，又是今天和明天的衔接处。

二十五岁的女孩，头脑总是不停地思索，不停地奋进，迎着旭日走向地平线，像河流湍急而激动的心，想与天际连成一体，拥有宇宙的辉煌。

二十五岁的女孩，已经不在意别人怎么看，而是非常在意自己怎么活；不再沉溺于无端的烦恼，徘徊在迷惘的境界。自信已在心灵扎根，像一只雏鹰，随时准备振翅高飞。

二十五岁的女孩，不再像十八岁那么容易冲动，已学会冷静镇定地面对生活。在社会生活的坐标系，描好自己的轨迹，不再厌倦人生，学会用真诚热情认认真真地填写生命历程的空格。

二十五岁的女孩，既然不怕嫉妒和指责，就无须装模作样，就不能游戏人生。看惯了别人的轻视，心里深记那句"由高到低，由低到高"的人生箴言，相信自己能超越稚嫩的自我，走向空旷，用与世无争的超然，表明自我拥有未来。

二十五岁，蓦然回首，那条青春的轨迹已无法辨认。我是失败者，从坎坷荆棘走出的人，知道怎样面对前方的路。二十五岁是生命的分水岭，"路漫漫其修远兮，吾将上下而求索"。这就是二十五岁拥有的真诚，拥有的自信，拥有的潇洒，用成功去博取人生。

这篇《二十五岁》是我当时的真实心理，对未来产生强烈的企盼，感觉自己前途一片光明。

一到周六各班都举办舞会，可以随意到别的班跳舞，有激情的可以痛快地玩一宿，周日好好地睡一天。有时学校五楼礼堂也举行舞会，唱歌、诗朗诵，老师也和学生一起翩翩起舞。

一到周日我会和同学结伴，沿着大坝步行5千米的路程，到昭乌达路的钟楼附近逛衣服摊儿。那时市里大一点的商场就是昭乌达商场、同济大厦，一放假我就和同学乐此不疲的闲逛。逛累了就到鹿鸣春吃包子或水饺，价格便宜又实惠。

来到市里融入校园，学校浓郁的文学氛围影响了我，这个有着深厚文化底蕴的城市滋养了我，让我徜徉在文化的长河，确切地说，我的写作是在这片土地上发芽成长的，才知道自己此生有一个文学梦。

人生没有返程票

对于情感我有些木讷，是个不解风情的人，是一朵迟开的花朵，更应该说自己是个理智胜于情感的人，清高有些孤芳自赏。信奉要爱就好好爱，不喜欢绝不敷衍，何必伤人又自伤呢？对自己感情负责，也要对别人负责。

在学校我的心情豁然开朗，看书学习心境快乐，自由自在，有灵感随意写点随笔，和兴趣相同的同学敞开心扉畅谈。闲暇时，我会想起母亲在我离家时的嘱咐："放假到你表姨家去，她家知根知底，我和你爸希望你和他家二儿子有个好结果。"一想起这件事我有些心闷，自己也告诫自己：放假我真的要去一趟表姨家。

人的心是敏感脆弱的，别人对你的好，你不会难忘，时时想着回报。别人对你的伤害也会刻骨铭心，想起内心会隐隐地抽痛。

表姨是我家的远房亲戚，从母亲那年到市里治病开始交往，母亲父亲一直感念他们当年对母亲的照顾。我到市里参加成人考试，姨夫找车到车站接我，并在他的招待所给我找个房间学习。请我到家里吃饭，表姨对我热情和蔼。他们对我做的一切，如一股暖流温暖着我的心。

可是一想起关于我和他家儿子的事，我心里就不是滋味，千般情绪涌上心头，这事有些父母之命媒妁之言的味道。这哪里是我想象中的爱情。爱情应该是浪漫的相逢，在人群中看了你一眼，再也不能忘掉你容颜，是忐忑不安的思念。对于这件事我想那个警察也与我同感，所以态度淡然。

放假我还是无可奈何去了表姨家，胖乎乎的表姨嗔怪说："开学这么长时间，你怎么才过来？"我找了一些理由搪塞，什么刚开学忙，周六补课。表姨做了热乎乎的羊杂汤，放了点翠绿的香菜，招呼我趁热喝了。表姨的热情让我心里热乎乎地感到有些内疚。

我和表姨家的姐妹说笑，她们问我一些学校的事。那位警察下班回来，我感觉他看到我眼睛一亮，礼貌地说："来了？"我点点头"下班了！"我俩再也无话，这可能就叫礼貌的疏远，我俩说话从没有主语。

每次去他家，我俩就是这样的对话，多一句也不说。和他家人随便聊天，我和他彼此沉默着，其实他家里人都在观察我俩。他母亲挨不住对我说："你说我家老二，二十四五了也不找对象，介绍一个不行，介绍一个不同意，也不知他心里想什么？"我心里想不可能因为我："老姨，他可能还没有遇到合适的。"

放假回家母亲就问我："你和你表姨家的儿子怎么样了？"

"还是那样。"一说这事我就心烦。

"那样是怎样？"母亲还是不停地问，我知道母亲着急，她希望我和表姨家结缘。

"他也没有找对象，我也没有遇到合适的。他对我很冷淡，我对他也没有热情。"

"那孩子就是有些不爱说话，你主动些不可以吗？"

"这对我来说有些难，人家不愿意何必强求呢？"听完，母亲叹气，我知道母亲最着急的事就是我的婚事，她是多么希望我的婚事有个结果，少一份心病。但每次去他家，那无言的相对，那尴尬的气氛，让我感觉内心压抑。对于这件事我感到很无奈，退也不是，进也不是，真是进退两难。

人的心很奇怪的，他对我冷淡反而激起我强烈的好奇心，我心里愤愤的，有什么了不起的，不就是一个警察吗？警察能刀枪不入吗？我倒要看看，我想人的猎奇性心理普遍存在。

看来他也不轻松，他父母也在催他，每次见我有些慌乱，本来不爱说话，更是变得无言。我不知道他心里怎样想的，他每次见到我眼睛一亮，那份欣喜难以掩饰，可又固执地沉默着。

有一次我回家，一位男同学骑自行车往车站送我，那条正街不允许自行车带人，走到十字路口，一位警察招手"自行车带人的停下"。那位警察急速走过来，我从自行车后座跳下来。那位警察竟然是表姨家的儿子，看到我，脸涨得通红，什么也没有说，挥手叫我和同学走，我什么也没有说转身离去。我感到有一双眼睛在目送我离去。

那年春节晚会毛宁的《涛声依旧》开始流行，我太喜欢这首歌了，歌词写得优美忧伤，正如我那时的心境，没事我就哼唱。

表姨家的小妹让我把歌词抄下来，我用一张白纸把《涛声依旧》的歌词抄给他家小妹。后来我去他家，发现那张歌词在他的床上，能想象他是拿着歌词反复看，是否和我一样的心境？

那年冬天我和寝室的同学学着织了一条奶白色马海毛围巾，这是我有生第一次织东西，也是此生唯一一次织东西。我把这条奶白色的马海毛围巾当作礼物，送给了一直在户外工作的他。

这条围巾瞬间让横在我和他之间的冰山融化，好像我们是相识多年的老友，互诉衷肠喋喋不休。

我调侃他："为什么为你介绍那么多对象没有找，其中还有特别漂亮的？""因为我对你有着幻想。""幻想？"我有些不解。

"那次男同学用自行车带着你，我真的很生气。"

"你很生气？没有理由吧！那时你又不喜欢我？"我笑着说。

"我也不知道为什么，可我就是生气，我心里想，你再来我家和我一点关系都没有。一次我妈问我和你怎样？我气愤地说你有朋友。我妈说不可能吧，我说我亲眼所见，知道我心里多么在乎吗？"

他也喜欢文学，我们谈文学，性格有些内向、沉默寡言的他变得很快乐，喜欢静静地坐在我身边倾听我说话，听我唱歌。我和他一起听周华健的歌，听轻音乐，一起登山，坐在山顶眺望远处银河般的英金河，一起漫步在柳树婆娑的河堤，憧憬我们的未来。

"往事如风"，我唱这句，他会吃惊地问："为什么会唱往事如风?"我会接着唱："痴心只是难懂。"他大笑。

我在一块白色的手帕上为他抄了一首席慕容的诗《一棵开花的树》。

> 如何让你遇见我
>
> 在我最美丽的时刻
>
> 为这
>
> 我已在佛前求了五百年
>
> 求佛让我们结一段尘缘
>
> 佛于是把我化作一棵树
>
> 长在你必经的路旁
>
> 阳光下
>
> 慎重地开满了花
>
> 朵朵都是我前世的盼望
>
> 当你走近
>
> 请你细听
>
> 那颤抖的叶
>
> 是我等待的热情
>
> 而当你终于无视地走过
>
> 在你身后落了一地
>
> 朋友啊
>
> 那不是花瓣

那是我凋零的心

他关心我细致周到，包容我的任性，这一切让我时时感动。我也慢慢发现我们的性格反差很大，我凡事喜欢积极争取，我是那种表面沉静内心激烈的人，我的人生信条是："有信心我就能赢。"他的性格是两情相悦，过一种平静的日子。

性格即人生，有怎样的性格就有怎样的人生，性格来自遗传环境，后天很难改变。人的性格可以不一样，有人活泼，有人内向，但对事物的看法必须一致，也就是价值取向一样，一个这样想一个那样想，这是人产生矛盾的主要原因。我和他对一些事物的看法常常产生分歧。

我们如两个兴奋的孩子，忽略了他家人的感受。她的父母以前极力赞成我们，这时却180度大转弯，强烈反对，认为我的性格不适合他，他太顺从我了。我知道后很困惑、很伤心，他多次劝我到他家去，可倔强的我从此再也没有去过他家。

他面对家庭的压力很痛苦、很无奈，一边是父母一边是我，无数次伤心地流下眼泪，他在亲情和爱情之间徘徊。

那时我也很难过，心情郁闷，没事就听毛宁那首《涛声依旧》："带走一盏渔火，让它温暖我的双眼，留下一段真情，让它停泊在枫桥边……这一张旧船票，能否登上你的客船。"我一遍遍地听，听得潸然泪下，这首忧伤的歌，是否诠释我们的感情没有结果。

面对他家人的反对，我要他有个结果，他说："你要理解我的难处，那是我的父母兄弟姐妹，我以后的生活还得靠他们。"我重复这句话："靠他们，以后靠他们。"人生怎能靠别人，那一刻我看他的瞳孔在缩小，冷冷地看着他。"你怎么了？怎么看着那么吓人。"爱情都把握不了的人，怎样去把握漫长的人生呢？一个不能给你婚姻的人，嘴里不论他说怎么爱你如何离不开你，这些誓言都和风一样轻。

此时我清楚，我的爱需要转身，义无反顾往前走，不论前方遇到什么。有人说过，经过初恋的创伤，心会变得很坚硬，不会惧怕任何困难。

人生是过程，经历了一些事情，面对一切我也变得从容淡定，选择怎样的生活方式，包括爱情是每个人的自由，凡是生活经历的，不管对还是错都值得珍惜，就似一颗流星划过夜空，总会留下一束光的记忆。在最美的年华里遇到心仪的人，本身就是一件浪漫的事，一段难忘的青春记忆。

后来听说他的父亲生病住院，我买了礼物去看了老人，是为老人曾经对我的好。他把我送出医院，我回头看，他还在远远地望着我。他问我："为什么去医院看我父亲，而不去家里？"我笑了。这是意义不同的两件事。

毕业时我经历了人生最惨痛的两件事：失恋与留在市里的梦想破灭，像两只闷棒迎头向我砸来，把我从人生的顶峰打入人生的低谷。所有的梦想，所有的期待，倾心付出的情感，瞬间化作泡沫。我痛苦，我哭泣，我无所适从。什么叫万念俱灰，什么叫希望落空，什么叫自古多情空余恨，千般滋味涌心头。

在回家的路上，泪水顺着面颊流下，我在心里发誓不管是5年、10年，或者是20年，我一定重返这座城市。我失去了一段感情，但我不会失去一座城。

世上的人面对困苦灾难有两种心态：一种是我没法活了；另一种是我要活得更好，我的性格属于后一种。经过这一系列打击，我告诫自己一定会活得更好。

经过煎熬思索，我给他写了一封信，用王国维的"人生三境"："昨夜西风凋碧树，独上高楼，望尽天涯路""衣带渐宽终不悔，为伊消得人憔悴""众里寻他千百度，蓦然回首，那人却在，灯火阑珊处"结束这段感情。我要往前闯，碰到什么是什么。我只能自渡，谁也帮不了，我除了自渡外，他人爱莫能助。

后来熟悉的朋友在我面前提起他，说他如何如何，我只是笑笑说："既然他想放手，一定是感到我不适合他，他会找一个更适合他的人。"过往对我来说已是很遥远的事情了。

搬　　家

　　父亲在旗政府前小区租了一套60多平方米的楼房，我回来不至于没有地方住。父母知道自己女儿心里有多苦，回来不能居无安身继续飘零，有住处我心里也安稳些，我和父亲简单地安顿下来。

　　我打电话叫母亲快些搬来，母亲说："等我把秋收完，收拾收拾再去。我在农村待习惯了，去城里不习惯，金窝银窝再好也不如自己的老窝好。"

　　北方的秋天寒气很重，院子里枯萎黄色的杨树叶子飘落下来，踩在上面发出"簌簌"的响声，文冠果树的片状羽翼枯黄的叶子，一阵风吹过散碎的叶片随风吹出老远。园子里的蔬菜秧子被霜打得叶子皱皱巴巴趴在地上，东园子的那三棵老果树，枝头挂着零星枯叶孤零零地矗立着。

　　秋风萧瑟寒气袭人，家里显得空落落的冷清。哥哥嫂子去年搬出去单过了，我和父亲在旗里，弟弟到市里去念书，家里就母亲一人孤独寂寞有些凄凉。她的孩子都大了，有了自己的生活，留下母亲一人守着空旷的老屋。

　　母亲早早起来，穿上自己做的棉袄棉裤，头上裹着一块陈旧得已经看不出颜色的方块围巾，龟裂的双手用胶布缠着。在灶间大锅里煮猪食，"唠唠"地叫几声，猪圈里的猪摇摇晃晃地到猪槽吃食，寒冷的秋天猪也变得有些慵懒。随后母亲就拌一盆鸡食，把鸡笼打开，几只母鸡"咯咯"地出来啄食。母亲又把驴圈的驴粪打扫一遍，又为毛驴抱一些草，这是母亲每天的序曲，周而复始天天如此。然后开始做饭，我们都不在家，母亲做一锅饭吃一天，家里没人母亲吃得很少。

刚从地里收割回来的谷子、玉米、黄豆，在大门口外堆积如小山一样。我们这里的场院都在自家大门口，打场方便夜晚不用看着。这像小山一样的谷垛、玉米堆，不知道整个秋天，母亲是怎样赶着毛驴车一车又一车从田野里拉回来的，我们没有见证过程，其中的甘苦难以想象。

母亲用镰刀削谷子，左手拿起一把谷草，右手拿镰刀"嗖"的一刀削去，谷穗齐刷刷地落在地上堆砌在一起，一大垛谷子母亲一两天就削完了。把谷穗摊开晾晒几日，用毛驴拉着石滚子打场。干燥的谷穗石滚子碾过，纷纷脱落，光秃秃的谷秸秆伏在上面。风向好，母亲开始用木锨扬场。扬场可是一个技术活，顺着风向扬起一锨，谷粒直线落下，不成熟的随风飘落前方。扬场让我们明白一个道理，成熟的谷粒厚重不轻浮，不成熟的谷粒轻飘飘，和人的品格一样。

打完场，金黄的谷子用麻袋装了十几袋子。看着装满麻袋的谷子，母亲脸上洋溢着满足的微笑，用手掬起一捧饱满的谷粒自言自语："今年这庄稼长得真好，谷子颗粒饱满。"

母亲招呼老叔邻居帮忙，在园子里搭了一个高高的木架子，把玉米棒子晾晒到架子上，等村里各家用玉米机一起打。母亲陆陆续续把粮食都收到仓里，心里感到满足殷实。一滴汗水一分收获，一个农民最幸福的时候就是收获秋天，如此辛苦地劳作，母亲脸上始终洋溢着笑容，那是丰收的喜悦。

收完秋，冬天来了，我坐班车回去，催母亲搬进城里，为母亲买了冻疮膏和手油。

"妈，秋收完了天要上冻了，赶紧收拾东西搬家，不要在这里受累了，看你的手冻得都裂开了。"母亲用热水把手烫烫，我把冻疮膏为母亲涂上。

"擦上药膏我这手软乎多了！"看着母亲粗劣的双手、粗糙的面颊我心里酸酸的，就是这样一双手为家里劳作一生，像男人一样耕种、收割、打场、扬场，为我们营造安逸的生活，我一定尽快让母亲搬到城里享享福，让操劳大半生的母亲歇歇。

"说要搬家我心里就不好受，好好的地不种了荒着，猪鸡也不养了，去城里死待着，这哪像过日子。"

"妈你这想法不对，城里人比咱乡下人生活条件好，不用风吹日晒，我爸租的楼房，不用生炉子点火，做饭用煤气灶。"

母亲从小生活在农村，在土地里摔打50多年，对土地有一种深厚的感情，一草一木，一山一水都有难以割舍的情谊。故土难离，故园难弃，那种在土地生了根的情，是难以割舍的。在她的心里不知道离开土地人怎样生活，所以离开土地离开家她感到茫然，无所适从，心里空落落的。

西地是实行家庭联产承包责任制后我家最好的地，望不到头长长的垄沟，黑黝黝肥沃的土质，家里的主粮都出自西地。收割后的西地有些荒凉，玉米茬、谷子茬齐刷刷地刺立着，锋利如刀，可不要小瞧这玉米茬，真的如刀，记得小时候一个小孩子在地里跑，玉米茬刺破他的肚皮险些要了命。西地地里散放着一些羊、毛驴、马，牲畜个个吃得膘肥体壮，猪也到地里拱食，冬天田野成了牲畜的乐园。

母亲望着长长的西地，泪水朦胧了双眼，多少个日月，在这块土地里爬来爬去，多少汗水流在西地，在阳光下侍弄株株禾苗。春生，夏长，秋收，冬藏，随着季节的更替，一年四季在地里劳作。三十几年在这片黑土地播种耕耘收获，浸透滴滴汗水，要离开这土地母亲心里难受。母亲叹气："这么好的地不种了，今后我们靠什么生活。"

云姨邻居听说母亲要搬家进城都来看望，云姨垂泪拉着母亲的手说："凤兰你也劳累一辈子了，去城里享享福吧！"

"唉！我这也是没有办法，孩子他爸调到行里住宿舍，姑娘毕业回来也没有地方住，我不搬家也没有法，去城里我真是不习惯，人多地窄，在咱们乡下待着多好，没事说说话。"母亲哭了。

邻居劝慰："大嫂子，还是去城里好，不用烧火点灶，用水自己来，风吹不着，雨淋不着多好，在村里面朝黄土背朝天永远没有出路，你这一走没人给我们做衣服了，缺手了。"邻居说着也流下眼泪，母亲乐善好施和乡邻有着深厚的感情。

家里的地送给老叔种，猪鸡杀了，毛驴卖了。生灵真的有感情，我清楚地记得我家那头十几年的老毛驴被人牵走时，驴儿流下眼泪。母亲把毛驴的所有装备都给它带上，用手拍拍驴身，目送着它被人牵走。母亲转身号啕大哭："这还叫过日子吗？猪也不养了，鸡也不养了，驴也卖了。到城里全花钱买，日子会多紧。"家里没了生灵也就失去了一切，这一切好似地震，在母亲的内心坍塌。

家里的鑫鑫饭店生意一直很好，父亲调走，母亲进城没有自己人料理，最后没有办法只好关门。

老屋没有卖，我们收拾一些生活必需品，把老屋锁上，让老叔照应一下。母亲说："这房子可不能卖，去城里我住不习惯，我还要回来住。"老叔笑着开玩笑说："嫂子你就是受罪的命，放着福不去享，就喜欢在这儿受罪。"

母亲接着说："人有享不了的福，没有受不起的罪。"听了母亲的话我心里"咯噔"一下，福罪？我梦想破碎，转了一圈又回到原点，我失去一段感情，又要寻找新的感情，究竟是福还是罪？母亲离开故土，到城里去生活，究竟是福还是罪？未来像一团迷雾无法看得清楚，究竟以怎样的宿命呈现。

搬家那天母亲搬着东西流泪，我们知道母亲是真的不想进城，她离不开土地，离不开老屋，离不开她亲手建设的家园。

搬进父亲在小区租的60多平方米的楼房，母亲说："这和鸟窝大小的楼房，我待着感到心闷，喘不过气来，也没有个说话的人，在家里邻居说说话，唠唠家常多好。"

母亲进城真的不习惯，她失去了以往那种生活氛围，失去了土地的慰藉，失去了家园那种天然的乐趣，就像一株植物失去了土地水分，会慢慢地枯萎。这些是我们没有想到的，我们都在想自己的难处，想着解决自己的难处，从没有设身处地为母亲想过。

一个土生土长的农民，进城是无法融入城市生活的，没有认识的人，城里老太太的娱乐方式她不会，也融不进去。我们都去上班，母亲一人在家没有人说话，没有人聊天，心灵孤寂。

住了20多天母亲就住不下去了，坐班车回老家了。夏天还好，可是冬天回去，家里冷就很麻烦。不叫母亲回去，母亲就垂泪，想家的滋味是很难受的。回老屋猪鸡没了，一切喘气的生灵都没了，就空荡荡的几间老屋，回老家没有事做，母亲又待不住，住几天又回来，心情一直不好。后来想想，让母亲离开土地，离开老家是一个极大的错误。

我拖着受伤的心无奈地回来，也没有过多关注母亲的心理变化。回到我以前的工作环境，强装笑颜心里比黄连还苦。

毕业后，社会发生了一些变化，以前那要命的户口已经随便入了，信用社工作的社会地位提高了，这可能跟国家计划经济向市场经济转型有关。我们这些被人瞧不起的合同工却变得娇贵了，单位的小姑娘找对象可以挑别人了。

为我介绍对象的很多，想看的就看看，不想看的就不看，父亲对于我这个态度很不高兴，父母是心里着急，最大的心愿就是尽快把我嫁了。那时我心里是深受折磨的，那段搁浅的爱情是难以忘怀的，牵手是幸福快乐，放手也让人心碎。

"你个人的事不能再拖了，眼看过年就28岁了，我看介绍的都不错，不要再挑了。"父亲说。

"爸，我不是在挑是没有合适的，我想找个大学生，有知识悟性强。"我对父亲说。

"还想找个大学生，前几年要去市里，念那两年书有什么用，结果怎样？就你成天想得高。"从小没有对我发过火的父亲，那次拍着桌子嚷我。

我关上门趴在床上大哭一场，积聚压抑在心头的一切痛苦委屈，一起倾泻出来。哭过以后，我的心轻松许多，不能给你未来的情感，该放弃的就放弃吧！父亲说的对，我不能再耽误自己了。

当我彻底放弃时，我就往前走，碰到什么算什么。我最喜欢斯佳丽那句话：不管怎样说，明天是新的一天了！

婚　　姻

　　经过这件事以后，我对于找对象心里不再抵触，也在认真考虑这个问题。父亲的老朋友为我介绍了一个本科大学生，通信部门的干部，年龄相当，父亲母亲都同意。父亲还叫二叔把我训了一顿："你的心思就是去大城市，在大城市卖菜也叫大城市，那有用吗？"

　　姻缘我还是相信天意，人们都说在你出生时，月下老人就把两个人的手捆在一起，这一生也挣脱不了。无缘的人就是经历千辛万苦，最终也是劳燕分飞各奔东西。我竟然没有想到，父亲老朋友为我介绍的对象，就是我千百次回家经过路边的一个村子，他家就在公路边。世上的事真是说不清楚，我怀着梦想转了一圈又回到起点，回到生我养我的土地，我的归宿在生我的土地。

　　我想找个大学生，他最吸引我的就是学历，其他条件我没有考虑。知识文化决定人的水准，经过接触，他给了我一些全新的理念。

　　"执子之手，与之偕老。"伸出手去，牵住的不仅是另一只手，而是一个跟自己的生命一样重要的人。牵手时，有一种拥有的愉快，也有一种沉重厚实的责任感。

　　和丈夫相识，我过了浪漫幻想的年龄，对于爱情我很实际，也很理性。喜欢文学，爱好文学的人，往往对生活充满了幻想。丈夫是学数学的，标准的理工男，凡事喜欢逻辑思维。恋爱时我为他抄了一首徐志摩的《雪花的快乐》：假如我是一朵雪花，翩翩地在半空里潇洒，我一定认清我的方向——飞飏，飏，飞飏——这地面上有我的方向……那时我凭借我的身轻，盈盈的，粘住了她的衣襟，贴近她柔波似的心胸——消融，消融，消融——溶入了她柔波似的心胸！他拿起诗看了看，什么也没有说放在一边，我心里有些失落。一个爱好文学的，一个学数学的，一文一理结合需要漫长的融合过程。

他对我说：我选择爱人的标准，身体健康，身心健康，会生活，懂生活。我听了心里想：好狂啊！简单的四句话，我细细琢磨，做到很不容易，也就是这四句话深深地吸引了我。

之前，我经历一场失落的爱情。丈夫调侃说："那么美好的爱情怎么不继续了？""我让人给甩了。"丈夫说："怎么不说你把他甩了？"我说："事实就是他把我甩了，我没必要抬高自己的身价啊！"丈夫听了大笑："多亏他把你甩了。"说甩是一句玩笑话，对于爱情每个人都有选择的自由，放弃你，是因为他感觉你不适合他。正如村上春树所言：每个人都有属于自己的一片森林，迷失的人迷失了，相逢的人会相逢。

现在想想，年轻时的爱未免有些盲目与幼稚，对爱情充满了幻想，不适合的人就像两条平行线，永远没有交点。

爱情是美好的、自由的、可选择的，但婚姻是严肃的，能给你婚姻的人，才是最爱你的人，才是最懂你的人。婚姻不是一张简单的结婚证，它是责任，它是付出，它是爱。

丈夫在大学时也有女友，但我从没有问过。每个人心灵都有属于自己的空间。人生不管对与错，走过的、经历过的、在记忆中都是美好的回忆，过去的经历证明我们曾经年轻过，生活曾经充满了激情，没有回忆的人生是空乏的。

能携手走进婚姻的人，一定是相互欣赏的人，两人性格可以不一样，但对于事物必须有相同的理解认知，有共同的审美观。如果你爱一个人不要看他的附加条件，不要为了某种利益而委屈了自己的心。前途财富是变数，你可以通过奋斗去改变它，唯一不能改变的是爱情婚姻。所以说爱情是纯净无杂质的，任何功利都会让自己的心委屈一生。丈夫独特的思维和责任感，还有对工作的执着，还有我们对生活共同的追求，这是我义无反顾和一穷二白的丈夫携手步入婚姻殿堂的基础。

婚后，丈夫笑着对我说："嫁给我，你可要享点好福了。"我笑着问他："你怎么赚钱让我享福？"他拍拍脑袋说，"用智慧赚钱。"是啊，人没有智慧的头脑，能干什么呢？

婚姻在爱与摩擦中成长，两个来自不同成长环境的人，需要不停地磨合、迁就、理解。记得有句话说，婚姻要凡事包容、凡事忍耐。我和丈夫也经历了婚姻的幼年时期，也有摩擦，也有争吵。丈夫是那种永远不会说甜言蜜语的人，凡事只有行动没有语言。但我的一言一行却成了他的晴雨表，细微的变化他都感觉得到，我高兴他就欢颜，我有气他就有脾气。我性格乐观豁达，凡事积极进取不言失败，生活中也是丈夫强大的心理支持者。相互包容，相互忍耐，我们让婚姻的大船平稳行驶在生活的海洋中。

春天的爱情，到春节，爱情的结晶就要来到人间。

腊月二十几天寒地冻，丈夫在市里开会给我打电话："没有班车了，今天我回不去了，有事给二姐打电话。"我心里嘀咕："如果我晚上生了怎么办？"

晚上7点多"嘟嘟"敲门，丈夫风尘仆仆冒着严寒回来了。我惊讶："唉，不是说今天没有车不回来吗？""我总感到今天不回来不行，我坐私人的小客车回来的。"

我为丈夫做饭，热了乡下婆婆送来的杀猪菜，煎了猪血肠，劳累了一天的丈夫倒头睡下。这时我感觉肚子有些痛，一阵紧迫一阵，我招呼丈夫："赶紧起来，给妈打电话，我可能要生。"

丈夫迷迷糊糊起来，给母亲打了电话。这时已是夜里9点多，母亲和弟弟来了。母亲拿来为孩子做的小棉被，还有一些用秋衣秋裤剪的婴儿尿布。母亲说："没事，要折腾一晚上，这也得明天早晨生，你以为当妈那么容易呢？不养儿不知父母恩，女人生孩子就是大命换小命。"

丈夫骑着自行车去医院登记房间，母亲和弟弟扶着我下楼。我有时感到人的娇气都是条件惯的，寒冷的腊月，那时也没有什么车，我忍着腹痛硬是从家里走到一里地远的医院。走到医院额头的汗水顺着脸流下来。母亲鼓励我："活动活动更好，会顺产。这时条件好了去医院生孩子，我们那时就在家里的土炕，把炕席掀起，放些沙土，等老娘婆来接生。""在沙土上生孩子？""是啊！你们三个都是在沙土上生的，怕把家里的炕席弄脏，生完将血沙土用簸箕端走。"

在产房里，经历撕心裂肺、翻江倒海的疼痛，豆大的汗珠从额头往下滚，折腾了一夜。迷迷糊糊听大夫说，可能是难产。丈夫急的不停地问大夫怎么办？那时我想我会不会死去，一个母亲在缔造一个生命之时，就是在经历一次生死的考验。在疼得筋疲力尽眼前发黑时，抬起双手，像溺水的人急于要抓到一根救命的稻草。丈夫突然醒悟，用他汗津津的双手握紧我的双手，这一握给了我无穷的力量，一声嘹亮的婴儿啼哭，我们的宝贝女儿诞生了。

我一生最感激的，是丈夫给我的生命之握。从握着我的手的那刻起我就想，漫长的婚姻要经历很多磨难，一生不管经历什么惊涛骇浪，我都会心存感激，为了他给我的生命之握。

母亲这时从家里用小汤锅端来热乎乎的小米粥，煮了一些鸡蛋，给我盛了一碗小米粥，剥了一个鸡蛋放到碗里。

"坐起来快趁热喝了，折腾一宿也累了。"我真是饿了，身体一种被掏空的虚，接过母亲手里热乎乎的小米粥"哧哧"的喝，身体顿时感到从心底热上来。

"慢点喝，别吸进冷气，坐月子千万别凉着，月子病做下不好治。"我吃饭，这时高度紧张的丈夫呼呼的在另一张床上睡着了。母亲用她亲手做的小棉被抱着女儿，女儿安详地睡在姥姥温暖的怀里。

我是母亲的女儿，我是女儿的母亲，生命的延续，生生不息。

怀 念 大 姑

大姑十几岁嫁到一个叫银家拉嘎的地方。姑父是一个解放战争的退伍军人，脾气暴躁，小时得天花落了满脸的麻坑。那时都是父母包办婚姻，大姑十几岁嫁过去，看到姑父是一个麻子，哭得泣不成声，哀叹自己命苦，怎么会找个麻脸丈夫。嫁得不如意，大姑一生哀怨，好在大姑是个性格爽朗的人，在困苦不如意的婚姻中善待一切，人格得到升华。

大姑个子矮，说话嗓门高，左邻右舍有事总要去帮个忙，村里人亲切地叫她"小老赵"，因姑父姓赵。给我印象最深的是大姑那由于过度劳作，指关节变得很粗糙的双手，还有生活虽然困苦却琅琅的笑声，所以晚辈们都很喜欢大姑。

父亲他们兄弟姐妹七个，那时奶奶家很拮据。大姑排行老大，父亲老二。父亲经常说，小时候，我是你大姑背大的，那时你大姑个子小人瘦，却总是背着我，一口好吃的都给我吃。父亲对大姑有一种浓浓的手足之情。

大姑家银加拉嘎，是三面环山的地方，二十几户守着一口辘轳井。

记得我小时候和叔叔到大姑家，那时还没有公路，坐着小毛驴车，晃晃荡荡走在全是沙土窝的路上。转了一个山头，又转了一个弯，转的我都睡着了，迷迷糊糊地问老叔："老叔什么时候才到我大姑家？""快了快了，你睡觉吧！一会儿到了我招呼你。"从早晨走到下午，才到大姑家。

毛驴车终于停在三间低矮破旧的土屋前，屋后是一座小山坡。光秃秃的小院没有一棵树，园子里全是沙砾，屋里用报纸糊着，唯一的家具就是三节褪了色的红堂柜。

大姑看到娘家人来了，高兴地往外跑，喊着眼里流下眼泪："看我大侄女来了，看看大姑这破家。"大姑忙着抱柴火，到鸡窝把仅有的几个鸡蛋放到锅里煮。煮熟了，大姑把热乎乎的鸡蛋剥了皮，看着我吃。"唉，你这穷大姑，也没有什么好吃的。"大姑用她那粗糙骨节很粗的手拉着我，细细地端详："看我的大侄女多好看啊！"大姑嘴笑着眼睛流着泪，童年的我面对大姑的赞美心里甜滋滋的，嘴里吃着大姑煮的鸡蛋特别的香。

从大姑家走时，大姑拉着我的手送出村头，叫我上毛驴车，她在车后跟出很远，回头看大姑在用袖子擦眼泪，大姑站在小山包望着我们离去……走出很远看见大姑还在小山包站着望着，渐渐走远，看小山包有个黑点，我知道大姑还在那里望着，直到我们消失在她的视野，才会回去。

大姑家困难，孩子多，四个儿子一个女儿。父亲帮着大姑左张罗，右张罗，为四个表哥成了家。父亲对大姑的感情最深，做这些是唯一能报答幼时大姑背着自己长大的手足情。大姑见到父亲就说，要没我这好兄弟我这几个儿子就打光棍了，父亲总是笑笑。

正月新年的喜庆犹存，表哥来说大姑病了。到医院一看大姑，和从前的大姑判若两人，脸色蜡黄，刚近60岁的人，头发花白干枯，走路打晃。医生为大姑检查，我们惊呆了：胰头癌晚期。看着大姑难受的样子，谁也不忍心告诉她。父亲带着大姑到市医院再次检查，也是同样的结果。

大姑躺在旗医院的病床上输液，晚上痛的豆大的汗珠从额头上滚下来，但她从不说，刚强地坚持着。反过来还安慰别人，"我没事，过几天就好了。"

村里的人听说大姑病了，陆续来医院探望，拉着大姑的手说些安慰的话。大姑说："你说我这败家的老太太，总花儿子的钱，过两天我好了，我就回去种地。"住了一段时间，医院不留了，父亲把大姑送回家。

后来我和父亲、叔叔、姑姑又去大姑家看望她，表哥说大姑晚上疼得在外面走，从没有对孩子说过。大姑拉着父亲的手，"我没了，给我找个好坟地，让我的儿子们过得旺兴。"父亲眼里流出了泪。大姑已经病得不能起床了，走时我们都哭了，谁都知道和大姑这是最后一面了。我们走了，大姑支撑着爬起来，趴在窗户上往外望着我们离去。

这就是我的大姑，没有生时的繁华，有的是勤劳、淳朴、善良、坚强和逆境中的朗朗笑声。如一片叶子，悄无声息地凋谢了。

时光的涓流将岁月汇成了河，年复一年，日复一日，多少人和事都被光阴之水冲淡。有一个人在我的心里，我一直怀念，那就是离开我多年的大姑。

生命的脆弱

离开老家好几年了，成家后一直为生活忙忙碌碌，为孩子的成长操劳，为贫瘠的生活奔波。老家离我居住的旗里只有几十千米，也已经有五六年没有回去了。内心一直想回去看看，看看老家的山水，看看老屋，和老家的亲人叙叙旧。

母亲来城里不习惯，经常回老家，后来不再回去，可能回去空荡荡的老屋也待不了。房屋是为人遮风避雨的，有人才有家的温暖，缺少人气就显得空旷寂寥。

回家的想法在心里升起，就有些迫不及待。我为叔叔婶子买了礼物，领着5岁的女儿和母亲乘班车一路颠簸回到老家。

几年没有回来，眼前的一切好似变了。街还是昨日的街，房屋还是旧日的房屋，人还是昨日的乡邻。这一切是既熟悉又有些陌生的，陌生的是原来的土墙好像比以前低矮了许多，这是岁月风雨的侵蚀，让墙变得低矮光秃秃，过去感到老屋是那么宽敞明亮，这次回来却感到老屋有些狭窄，也许是我在城里面对高楼的缘故，或许是我心里的感觉。

前院云姨看到我和母亲回来，翻墙过来看我们，腿脚也不如从前灵活了，说说笑笑，问长问短。

云姨感慨："日子可真是过得快，爱民也做了妈妈。孩子这么大了，我们都老了。有时我趴后墙看你家，总想着你妈在家的事。"

婶子知道我爱吃黏的，撒了一锅年糕。锅里热气腾腾，竹箅子上撒上红枣色的芸豆，把黄米面一层层撒在芸豆上，在上层又撒上一层芸豆盖上锅盖，开始烧火。我仿佛又看到母亲过年时撒年糕的情境，历历在目。吃着热乎乎黏黏的年糕心里暖乎乎的，老家浓浓的亲情包围着我。

女儿回到我的老家什么都感到新奇，东看看西摸摸，玩的别提有多开心。

"妈妈，这就是你说的沙果树吗？这绿色的果子能吃吗？""我可以尝尝吗？"女儿用小手摘下一个青涩的沙果，放到嘴里吃，赶紧吐掉。"妈妈这沙果不好吃，好酸啊！""沙果还没有熟，等到秋天才好吃。"

我领着女儿到西地。六月的西地庄稼齐腰高，一望无际的绿，好似一块地毯和远处的山峦连在一起，蔚蓝的天空几朵白云在游弋。女儿站在地头的田埂上望着，一双好奇的眼睛呆呆地望着这一切，这大自然的魅力，让一个从小生活在钢筋水泥世界的孩子感到神奇不可思议。所以说人是自然之子，在自然的怀抱里会得到心灵的净化。

在老家待了两天，我和母亲、女儿到杨家营子去看四舅舅妈。四舅不在家，身体本来就干瘦的舅妈显得衰老了许多，坐在炕上抽旱烟，一支接一支抽着，手指被烟熏的焦黄，牙齿也松动发黄。我心里感慨四舅妈老了，孩子都离开她过自己的日子去了，抽烟是她打发寂寞日子的唯一营生。

姥姥家那棵让我童年拥有无限乐趣、枝繁叶茂的老沙果树也被四舅砍了，园子里显得空荡荡。我感到四舅家的老沙果树是棵老树精，自从姥爷建立家园就有，一棵百年的老树是家里的精魂，四舅伐了老沙果树是一个极大的错误，也是家园衰落的必然。

一切好似在昨日，那个只有七八岁梳着齐耳短发，贪吃的小姑娘，坐在粗壮的果树干上，手里拿着红通通的大沙果，吃的汁水顺着嘴流。好似听到姥姥缠着小脚叨叨："爱民这个小丫头，不吃饭去哪儿了？"我屏住呼吸偷偷地笑，一声不吭，心里想我哪里吃得下饭，我都吃饱了。这棵老树砍了，我心里失去了一切关于老沙果树的回忆，把童年的记忆一起伐了。

第二天我和母亲、女儿乘班车回家。车里很拥挤嘈杂，一股股汗臭味夹杂着土腥味，人挨人没有下脚之地。我为母亲找个座位，女儿坐在姥姥的膝盖上，我拉着椅背站着，车子摇摇晃晃地往前行驶着。

车行驶了大约20里地，突然发生剧烈的左右摇晃，像脱缰的野马向前冲去，座椅上的乘客倒向一侧，车内发出惊恐的尖叫"怎么了？怎么了？"我马上意识到，车要翻了。

我第一意识是快速把女儿放在过道上，自己趴在女儿的身上两手死死地抓住座位扶手，尽可能保护好孩子，母亲也用手护着女儿的头。车在剧烈的摇晃后，听到"咣当"一声闷响停了下来，我被吓得抱着孩子哭了，庆幸孩子、母亲没有伤着，车里的乘客也从恐惧中长长地舒了口气。

乘客陆续下了车，大家都被眼前的情境吓呆了。两辆毛驴车重叠在一起，三个血肉模糊的人躺在路中，一个人在蠕动另两个人已经死亡，两头毛驴也气若游丝，其状惨不忍睹。

受害者是卖服装的，早晨到另一个乡镇去赶集，一前一后赶着毛驴车走着，没有想到灾难顷刻降临。班车巨大的冲力使两辆驴车叠在一起，人抛出几丈远，"咣当"落地。人的生命是如此脆弱。

救护车把伤者迅速拉走救治，现场是一男一女的尸体。受害者的亲属赶到，孩子撕心裂肺地抱着妈妈哭，丈夫抱着妻子喊，在场的人都哭了。母亲最看不了这些，哭得泣不成声。

"那个女的是你姥姥营子的，小名叫小荣，从小就能干，成家后一直卖服装，男人老实家里过日子全靠她，她走了，她家里可怎么过啊！"母亲难过地说。

早晨出来是多么鲜活的生命，对生活充满了憧憬期盼，可瞬间这一切就全部都失去了。

事故原因是班车刹车失灵，司机无法控制车速，撞上毛驴车才停下来。知道原因后大家都倒吸一口冷气，车上的人和我的感受一样，是受害者救了全车人的命……

这件事我感触很深，面对生命，活着的人要学会珍惜，要善待生活，每天看到太阳从东方升起，从西方落下应该是人生的一大幸福。

宿　命

　　我们这代人都到了为人母为人父的年龄，我可能是我童年玩伴中算晚婚的一个，这些人都三十几岁了。淑娟在她失散多年叔叔的帮助下远嫁呼市，生活得很好，丽茁出了车祸走了，丫片嫁到辽宁黑水日子过得很富裕，中秋的婚姻一波三折，还有一位没有成家的就是我家东院的立柱，孤零零地一人在自家的三间老屋度日。立柱一米七几的个子，有些驼背，走路晃晃的，一件分辨不出什么颜色的上衣，一年四季穿着。一头枯黄的头发像一堆乱草，记得我们幼时总爱喊他"老毛子，老毛子"。在北方把苏联人称为"老毛子"。

　　立柱家也是表哥的岳父家。立柱娘，那个唠唠叨叨、爱自言自语、走路有些颠的老太太故去后，家里就立柱和他弟弟小嘎两人，立柱担负起抚养弟弟的义务。三间土房被岁月侵蚀得有些斑驳，立柱和弟弟春天种完地就出去打工，几年下来手里有些积蓄。立柱就开始为他弟弟张罗说人。弟弟结婚，他在村子南头为弟弟盖了三间瓦房。长兄为父，立柱是他弟弟的家长。

　　这时的立柱已经30多岁，在农村30多岁没有说上媳妇，就被定义为光棍。村里的一句俗话"定眼珠了"，意思是没有戏了。因为同龄人多是一个或两个孩子的父亲了。

　　我怀着满腹疑虑问母亲："妈，东院立柱30多岁还没有成家，是家里没有钱吗？"

　　"他家不像以前那么穷了，这几年单干后家家粮食吃不了，立柱为他弟弟小嘎说媳妇，把这几年积攒的钱都花了。立柱能干人也不丑，30多岁就是说不上媳妇。有个算命先生给立柱算卦，说立柱打不了光棍，找个媳妇脸上有彩，可到现在还没有找上。"

人的命运真的让人捉摸不透，是一出生一切都是注定的，还是后天运势的结果。村里人为立柱介绍一个外村女孩，介绍人说："这个女孩子人品好、能干、干净、性格爽快，就是脸上有点彩。"立柱想有点彩也不是大碍，谁的脸上没有斑点？

立柱听了介绍人的话，认为她是一个心地善良的人，一个心中有亲情的人。想想自己娘走了，自己独自一人带着弟弟风风雨雨这么多年，其中甘苦自知，想起这些立柱鼻子酸酸的，有些同病相怜的感觉。立柱心里想，也许这就是我的命，命中注定找个带彩的女人。

自从立柱把这个脸上有彩的女人娶进家，家里变了样，屋里屋外收拾的一尘不染，园子里各种各样的蔬菜长得脆生生，猪、鸡、狗喂得膘肥体壮。女人平时用纱巾围住面部，一双漆黑的眼睛很精神。立柱改头换面穿得干净整洁，一头乱哄哄发黄的头发也剪成板寸，人比以前年轻了许多。村里人调侃立柱"立柱，丑妇近地家中宝"。

后来立柱承包了旗里的水利工程，成了一个包工头，家里的日子越过越好，盖上五间平房，自己有了私家车。

母亲说："立柱这孩子辛苦半辈子，娶了一个能干的好媳妇，终于过上好日子。人们常说女人有福托满家，男人有福自身带。"

立柱今天的美好日子是他丑妻带来的，立柱妻子从火海中救出的那个毫发未损的弟弟，重点大学毕业，在市里水利部门工作。

美中不足的立柱结婚几年都没有孩子。后来他们夫妻领养一个女孩，女孩聪明伶俐，立柱媳妇把孩子收拾得如花朵般漂亮。

什么是命运？命可能就是宿命，运是行动的结果，运势是自己修行的结果。立柱善良、担当、有责任心，她的丑妻为了亲情奉献自己，这两个有善心的人，老天给了他们最好的福报。

农民工的爱情

　　这几年村里人外出打工潮迅速蔓延，村里家家户户就那几亩责任田，那几亩土地能保证家里吃的，单靠土地想把日子过得富裕很难，农民的日子仍在贫困线上苦苦地煎熬，有吃的没有用的，种完地劳动力闲置。北方的企业少，为了到外面多挣些钱，一些青壮劳动力都外出打工，在城里人们把这些离土离乡的农民叫农民工。农民工在农村有土地，为了挣钱离开了。他们在城里有工作，但没有城市户口，不享受社会保障，这是个特殊的群体。

　　这些打工者大多是中年人，他们离妻别子，到北京、天津、河北打工，家里的地由妻子、老人耕种，为了生存也是没有办法。

　　在城市底层各行各业都有农民工的身影，从事城里人不愿干的苦活、脏活、累活，工作时间长薪酬最低。在建筑工地，那些最累最危险的工种都是农民工，那些起得最早的环卫工人，那些个体商贩、饭店服务员都是农民工，还有一些人在城市收废品拾荒。农民工住在简易的工棚里，住在廉租房里，如蚁居、鼠居一样的居住条件，吃的脏而差，咸菜条配馒头，在城市里艰难度日。这些人既不是城里人也不是地道的农村人，像候鸟一样来回迁徙。农民工对于土地有着深厚的感情，他们居住在城市心在土地上，土地家园始终是他们的最后保障，也是老了的最终归宿。

　　为了生存，农民工外出打工，同时也滋生了一些新的社会问题。夫妻一起出去打工，把孩子留给年迈的老人，孩子成了"留守儿童"，一些孩子在成长过程中没有得到父母的关爱，失去学业，孤独地度过童年。男人一人出去打工者，一些妻子寂寞出轨离异。还有一些家长为了孩子能接受好的教育到城市打工，全部收入供养孩子念书，为了孩子能出人头地远离农门，这样的农民工不再想回到土地上。

家的概念对于一个农民工来说，就成了春节的一次团聚，唯一让人兴奋的是在外打工挣得两三万元钱。

一些没有成家的青年出去打工好些，没有过度的牵挂。中秋30多岁无牵无挂，一走就是一年，有时春节也不回家。中秋个子矮小，皮肤黝黑，一双眼睛总是红红的有些烂眼边，幼时就有些怪癖，话语很少。

中秋到天津建筑工地打工，在工地结识了比他小八九岁的天津女孩玲子。玲子开朗活泼，让人无法想象怎么会跟沉默的中秋走到一起。后来村里人知道，不爱说话的中秋有一特长，那就是歌唱得好，因为中秋歌唱得好玲子迷上他，在建筑工地俩人形影不离。

我们童年这些玩伴，还有村里人从来没有听中秋唱过歌，印象中的中秋是个沉默寡言的人。唱歌唱回一个媳妇，听了着实让人感到兴奋。

中秋的媳妇玲子对北方农村有着海市蜃楼般的幻想，人对于没有见过的地方，总会在自己原有的思维基础上加以渲染美化。一个在大都市郊区长大的孩子，来到这个闭塞的山村，就好似天上地下的感觉，有些仙女下凡的落寞。玲子看到中秋家破旧的房子简陋的家具，中秋母亲临时将西屋收拾一下，算是他们的新房，看到这一切玲子哭了，想家了。她毕竟还是个孩子，对一切还是幻想的年纪，她认为中秋会给予她像歌声一样美好的生活，眼前的一切让她为自己的盲目而后悔，但一切都晚了，现实是残酷的。

这时玲子已经怀孕三个月，腊月玲子生了一个女孩。北方的腊月是一年中最冷的月份，玲子围着厚棉被坐在炕头，怀里抱着"嘤嘤"的女婴落泪，想着自己在家是独女，父母哥嫂对自己千般呵护，在寒冷的北方自己一人孤零零的，女人生孩子这样的大事都没有亲人陪伴，越想越难过。

中秋的母亲为玲子端来一碗热乎乎的小米粥和两个煮鸡蛋说："玲子，快就热吃了。"看到落泪的玲子"女人坐月子不能哭，会做下毛病的"。玲子擦擦眼泪接过小米粥和着辛酸吃了。

是歌声让玲子迷上了中秋，自从中秋把玲子领回家，玲子再也没有听到中秋唱过歌，中秋除了去地里劳作外，回来累的"呼呼"睡去，话也变得很少。玲子对中秋说："中秋我有好久没有听你唱歌了，给我唱首歌吧？""我这累得够呛，唱什么唱。"中秋不耐烦地说，拉过被子蒙头睡了。望着睡了的中秋，玲子感到陌生，内心孤独凄苦。

天暖和了，玲子抱着孩子坐在她家大门口的石阶上，中秋和父母去田里种地。

母亲初到城里不习惯，经常回老屋，正是春耕时节村里人都下田种地，母亲没事就和玲子说说话。玲子抱着孩子到我家里看电视，中秋家的小黑白电视玲子不喜欢看，玲子抱着孩子看电视节目乐得前仰后合。

"玲子别乐啦！摔着孩子。"母亲摇摇头："这孩子本来就是个孩子"。

有时母亲问玲子："玲子你离家这么远想家吧？"玲子微微一愣，茫然地说："我想家也没有办法，我和中秋偷着走的，我爸妈我哥嫂和我断绝一切关系，不再和我来往。"说完玲子眼中蓄满了泪。

日子在平淡中度过，开始中秋家人一直看着玲子怕她跑了，时间长了有了孩子也就放松警惕，农忙时都到田里去干活，玲子一人在家看孩子。孩子长到两岁，有一双杏核似的黑眼睛，麦色的皮肤和玲子长得一模一样。

玲子接到一封信，是玲子很长时间都没有联系的父母寄来的，信封里给玲子寄来500元钱。

接到父母的来信，玲子抱着孩子号啕大哭，好似弃儿找到妈妈，玲子把信不知反复看了多少遍，嘴里喃喃地说着："妈妈，我以为你们一生都不管我了，都不要我了!"

　　有好长一段时间玲子出奇的沉默,不再到我家里看电视,一人抱着孩子坐在台阶发呆。

　　那天中秋和父亲母亲照例去地里干活,玲子一人在家,孩子在睡觉,玲子亲亲熟睡中的孩子,泪水流下来,清贫的生活,幻想的破灭,让玲子的心灵不堪重负。她把一张100元的钞票放到女儿的枕头底下,在女儿的脸上轻轻地亲了一下,泪水滴落在孩子的头上,不舍地看了女儿一眼,转身往班车站跑去,走了。

　　中秋和家人回来,进院听到孩子在屋里狼抓似的哭,进屋一看玲子不在,孩子在炕上哭,嗓子都哭哑了,明白玲子跑了。中秋发动所有的亲戚,到旗里各个车站寻找,也没有玲子的踪影。

　　失去母亲的孩子彻夜啼哭,嘴里喊着"找妈妈,找妈妈"!中秋的母亲搂着孩子在哭,孩子哭累了,握着奶奶干瘪的乳房睡着了。

石　房　子

辽太祖耶律阿保机的陵墓，在距林东镇20里石房子村西北的大布拉格山谷中。秋日丈夫开车，带着我和女儿、父亲、母亲去石房子，车沿着弯弯曲曲的乡村沙石公路行驶到祖陵。

沿途道路两边的庄稼呈现出金黄的色彩，标准的三间瓦房，一个院子，低矮陈旧的民宅，车行驶在乡间小路扬起沙尘，在车尾像一串烟幕弹。

石房子原址是辽朝皇室家族的世袭之地。也是辽太祖耶律阿保机的陵园，皇后述律平陵墓所在地。

走进祖州迎面有两座山峰突兀，如斧削刀切，一左一右，对峙而出，这就是人们所说的"黑龙门"，也称石门子，这两座对立的山民间说法像两扇坟门。

两边的山谷近望层林尽染，山上各种树木葳蕤，苍翠的榆树叶子，黄色的枫树叶子，红色的杏树叶子，挂着金黄色山梨的梨树，好似一幅浓墨重彩的油画，空气清新湿润，瞬间让人肺活量倍增，心情愉悦。走在沙石路上极目远望，山峦高耸入云，这幅油画和远处的蓝天衔接在一起，天空蓝得如海洋，云白得如棉絮。上午山间还有缥缥缈缈的轻烟，在阳光下若隐若现，就好似置身一处人间仙境。

"汩汩"水声来自一处山泉，谷间泉水潺流清冽，辽代称此山泉为"液泉"，泉水流到一座石拱桥下的井里，井里山的倒影清晰可见，井边水草肥美鲜嫩。几只野鸡一步一步悠闲地踱到水边啜饮，抖着五彩斑斓漂亮的羽毛，"咕咕"地叫着。看到人走近，忽地展翅低飞。野鸡学名叫"雉"，之所以叫野鸡，因为它是飞不高的。一些鸟雀蹦跳着在井边嬉戏，这水井是山中鸟类动物的生命之源。看山的大爷说："早晨会看到兔子，有时还有狐狸、狍子到水边饮水。"我感怀这里生态环境真好，是动物植物栖息的乐园。

在钢筋混凝土环境长大的女儿，看到青山绿水兴奋不已，跑在前面，小脸涨得通红。我们走了一里地左右，到了山底下开辟的一处人工停车场，四周全是高大的树木。

我在急切地寻找耶律阿保机的陵墓，"阿保机的古墓在哪儿？"看山的大爷说："你眼前不就是吗？"我惊异，我眼前除了山外就是树什么也没有。两座高山中间有一高高隆起的土山，山上全是树木植物。

"古墓就是这座山，具体古墓在什么位置，谁也不知道，如果知道早叫盗墓贼盗去了。现在谁也不知道古墓是完好无损，还是已经被盗走了，谁也不知道。我经常沿着山巡视，一些胆大的盗墓贼在夜间来挖掘，这些挖坟掘墓者也不怕阴气太重，要了命。"

沿着石阶而上，路两边的山梨似小灯笼看着让人眼馋，女儿嚷嚷摘山梨吃，我摘了几只山梨，山梨甜酸可口汁水顺着嘴流下，这纯天然的果子也有些仙气。还有酸枣，拇指大红通通的酸枣挂满枝头，摘些在手里慢慢地含着，酸酸的口水倍增。走着走着忽地一下在眼前窜过，是野鸡或是山兔，还有米色的钻地鼠。

我和家人汗津津地走到山顶，回头远望，一座远山恰似一扇山门和黑龙门形成一座印象的坟门，你会惊叹契丹人之所以选择这里为陵墓，是有一定的风水学在里面。顺着石阶蜿蜒而下，心里想这地下千年古墓何等壮观，有多少机关，古人的智慧不是现代人容易破解的。

在祖陵的西前侧，有佚首断臂石人，石人以花岗岩质料作圆雕而成，体态丰盈匀称，衣着简瘦缚身，近似裸体。两手作交握状置于腹前，背后留有长辫，似是女性。整体造型优美，颇具艺术韵味。

祖陵黑龙门外东山坡上现存有巨大龟趺，龟趺附近有些契丹文字残碑。沿石阶路而上，辽祖州城西北部高台上，有一座辽代建的大型石室石棚平顶石屋。用7块巨石支盖而成，前檐墙两块，左右山墙各一块，屋顶一块，屋内地下平置一块。石屋面南背北，东西长7米，南北宽5.3米，高3.6米。前檐墙正中留有一门，门宽1.4米，高1.95米。门上为窗，窗宽2.3米，高0.9米。檐墙、山墙厚0.4米左右，顶盖厚0.75米左右，石壁四角有铁锔连接的痕迹。屋内紧靠北壁正中平置的石床，长4.3米，宽2.5米。此石屋当时作何用途，一直众说纷纭。

　　祖州石室由7块巨大沉重的石板构成，耗费巨大的人力、物力修建一座石室，究竟意欲何为？有人说是契丹人祭祖的神庙、耶律阿保机的停尸房、关押犯人的牢狱，还有一种说法最具想象力——祖州石室之下有一条布满机关的暗道，直通阿保机的神秘墓地。

　　最让人费解的是，这巨大的花岗岩是怎样运过来的，周围的山体没有发现与其相同的石材。人们猜测是从前召庙运过来的，那这巨大的岩石是怎样运过来的呢？可能是冬季泼水后形成冰路，巨石就是用冰路滑行法进行搬运的。

　　雄踞祖州高台，四周群山环抱的石房子，是契丹人心中的精神圣殿。仿佛石房子是从土里"长"出来似的，任何外力不能撼动，在祖州屹立千年，让人们想起曾经有一个叫契丹的民族，在北方辽阔草原驰骋200多年。

桃 石 山

召庙在巴林左旗林东镇南20千米的群山之中，始建于辽王朝，由石窟和外殿两部分组成，石窟开凿于辽代，史称真寂之寺。由圣水、别愣、桃石三山鼎立，自然造就一个箕形山谷。

每年的农历四月十五是林东召庙庙会，这一天来自各方络绎不绝的香客云集在召庙，有游玩的，有许愿的，有朝拜的……这一天熙熙攘攘的人流，把召庙挤得水泄不通，召庙这天香火最盛，人气最旺。

桃石山，蒙语称钦达慕尼峰。桃石上有三大景观——爬阎王道、转桃石、钻再生洞。桃石山从谷底骤然拔起，西北为缓坡，东南为悬崖峭壁，山势险峻。桃石山顶矗立一巨石，以三点支撑崖端，桃石山正面看像仙桃，侧面看又酷似鸡雏凌云。桃石正临绝壁，据说绕石三圈可逢凶化吉，延年益寿。山石磨光，为了安全，在桃石四周放了铁锁链，即使这样在绕桃石时，你也会腿打颤，心"咚咚"地跳个不停。桃石旁有一巨石，好似一头乌龟在卧，头向东南，称"金龟探海"。

天然护法金翅鸟，在灵岩山东侧顶端，山体山岩形成一只巨大的金翅鸟，与山下的真寂之寺直线中心相对，让人感叹大自然的神奇之余，也为世界唯一的金翅鸟与卧佛能够完美地结合称奇。金翅鸟展开双翼，一直站立在悬崖顶端，忠诚地守护着佛祖的安宁与世间的和平，用它那神奇的双眼，为每一位到召庙上香祈福的人化解心中的疑虑与忧愁。

金龟下有一条狭长沟槽，称为"阎王道"。为裸岩峭壁，坡陡路险，只有手脚并用才能爬上去。爬完阎王道可以解除你这一生的苦难，爬完阎王道你可以体会到什么是"无限风光在险峰"。

金龟的西侧有一石洞，称为"再生洞"。一个10多米长的山洞，入洞可以直步而入，接着是侧着身子，最后要头先脚后钻出来，隐含有脱胎换骨再生之意。钻完再生洞就会明白投生之难、降生之险、母亲有多么的不容易，让我们好好孝顺父母报答养育之恩。北数十步远有一突兀立石，此石难上亦难下，称为"阎王鼻子"，要想摸摸阎王鼻子可不是容易的事。

圣水山在桃石山的东面，因山中有三口井而得名，整座山犹如一尊仰面朝天的大佛，也称卧佛山。正尊大佛形态安静慈祥，轮廓清晰，慈祥的双眼观察着世间生灵的吉祥安康。

真寂之寺在桃石山下，石窟内共有大小佛像112尊。主尊为释迦牟尼，枕右手面东侧卧，整体雕像脱离地面，也就是说明佛祖脱离世俗。游客摸佛脚可以带来财运和吉祥，转佛祖可以给我们带来幸福与安康。

在去召庙的路边有一座高30米，周长50米的巨型石山，平地拔起，耸峙于草原，当地人称为"石桌子山"。据说这就是当年萧太后的"点将台"，石头上有两个大脚印，仿佛看到萧太后威风凛凛地站在石头上，指挥千军万马征战在辽阔无垠的草原。

母 亲 生 病

母亲进城开始不适应，慢慢适应了城里的生活。我们都在忙自己的生活，我为人妻、为人母、为生活忙得团团转，既要上班还要料理家务照顾孩子，一心支持爱人的工作。那时年轻，浑身如上紧的发条有使不完的劲，根本不知道累。人可能是心中有一种向往期待，就有无穷的动力。期盼孩子健康，期盼爱人在单位出人头地，期盼家里的日子越过越好，那是一种忘我的付出。

嫂子从基层医药公司调到旗医药公司，全家搬到城里，哥哥在基层信用社任主任，两个孩子上小学。弟弟在银行中专学校毕业，娶了一位贤惠的小学老师，父亲再有一年就退休。儿女都成家立业，劳累了一生的父母也该安度晚年。

我们向往一种好的日子，把全部精力用来关注自己的小家，关注工作，却忽略了一个人，那就是为我们奋斗一生的母亲，忽略了母亲的喜怒哀乐。

母亲从农村进城，孤独寂寞身边没有人说话聊天，整天一个人关在屋里，为家人做一日三餐。母亲无法融入城里人的生活，儿女在忙自己的生活，父亲在单位上班，她长期与人不接触不说话，总是一人在沙发上坐着发呆。

"妈，你怎么不下楼和那些老太太说说话，到街里去溜达溜达，总是闷在家里不好。"

"我和那些老太太不熟说什么呀！快到中午，该做中午饭了。"母亲忧郁地说。

母亲接着说："你说我这头和一盆糨糊似的，一点儿也不清楚，整天头晕。"

"妈，你在按时吃降压药吗？是不是血压有些高？"

"降血压的药我一直在吃，就感觉脑子不清楚。"母亲患高血压多年一直在吃降压药，母亲说头晕我也没有在意。其实母亲那时的行为已经异常，长期封闭不与人沟通，不爱说话，高血压造成的头晕，已经是患病的前兆，可是我们谁也没有感觉到。

早晨一阵电话铃声把我惊醒，"你妈病了，快过来去医院。"父亲在电话里急促地说。我慌忙往家奔去，这时母亲已经昏迷，我和父亲、弟弟把母亲送到医院。

医院诊断结果是长期高血压，颈椎骨质增生压迫血管造成昏迷，需要住院治疗。我们把工作放下，到病床前护理母亲。看到躺在病床的母亲，一向刚强的母亲那样憔悴、那样虚弱，满头的白发、脸上的皱纹像刀刻般。那一刻我的泪水溢出眼眶，我们都在忙，忽略了羸弱的母亲。作为儿女是多么的失职，多么的自私，不要将忙当作借口，为自己找推脱的理由。年幼时哪个儿女患病，母亲不是彻夜守在枕前。

母亲生病，父亲这几日瘦了许多。我们劝父亲回去休息，我们陪伴母亲，可父亲不肯，一直守护在母亲床边，喃喃自语："你妈这病来得突然，怎么就起不来了。"看母亲的目光满眼焦虑。

母亲输液打针病情有些好转。父亲对我们说："你妈那天生病住院，我来医院急得都糊涂了，竟然把前面的门诊部看成住院部，走到三楼才发现走错了。"听了父亲的这些话，有一种情绪在我的心中弥漫。

爱情是什么？长久的婚姻是什么状态？父亲和母亲的婚姻，是标准的媒妁之言，贫贱夫妻，生活中夫唱妇随。没有花前月下的浪漫，没有海誓山盟的约定，从艰苦环境拼搏出来。相濡以沫，哺育儿女，孝敬老人，从艰难的岁月携手走过30多年，一生辛辛苦苦养育三个子女成家立业。记得一位老人说过："现在的年轻人，动不动就离婚，是因为现在的生活太好了，没有经过我们年轻时的艰苦岁月，没有经过苦日子，我们这一代为什么离婚的少，我们的感情，是在艰苦的环境里建立的，根深蒂固。"

母亲出院回家静养，父亲面临退休，多数时间在家里照顾母亲。早晚带母亲出去溜达，按时服药，眩晕症好多了。

经过这场疾病，我们发现母亲的记忆力严重减退，拿什么忘什么，平时更寡言，无事就呆呆地坐着。做饭时有时忘记关煤气，父亲闻到焦糊味跑到厨房，看把马勺烧得通红。

"你怎么不关煤气？你这记性。"父亲喊。母亲大惊失色说道："我没有关煤气吗？瞧我这记性。"有时把米放到电饭锅里忘了插电，中午家人下班一看一锅生米。父亲会说："你这饭做的，中午吃什么？"母亲有些不相信自己的眼睛说："我明明是插上电了，我这脑子是完了。"急得眼泪都流出来了。

母亲这样，父亲很着急，父亲反复给她提问过去的事情，让母亲增强记忆力。在厨房墙上随处可见父亲写的大字块"关煤气""电饭锅加水""插电"。分好的药放在茶几上写上"吃药"的纸片，母亲看到这些提示才不会忘记。

父亲退休后在家里照顾母亲，耐心周到无微不至，没有争吵没有抱怨。父亲曾经对我们说："你妈年轻时受累，起早贪黑地下地劳动，一人挣回咱们全家口粮，养育你们三个，在咱们家你妈是有功之人，你们要好好孝敬你妈。"

这时我想起一句话"少年夫妻老来伴"。对于结发夫妻而言，是弥足珍贵，言语难替的，那是一种人生的默契。

旅　　游

　　旅游跟人们的物质生活水平息息相关，在饭都吃不饱的年代，旅游简直是天方夜谭。人们在物质得到保障时，渴望精神生活丰富，不知道什么时候起，旅游成了时尚，大小景点层出不穷。

　　母亲记忆力衰退，讷言少语，失眠多梦，反应迟钝。父亲退休后母亲基本不做家务，家里的一切父亲承担，大半辈子没有做过饭的父亲，开始学着做饭。

　　父亲把我们叫到家里，开家庭会议，从小我最喜欢我家里的民主气氛，没有任何家长制作风，任何事家人坐到一起商量，征求家人意见。

　　"今天把你们几个叫来，说说你妈的病，我看越来越严重，记忆力一天不如一天，拿东忘西，今后不知道发展成什么样。我想趁你妈现在有记忆，带她坐坐飞机，坐坐轮船，人一辈子天上地上都感受一下。你四舅一生就想坐趟飞机，结果没有坐上就走了，等你妈没有记忆，到哪儿去旅游都没有意义了。"

　　我们感觉父亲说的有道理，趁记忆还明白时，要做的事赶紧做，等病入膏肓时有些事也许今生体会不到了。

　　我为母亲收拾旅游的东西，看到要出远门的母亲如此兴奋，想想母亲平时是多么孤寂。我无法知道是什么疾病，让年轻时头脑灵活的母亲，大脑变得如此混沌而且越来越严重，心里一阵酸楚。这就是母亲的人生，年轻时在农村劳累辛苦，为这个家为丈夫孩子奉献大半生，老了三个孩子成家立业省心了，可以安度晚年却病了，大脑一片混沌，想想很凄凉。

"那年我去北京治病是坐火车去的，同病房的北京人真好，可照顾我了。"母亲想起了过往一些美好的事情。

父亲带母亲到市里，从市里乘飞机去北京。

父亲旅游回来说："你妈这次去北京可开心了，那年去北京治病也没有蹓，这次天安门、故宫、长城我们都去了，你妈心情好也不知道累。"父亲拿出和母亲在长城的合影，母亲笑得开心，一点儿也不像有病的人。

"你妈这飞机也坐了，夏天我要带她去大连坐轮船，到海边去看看，我退休没事每年都带你妈去旅游。我要买个摄像机把旅游的景摄下来，等你妈我俩走不动了拿出放放，回忆回忆。"父亲真的买了摄像机，没事在家里给母亲摄影。看到父亲退休照顾母亲，生活安排的这样好，我们也放心了。

暑假母亲和父亲去了大连，坐轮船，到海边欣赏海景。自从出去旅游，在我们眼里母亲好多了。

没有简单的成功

世上成功的人，无论在政界、商界、各个领域独领风骚的人，都没有简单的成功，他们都是有着超常的智慧和与众不同的思维，还有坚韧不拔的毅力。童年心灵就播下希望的种子，这希望的种子随着年龄在心中长成成功的大树，迎着阳光尽情地舒展。当我们仰视成功的人士，我们看到的是他们成功的光环，但这成功是通过艰辛与奋斗成就的。

我的表弟，现在也算生活得衣食无忧风风光光，住着漂亮的楼房开着名车，令亲戚朋友羡慕。一次家庭聚会，表弟讲自己的人生经历，不是讲自己现在如何风光，如何富有，是讲自己艰辛的人生奋斗过程。表弟人生希望的种子是一只橘子，是这只橘子给了他启迪。

表弟从小和我生活在一个村子，家境贫寒，他的母亲我的姑姑是地地道道的农民，父亲是一位马倌。表弟只念到初中就辍学在家务农，失学那年他13岁。

一次表弟从旗里坐着班车回家，开车的司机是邻村的人，认识他。随手给他一只橘子，他拿着橘子手心都出汗了，他从小长这么大从来没有吃过橘子，那黄澄澄的橘子对他充满了神奇的诱惑，没有吃过自然无法想象橘子的味道，尽管嘴里直流口水，但他硬是没有立刻吃掉，手紧紧地攥着。

下了班车，攥着橘子一路小跑回家。回到家，见到母亲高兴地告诉她，别人给了他一只橘子，他怀着神奇的心情小心翼翼地剥开橘子，里面一瓣一瓣的橘瓤闪着黄灿灿的光，还有洁白的橘络，一数共有六瓣。他掰起一瓣递给母亲，自己拿起一瓣放到嘴里，一咬一股甜滋滋、酸溜溜的橘汁沁人心脾，他慢慢地品着橘子的甘甜，也在品着自己的人生，这是他长这么大第一次吃橘子。吃着橘子他心里就发誓，自己将来一定赚许多钱买很多橘子，让自己活得体面有尊严。吃完橘子他对母亲说："妈，将来我会赚许多钱，给你买很多橘子吃。"这是一个13岁孩子的梦想。这时她的母亲眼里噙满了泪，伸出粗糙的手，摸摸他的头，泪滴在他的手上。

怀着一只橘子的梦想，表弟开始了艰难的人生跋涉。一个只有初中文化，家庭贫穷的农村孩子，想出人头地太难了。有时他在广袤的田野劳作时，坐在田埂上望着天空发呆遐想，不知自己的希望在哪里？

这时国家政策允许个人开矿，本村的李家兄弟在老宋家后沟开矿，村里的年轻人、中年人都到矿上打工。表弟也到矿上打工，他开始是井下工，没黑夜没白天地干。井下工很危险。他勤勤恳恳、认认真真干得很出色，矿主李家大儿子很欣赏他，派他到外地学矿物化验，从井下调到化验室。在化验室他干得也很出色，得到矿主的信任，后来就把这片矿区交给他管理，待遇也很优厚。

一干就是几年，可他心里却很焦虑。那只橘子的梦想时时在他的心头涌起，让他心里酸酸的。

从井下工人到化验室，再到管理层，他也积累了一些经验和管理能力，内心蠢蠢欲动。夜深人静常常失眠，千万次地问自己：我难道就这样活了，一辈子给别人打工？有了这样的想法，他把眼光投向远方，心里酝酿一个计划。留心一些小型矿山。这时临近旗县的一处私人小型矿山转兑，他借遍所有的亲戚朋友筹集资金，把小型矿山拿下，私下联系一些在矿上打工的本村工友，破釜沉舟辞职，自己和这些人揭开大旗开矿。

李家兄弟惊得目瞪口呆，他们没有想到一个小小的矿工会有这样的创举，还带走一些成熟矿工。李家大儿子恨恨地说："你小子也太忘恩负义了，别忘了是谁把你从泥巴坑带出来的，你还挖我墙脚，太不仗义了。"

表弟笑笑："我也是没有办法，总不能一辈子给你打工。"

从此李家儿子和表弟分道扬镳。

矿业是利润大、风险也大的行业，弄不好会债台高筑。为了一只橘子的梦想，他拼上了，经过周折困难，终于圆了自己童年一只橘子的梦想。

世界上没有简简单单的成功，成功的路充满艰辛与困苦。童年的梦想是希望的种子，它会赋予你强大的生命力，让你活的有自我，活的与众不同。

脑 萎 缩

　　父亲带母亲出去旅游，母亲的精神好多了，我认为母亲的这些症状与长期在家郁闷，不与人交往有关，父亲退休陪伴母亲会逐渐好些。

　　那时我的压力很大，忙完工作忙家里。单位派爱人去马来西亚学习，爱人单位分楼房，我在家搬家收拾屋子，忙得筋疲力尽。多亏母亲在家里帮我看孩子。母亲教外孙女背唐诗，我下班回家，女儿拍着小手喊："妈妈我会背诗了！"

　　我抱起女儿亲了一下："我的宝贝会背诗了，谁教的啊？"

　　女儿挥着小手："是姥姥教的，锄禾日当午，汗滴禾下土。谁知盘中餐，粒粒皆辛苦。"

　　"宝贝真棒！"女儿听到夸奖高兴地雀跃。用小手掰开橘子，一掰掰放嘴里塞得满满的，橘子汁顺着小嘴流下，滴在玫红色胸前织着小熊图案的毛衣上。这件毛衣是我远在千里的同学一针一线织的，看着毛衣我就会想起学校，一些往事浮上心头。

　　"这小洋洋，记性可好了，我教几遍她就记住了。"母亲高兴地说。

　　丈夫学习一个多月回来，母亲煎了金黄的华仔鱼，炒了一盘青菜，包的酸菜馅饺子。我下班回来，母亲说："菜我炒好了，饺子包好了，饺子你自己煮吧！我回去了。"

　　我和爱人留母亲吃完饭回去，母亲不肯，母亲那时只是记忆力不好，思维还正常，知道我和爱人分别太久，把空间留给我们。

吃着母亲包的酸菜水饺，余香绕口，外酥里嫩的华仔鱼炸得恰到好处，这是我记忆中，母亲留给我最后一次终生难忘的味道。

母亲再次眩晕住院，比上次还厉害，大夫建议拍CT片子。CT结果是脑萎缩，这样的结果让我们感到天塌一般，我们几个和父亲无法相信母亲得了脑萎缩。大夫说："脑萎缩早期，现今世界对脑萎缩没有好的治疗方法，只能养。"望着母亲我的眼泪流了下来，为我们操劳一生的母亲，才五十几岁竟然得了脑萎缩，会慢慢失去记忆。脑萎缩，以前我对这个病不了解，也是第一次知道。我查阅了一些资料，"终致完全痴呆，完全痴呆"。我反复读这几个字，我半天没有回过神来，世界上还有这种病让人慢慢变傻，老天啊！你太残忍了，怎么会让善良的母亲患上这种病，我哭了。

第二次出院，母亲已经完全不能做饭，我对母亲做的美味，停留在我家那顿晚餐。

丈夫联系市里脑科的同学，我带母亲去市里检查，检查结果一样。我问大夫得脑萎缩的原因，大夫说："长期高血压，有颈椎病，造成长期脑供血不足，也是造成脑萎缩的原因之一，就似一只苹果长期缺乏营养，逐渐枯萎，现今世界上没有办法医治这种病。"听了医生的话我也绝望了。父亲打击更大，"我就不信治不了，又不是癌症。"大夫象征性开了一些营养脑细胞的药。

父亲此后就听广播、听广告。我们都嘱咐父亲不要听广告，广告上的药都是假的。父亲听广告偷偷地为母亲邮购一种叫"海蛇胶囊"的药，这种药宣传得好，告知有多少人治愈。我说："连世界都攻克不了的疾病，几味中药就能治好，那是骗人的。"父亲坚持给母亲吃，他希望出现奇迹，药盒子摞得有一米多高。

母亲笑呵呵的，眼神清亮，目光毫无表情。我们回去她总是愣愣地看着你，笑呵呵地盯着你，摸着我女儿的头说："这小小子长得好！""妈，这不是你的外孙女洋洋吗？怎么成小小子了？"这时母亲的思维已经混乱。父亲每天给母亲穿戴干净整齐，领着母亲下楼，用电瓶车拉着母亲到广场晒太阳。母亲笑呵呵的，不说话根本看不出来有病，这时你才会明白，人老了是陪伴，是相互照应。

发展到脑萎缩中期，母亲性格开始变得狂躁，对着镜子胡言乱语嚷嚷，好像镜子里有人在和她激烈地吵架，可能出现了幻觉。我问父亲："我妈在嚷什么？""好像在说你们几个小时候的事，我听着在叫你们几个的名字。"

我细听真的在说："国春，爱民……打。"母亲的记忆留在我们的童年。

母亲腿震颤抬不起脚，"嚓嚓"在屋里来回走，嘴里不停地自言自语，从屋里到厨房来回走，看着镜子对着镜子气愤地嚷，就好似在和人吵架。

"妈，我是谁？"她愣愣地看我一眼，面无表情地又走了。"爸，我妈真的不认识我了。"

父亲说："估计是谁也不认识了！"

我回了一趟老家，看望了亲戚和母亲的发小云姨，回来我对母亲说："妈，这次回窝吉，去看了你的老朋友金花！"母亲笑呵呵地说："叫云花，云花！"嘴里嘟囔着云花来回在屋里走着，我吃惊地不敢相信自己的耳朵，你说母亲没有记忆，怎么会记住云姨的名字，这让我有些费解，脑萎缩怎么会记住年轻时的事，以及我们幼年的事，难道这种病记忆停留在某个阶段？

二十八朵玫瑰

天空中一簇簇烟火呈现出绚丽的光彩，清脆的爆竹声告诉我们年轮为生命又画了一圈。日子在不停地往前奔，我也在一天天地变老，眼角细碎的鱼尾纹，日渐臃肿的腰身，已到人生的晌午。年轻时的畅想，驿动的情绪，到中年慢慢变得从容淡定。

渐渐悟出有两样东西永久地属于我，那就是生命和孩子。人活着可以没有金钱，没有地位，但不能没有健康的身体。拥有健康的身体是人一生最大的财富，只有一个健康的人，才能享受生活，感受生命的价值和快乐。健康地活着是一种责任，对自己是一种责任，对孩子也是一种责任，父母是孩子的天空。

孩子不仅是我们生命的延续，更是我们快乐的源泉，孩子和生命，像一座天平支撑着我脆弱的心。

大女儿上小学，十月怀胎，我又生了一个粉嘟嘟漂亮的小女儿，肌肤白嫩细腻，一双黑葡萄似的眼睛晶莹可爱。看着一大一小两个活泼可爱的女儿，我双眼濡湿，是喜极而泣的幸福，感激老天赐予我两个健康的宝宝。

孩子在一天天长大，我用欣赏的目光注视我的两个宝贝女儿成长。感叹生命的神奇，冥冥的宇宙空间，茫茫的人海。他遇到她，是上帝的安排，结了一段尘缘，相知相爱，创造一个生命的诞生。孩子经过和生命的第一次搏击，脱离母体，一声嘹亮的啼哭，证明自己来到这世界上。看着孩子粉嘟嘟的小脸，面对新生命我们感动得热泪盈眶，我们的孩子，一个综合了我和他基因的孩子，孕育是个伟大的过程。

　　孩子是上帝赐给我们的最好礼物，感谢上帝赐给我们这么鲜活健康的生命，她们独一无二，无可比拟。孩子似大自然的万物，树有树的伟岸，花有花的娇媚，山有山的巍峨，小草有小草的平凡，孩子自有孩子自己的特色。所以我的孩子我从不和别人的孩子比，我的孩子是天使。也许她们长大了，不会成为佼佼者，但她们是健康、善良的孩子，她们拥有平凡人的快乐幸福，我就满足了。

　　我虽然不能预知孩子的未来，但我能给孩子创造一个快乐的现在，让她们自由、健康地成长；给她们指明一个正确的人生方向，告诉她们用自己的双手创造财富，享受生活，让她们心灵健全，有一颗感恩、善良的心。

　　孩子在成长的过程中，总会犯这样或那样的错误，她们总是不断地跌倒，不断地坚强地爬起来。其实她们是在演绎我们的童年。成人总是在抱怨、指责孩子，为什么不想一想，难道我们童年时很完美吗？孩子似一块天然的璞玉，要用耐心去雕琢，玉不琢不成器。

　　有时我会幻想，如果有一个大房子，生四五个孩子，大小、高矮不一。夫妻俩坐在沙发上，欣赏孩子们戏弄玩耍，那样的人生是何等的幸福。

　　我的小女儿在一天天长大，牙牙学语，蹒跚学步，粉嘟嘟的小嘴叫"喜爸爸，喜妈妈"。说得我和爱人不停地亲她小脸蛋。孩子是要说喜欢爸爸喜欢妈妈，"欢"字不会说，就变成了喜爸爸，喜妈妈。大女儿活泼爱动，自从有了妹妹她好像突然间长大了，她是那样的喜欢妹妹，总牵着妹妹的小手在屋里疯。

　　我总想夫妻就像两片蚌壳，孩子是蚌壳里孕育的珍珠。我对我的两个女儿说，你们是妈妈的两颗珍珠，大女儿就会抢着说，我是黑珍珠，因为我有点黑，妹妹是白珍珠。我希望我的女儿成为两颗熠熠放光的珍珠。

　　人的一生穷也好，富也罢，关键在于拥有一颗平常的心，把平淡的生活调理得有滋有味，牵手走过人生的岁月。"幸福就像手中的水晶球，是要用心呵护的，任何不经意的伤害都会让它失去原有的光泽。"

我们平静、温馨、快乐的小日子，被家里发生的一件事掀起了波澜。婆婆从乡下来家里小住，我去上班。保姆在家看护小女儿，婆婆和保姆聊天，保姆说自己对婆婆好，婆婆也心疼她，她身体不好，在家里婆婆每日给她订一斤牛奶喝。

　　婆婆说："看你婆婆命多好，有你这样孝敬的儿媳妇，我要有这样的儿媳妇就好了。"

　　在一边和妹妹玩的8岁的大女儿说："奶奶你怎么这样说，我妈妈、我老婶对你不好吗？"祖孙俩吵了起来，年幼不懂事的女儿抢白奶奶。按理说孙女不听话，奶奶可以打她骂她，可婆婆却选择和儿子哭诉，哭着执意回乡下去，我无法理解婆婆的做法。

　　爱人大发雷霆、暴跳如雷和我吵起来，两个孩子吓得"哇哇"大哭。爱人把孙女对奶奶犯的错，都归罪于我身上，认为我教唆女儿所为。甚至说我不孝敬他的母亲，把我贬得一无是处。那一刻我的心好似一只玻璃杯掉在地上，一片一片地碎了。我感到心里很痛苦，我能素质低到去教唆孩子不孝敬她的奶奶？结婚这么多年，我本着爱屋及乌做任何事都问心无愧的思想去孝敬公婆，去善待他的家人。我付出不求回报，可是不但没有得到认可，连最起码的理解都没有得到，真诚遭到如此亵渎，这是我做人的悲哀，人心是经不住这样的误解和戳伤的，我的心冷了。我用陌生的眼光审视他，人孝敬父母天经地义，但不能不分青红皂白没有原则，伤害是切肤的。

　　我望着空旷的夜幕，一种锥心的痛苦充溢心中，就这样茫然地坐了一宿。我不想争辩，不想吵闹，内心麻木了，我感到他很陌生，对他再也没有什么话可说。

　　家里闷闷的，只有两个女儿依然快乐地玩耍。我有时出神地望着两个女儿，泪水不知不觉地流出来，人不是为自己活着，人活着有责任、有义务的，人生不是什么不能放弃，是不忍。有个大学老师精辟地说：婚姻就是忍，一忍再忍，从头再忍。但忍字是心头一把刀。

爱人的心情也不好，夜里常常听到他叹气。日子在不停地往前赶，生活变得索然无味，家里气氛压抑，一晃一个多月过去了。

　　早晨全家人悄无声息地吃早饭，突然门铃响了，我打开门，有位女孩怀抱一大束玫瑰花。"我是速递公司的，有朋友送花给你们。"我火"呼"地上来了，转身气呼呼地对爱人说："你的花！"他把玫瑰签收了。我大声说："有人送玫瑰，不错啊！一会儿我把玫瑰插到花瓶里，谁会拒绝这漂亮的花？"这是一个多月来，我对他说的第一句话。大女儿说："妈妈，爸爸在偷着乐。"

　　爱人上班后，我把花插到家里最大的水晶花瓶里，忍不住偷偷数了数，一共28朵玫瑰。打开计算机查阅28朵玫瑰的意义，28朵玫瑰代表爱的长久。我从鼻子"哼"了一声"爱的长久！"想和别人爱的长久，见鬼去吧！

　　晚上爱人回来，我愤愤地说："你情人也太俗了，把玫瑰送到家里，顾名思义是让我们打仗了，这招对我不灵的，这么大一束玫瑰，太让人赏心悦目了，我要让它保鲜多开几天。"我怎么挑衅，他也不理，我说着把花瓶放到客厅醒目的位置，这花开的娇艳欲滴，我却很喜欢。爱人偷偷问大女儿，"咱家玫瑰花谁送的？"大女儿说："谁不知道，你自己买的。"

　　经过玫瑰花事件，我和爱人心里的冰融化了。我还是在乎他的，不管玫瑰花是别人送的，还是自己买的，爱还是要继续的。

大良沟风景区

我的老家合乡并镇后，老家南部的三个村子合并成一个村，叫大良沟村。

大良沟自然条件优越，夏天树木茂盛，芳草萋萋，各种野花散布林间，景色宜人，原有的天然植被保护得好，还有这几年的封山育林，让这个沟里形成了一道天然美景。

春天桦树冒出嫩绿的新芽，树下一丛丛杜鹃花怒放，粉色的、白色的、红色的、紫色的，姹紫嫣红，丰姿绰约。白色的桦树，五颜六色美丽的杜鹃花，远看有如一幅浓墨重彩的油画。

沿着山路而上，山坡杏花开的正盛，形成一片美丽的杏树洼，远望白茫茫一片与蓝天白云连成一体，近看由于粉白色的杏花散发着淡淡的清香味，杏花丛中蝴蝶翩翩起舞，蜜蜂"嗡嗡"采着花粉。扶枝清嗅，一股清雅的香气沁人心脾。

这里是内蒙古自治区重点扶持项目——蒙野果基地。蒙野果我们本地叫"123"，一种甜脆可口的水果，个头如小孩的拳头般大小，秋天红通通的挂满枝头。

春天，这大片的蒙野果基地，一人多高的蒙野果树，雪白的花朵缀满枝头，开的密密匝匝，有风吹过，枝头花朵轻轻地颤动，蜜蜂蝴蝶在花间曼妙地飞舞，在花蕊间滚来滚去。这繁盛的花朵，好似看到红通通的"123"挂在枝头，咬一口甜脆爽口。

大良沟利用这天然景观，成立了大良沟风景旅游区，游客络绎不绝，成为家乡的一个旅游亮点。

村里还在沟里建立一个农展馆，这个农展馆展现了北方农业工具发展的历程，有犁杖、石滚子、碾子、升、斗、扇车、木匠用的刨子、凿子、镰刀，……凡种地的家什，一应俱全，这些要失传的传统农具，具有很强的历史意义。

在我的童年，生产队有这些农具，在场院里分粮食就用斗或升，单干时用犁杖耕地，撒完种子用石滚子压，那时没有加工厂，种子全用碾子碾碎，还有木匠用的刨子、凿子。看到这些农具，我仿佛回到童年，一些往事历历在目。

政府搞"十个全覆盖"，村里有了卫生室、文化室。补贴钱，对校舍进行改造，村民危房改造。家家通了自来水，安装了有线电视电话。村里户户外墙砌得整齐，画上宣传画，街道是铺砌的水泥路，道路两边栽上花卉柳树，村里有了健身广场和健身器材，白发老人，在广场晒着太阳，聊着天，享受暮年的幸福。一些孩童在广场玩耍嬉戏，童趣无限。

在大良沟你会看到什么是新农村，看到一片祥和宁静的气氛。今日的大梁沟，和过去有了天壤之别。

回到英金河岸边

对于一个城市的喜欢，对一条河的眷恋，如一个心结令我放不下。当年毕业，痛苦绝望的我，在归途的车上发誓：不管10年甚至20年，我一定重返这座城市。有人会因为喜欢一个人而喜欢一座城市，我想我不是，我是喜欢这座城市的文化氛围，这里适合我。

毕业结婚生子，为家庭为孩子，像一头拉磨的驴，劳累奔波。夜深人静时，我仰望星空，世人说地上一个人天上一颗星，我多想变成一颗耀眼的星星。我思考时惊悸心痛，扪心自问我失去了什么？一个梦想在我的脑海盘旋，千百次问自己难道我就这样过我的余生吗？在别人眼里我生活富裕，家庭幸福。人活得好与不好只有自己体会，就似鞋子穿在脚上合适不合适自己知道，那得看你的人生追求是什么。当你对自己不满意时，再优越的生活条件都无法排遣内心的苦闷。那时我写了这样一段文字，也是我心情的真实写照。

向往远方

我将去

悄然远离此地

向往远方

远方总是飘扬着我的梦

我将去

远离这里的喧闹和愚昧

向往远方

　　远方让我生命的旗张扬

　　我将去

　　挥去对家乡的依恋

　　向往远方

　　远方有我人生的路标

　　对梦想的渴望以及不喜欢的生活环境，让我痛苦不堪。站在家乡的古城墙上，望着空旷的古城失声痛哭，真有些"独怆然而涕下"的悲壮。那一刻内心有一个声音在呐喊：我必须离开这种糟糕的环境，成就自己的梦想。离开那些消耗我时间的人，无论哪个年龄段，时间对于我们来说都是不可能再生的，这种环境如温水煮青蛙慢慢会把人熬死。为了自己的梦想，为了孩子有好的学习环境，我毅然放弃很好的工作职位，决绝地带着两个孩子离开家乡来到市里。走出令人窒息的环境，踏上梦想的土地，放飞自己。

　　回到我梦中的英金河岸边，记忆中的河，河水奔涌着流向赭红色的红山，岸边的柳树婆娑，随风轻扬，矗立在岸边的母校，有我人生最美年华的相遇，也有我最心酸的记忆。有时我在想生命中的偶然与必然，因为来到这里，有了今生的相遇，这就是生命的必然。如果我当年不来学校上学，就什么也不会发生，今生也不会相遇，命运这条河让重逢的人终会重逢。我梦中的河我终于回到你的岸边，我的新家在英金河岸边。

　　看到我梦中的河，我惊呆了，我颓废地坐在岸边，泪水迷蒙了双眼。河堤用钢筋混凝土铺得平整宽阔，能骑自行车自在穿行，岸边栽着各种树木。可我梦中的河已经断流了，满目沧桑，河床挖了许多沙坑，没有水的河还能称为河吗？英金河。

　　走在岸边，干涸的河床，废弃的校园，心里有一种历尽沧桑之感，是时间让一切都变了。

大女儿上初中，小女儿上幼儿园小班，一个人带俩孩子很是辛苦。早晨送小女儿去幼儿园，一位老人喊我："延力，你也送孩子啊！"我吃惊，会有人认识我吗？

细看老人竟然是我的远房亲戚，我叫他姨夫，也是我前男友的父亲。他乡遇故人，有些人是今生不想遇到的。

老人热情地问我："延力，搬到市里了，你爸妈身体好吗？"

我冷冷地点点头："还好。"

老人看我的态度冷漠，叹了口气摇摇头："唉！有时间到家里玩吧。"走了。

小女儿用手指着我说："妈妈你不懂礼貌，老爷爷和你说话，你不理人。"小女儿说得我无言。小孩子哪能明白，我当年从快乐的顶峰跌入痛苦低谷，那种肝肠寸断的感觉让我记忆犹新。别人对我的恩情难忘，别人对我伤害也是刻骨铭心的。

我心里想，世界真是狭小，难道老人的家也在附近住？爱人这房子买的真不是位置，心里有些惴惴不安。

夏日在菜摊买菜偶一抬头，一个熟悉高大的身影从眼前昂然走过，那是他吗？望着他的背影霎时泪水濡湿了双眼，十几年不相见我竟然看到的是他的背影，心中五味杂陈千般滋味，过往在脑海中浮现再浮现。我知道世界上有一种人是熟悉的陌生人，熟悉是曾经相爱过，陌生是曾经伤害过，那种伤害是一种尖锐利器划过心，永远隐隐地痛。

一句话在脑海呈现：停留是刹那，转身是天涯。一些往事在脑海呈现。

记得当年我离去，他语重心长嘱咐我一定要改变性格，改掉任性、傲慢的毛病，没有人会像他那样包容我。经历一些挫折，我的性格发生了很大的变化，学会了隐忍、包容、谦和，人生有时真的要感谢那些教你成长的人。

几年后，我的小女儿4岁多，一天我在单位无事翻报纸，同事喊我："唉，电话。"

我接过电话："喂，哪位？"话筒那边是一个既熟悉又陌生的声音，低沉舒缓富有磁性的声音："你上班呢？"

"你是？"我听到一声沉重的叹息："唉！怎么连我的声音都忘了吗？"

此时我的心跳到嗓子眼，难道是他？我的前男友？

"太意外了，我以为你早把我忘了。"我诧异地说。

他长长地叹了口气说："你说能吗？"

长时间的沉默，我觉得不知说什么，他说："这几年过得好吗？你爱人干什么的？"

生活中我是很如意的，工作清闲，孩子可爱，丈夫工作出色。

那天我却说了谎："马马虎虎吧，丈夫下岗了。"我不想在他面前炫耀。

"我没有别的意思，只是想念问候一下，把我的电话号码给你。"

我拿起笔记下电话号码，放下电话，想了想把号码撕了。过去已经过去，我不想破坏我平静的生活。

后来他又给我打电话，他要到我所在旗里办事，要来看我。那天我言辞激烈地拒绝了："你我都已成家，要为各自的家庭负责，过去的都过去了，请以后不要给我打电话了，早知今日何必当初呢？"

话筒那边的他沉默很长时间，长得有如一个世纪，只说了一个字："好！"是啊，当一切都成为往事，又何必今日去回味，就像一张旧船票它已经过期。

那一刻我知道我伤了他，他也是自尊心很强的人，也明白，我和他今生留给对方的只是背影。

他母亲家就在我居住的小区，偶遇两次，他停下车，冲我点点头，我也笑笑，竟然如此无言，人生恨也好，爱也好，走到如此陌生的地步心中也是凄然。

心中开出一朵莲花

独自一人带着两个孩子来到陌生的环境，改变原有的生活模式，选择新的生活环境内心很慌乱，且有些无所适从。首先要面对新的环境重新调整心态，上中学的大女儿对我说，"妈妈在新学校我的心总是静不下来。"女儿如此，我又何尝不是，内心很乱。小女儿上幼儿园很快乐，年龄小适应能力强。爱人有时一周，有时两周回来一次，家里的一切我独自面对。

这哪是我理想的生活，哪是我的梦想，我变成了全职保姆。人往往脱离一种烦恼，新的烦恼又随之而来。我那时感觉我是一条缺氧的鱼，快要窒息了。

大女儿上初中，也是青春叛逆时期，那个单纯幼稚的女孩不见了，那个整天牵着你的手，腻在你身边的女孩突然间长大了，和父母之间有了一道墙，随着年龄的增长、生理的发育，这个孩子变得让人匪夷所思，变得不可理喻。

那个平时脸都不喜欢洗、穿衣不讲究的女孩，开始喜欢照镜子喜欢美，这时我的心焦虑烦躁。

古时有孟母三迁的故事，"昔孟母，择邻处"。孟轲的母亲为选择良好的环境教育孩子，多次迁居。环境对孩子的影响极大，和什么样的人交往，就会受到怎样的影响。

为了孩子有好的学习环境，我离职来到市里，为了学习女儿又回到老家，人世间的事真是无法预测，让人纠结痛心。

大女儿回老家上学，爱人调到市公司，又去内蒙古交流，一家四口分了三个地方。

这年十月一，我叫弟弟把父亲、母亲送来住几天，这时的母亲走路颤抖，言语不清，什么人也不认识。

我打电话给父亲："爸，现在我妈还能走，来市里看看，以后恐怕也没有这样的机会了。"

父亲说："你妈现在就抬不起脚了。"

母亲这时腿颤，上楼不会抬脚，弟弟把母亲背上楼。母亲那天笑呵呵的，看看这儿瞧瞧那儿，看来环境的改变她还是有感觉。

人在工作忙碌时往往会想，要放个长假多好，做自己想做的事情。可真正不上班了，事情和想象的根本不一样，反而什么也做不下去，情绪低落，烦恼丛生，所以说工作是快乐的事。

自己一人带着孩子，心里牵挂着大女儿，我的状态就似一只关在屋里的蜜蜂，东撞西撞，嗡嗡地飞，毫无方向。心情急躁而盲目，却找不到出口，是一种令人窒息的生活状态。

感恩节那天，我去拜访了一位我一直青睐的作家朋友。这位作家是我的文学引路人，心情太沉闷我想找人倾诉。作家朋友热情地接待了我，爱好文学的人会有共同语言。

我们聊了一上午。作家朋友说："其实你现在的生活状态多好，不必为钱犯愁，拥有自己可支配的时间。没有必要烦恼，一些事情还是你自己没有想明白。在家照顾孩子，料理家务，有时间你可以看书写作，把业余爱好变得更专业些。灵感来了写作，没有灵感时看书。和孩子在一起时，会觉得很烦，但我们和孩子在一起的时光也就那么短短的几年，孩子大了就会飞出去，把家当作驿站。和孩子天天在一起的时光不会再有了，和孩子在一起是人生最快乐幸福的，要珍惜和孩子在一起的时光。"

朋友接着说："你为丈夫付出，心里会有些不平衡。其实每个人有每个人的高度，你有你自己的高度，你丈夫有你丈夫的高度，孩子有孩子的高度。你的高度别人达不到，别人的高度你也达不到。当你一段时间对自己感到强烈不满时，你就要不断地提升自己的高度，充分体现自己的生存价值。"

感恩节这天我的心敞亮很多。我重新审视了我的生活状态，我是为爱付出，我心情应该是快乐的。记得李嘉诚说过："一个人事业上再大的成功也弥补不了教子失败的缺憾。"孩子不仅仅是生命的延续，更是我们活着的希望，事业、权力的光环会随着年龄慢慢地淡去，只有孩子是我们心灵永久的安慰。

我开始静下心来阅读，思想沉淀梳理，自己所思所想由笔端倾泻，远离喧嚣吵闹，为童年的梦想努力，慢慢地心中开出了一朵莲花。

家乡现状

　　不论我走多远，家乡一直是我魂牵梦萦的地方，那个只有几十户人家的小村庄。我18岁背着行囊，走在铺着马尾沙的公路上，坐着摇摇摆摆的班车，离开家乡到旗里上班，又从旗里到市里，艰难地跋涉在北方这块沃土上，艰辛、痛苦、幸福、快乐充溢心中，不管我走到哪里，家乡一直在我心中。

　　老叔经历了当村主任的失败，在山西铜矿打工险些失去生命，回归土地，安心耕种自己的几亩责任田。

　　国家成立合作社鼓励养殖业，老叔开始养猪，建了3个大型猪栏，买了近百头猪仔。责任田大量种植玉米，用玉米加饲料喂猪，也是一种良性循环，一年后生猪出栏收入可观。

　　土地是财富之母，只要换一种思维，换一种经营方式，土地还是生财的源泉。种了粮食，用粮食喂猪，生猪的价格高于粮食。老叔经历一次又一次失败，土地终于给了他最好的回馈。

　　世上任何事物都有高潮低谷，物极必反是自然规律，今年这种物品价格高得令人吃惊，明年就会低得令人崩溃。老叔养猪的行情一直很好，到2013年，猪肉价格开始下降，2014年已经降到低谷，这时养猪是赔钱的，老叔没有放弃坚持养猪。2015年秋天猪肉的价格开始回暖，2016年猪肉的价格开始回升。猪栏里接近200头的猪，可是一笔可观的收入。

　　任何事情低谷时要坚持，挺过艰难期，你就会看到光明，这就看你的坚持和耐力。

幼时我最喜欢离家近的西地，夏天绿油油的，平整一望无际，东面一条人工渠从地头流过，西面是一片郁郁葱葱高大的杨树林和山峦连在一起，夏天我在地里吃蒿莜，冬天我在地里刨茬子，也就是玉米根，是很好的柴火。

这样一块肥沃的土地，一条国道穿过，把一块上好的土地拦腰截断，也截断我幼时理想的乐园，心里有种沉重的失落感。

国家征地，一亩地补贴23800元，到55岁上社保，农民心里很是满足。到种地时，一条路拦在面前，农民就开始抱怨，这好好的一块地怎么糟践成这样。

家乡经历了30年的变迁，昔日那贫穷热腾腾的乡村不见了，静得毫无生气，街里寥寥几个年迈的老人，在门口的台阶上晒着太阳。

相濡以沫

　　尽孝要及时，不要推迟、不要拖延、不要等待，因为明天是一个未知数。生活的事想了就去做，不要为自己留下遗憾，有些事真的不能等。例如，父亲带母亲出去旅游，我接母亲来市里，到脑萎缩晚期，母亲已经完全丧失生活能力。

　　年轻时，父亲和母亲的感情就很好，我们童年是在父慈母爱的环境中长大。父亲退休后全身心照顾母亲，细心周到，早晨5点起床，为母亲穿好衣服，拉着手上厕所，然后为母亲刷牙、洗脸、梳头，母亲就似一个听话的孩子，眼睛一刻离不开父亲，痴痴地盯着父亲。

　　父亲每天定时给母亲喂饭、喝水，把水果切成薄片，一片片喂给母亲，甚至像小孩子一样，给母亲嘴里放块冰糖含着。母亲呵呵地笑着，含混不清地说着什么，就像一个婴儿那样高兴，颤抖的手来回晃动，在表达一种欢喜的情感。

　　脑萎缩晚期，母亲病情恶化，双手震颤，嘴流唾液，面无表情，说话咿呀不清，双腿颤抖站不住。这个阶段患者已经不知饥饱，你喂多少吃多少，大小便失禁，坐卧都由父亲抱起。长期用力使父亲的双臂疼痛难忍。父亲每天拉着母亲的手，在屋里来回走动。母亲佝偻着腰，双腿颤抖艰难地一步一步往前移，是为了活动一下筋骨。母亲躺在床上一动不动，父亲定时给母亲翻身，以防得褥疮。

　　到了晚期，家里雇了保姆。父亲说："保姆也就是做饭，搞卫生，让保姆照顾你妈我不放心。"

那时央视播一套电视节目，一位教师骑摩托车带着痴呆的母亲，去十几千米的地方上班。看了这个节目我哭得一塌糊涂，对于脑萎缩我有切身的体会，没有经历过的人无法感受。这种病，不知饥饱，丧失吃的意识，只有亲人的切肤关怀才能延续生命。

母亲逐渐消瘦，体检又得了严重的糖尿病，脑萎缩加糖尿病，母亲羸弱不堪，备受疾病的煎熬。

母亲的疾病，父亲的辛苦劳累一直让我牵挂，人们都说女儿是父母的贴心小棉袄，作为女儿心细更能感知父母的不易，离家远我不能及时照顾父母，也是我心中的憾事。作为女儿我想我吃到的、享受到的也让父母享受到，这也是我对父母尽的孝心。

这年女儿面临高考，我心情焦虑，因工作问题回单位几次，也正好陪陪父母，在家几日才真切地感受到父亲的不容易，感受到父亲的辛苦劳累。父亲怕母亲尿床，3个小时招呼母亲上厕所一次，半夜我在后屋听着"吭当"一声，赶紧起来，看到父亲、母亲躺倒在地上，父亲从床上抱母亲，结果俩人都摔倒在地。那一幕让我心如刀绞，我哭了。父亲、母亲年事已高，晚年在和疾病做顽强的搏斗，人到暮年是多么的难，多么让人心酸。

晚上我为母亲垫上厚垫子，用做好的带子把几层尿布垫上，希望这个办法让父母睡个安稳觉。父亲早上起来高兴地说："这个方法真好，好几年没有睡得这么香。"看着一堆尿布和垫子，我为父亲买个全自动的洗衣机，这样就可以每天把尿布放到洗衣机里自动洗。

母亲得了糖尿病，双腿瘀青，父亲担心母亲双腿坏死，每日用电动洗脚盆泡脚，为母亲洗脚按摩。晚期母亲什么也不知道，父亲也给母亲穿戴整洁，保持容颜的庄正。

我走时，父亲把母亲从椅子上抱起来，"你姑娘又走了！"我拉起母亲的手：

"妈，我走了，八月节回来看你!"母亲佝偻着腰双腿颤抖，一双呆滞的目光看看我，花白的头发低垂，我一阵心酸转身离去。

我认为我父母的婚姻，是我见到的最好的婚姻，贫穷时携手奋斗，老年相濡以沫，疾病面前不离不弃。